Ryek Darkener

Inspektor Mops

–

Kikeriki

AF237562

Zu diesem Buch

Inspektor Mops ist für die Aufklärung von Morden zuständig. Was ihn besonders macht, ist, dass die Geister seiner Fälle zu ihm kommen und mit ihm sprechen. Das hat nicht nur mit einer besonderen Sense zu tun, die er einst in einem Trödelladen ergattert hat. Leider geben die Geister keinen Hinweis darauf, wer den Mord begangen hat, so dass sie nur begrenzt an der Klärung der Fälle beteiligt sind. Leonie, die in der Autopsie arbeitet, ist da auskunftsfreudiger. Sie akzeptiert, dass manches, was Mops sieht, nur von ihm gesehen kann. Meistens. In dieser Geschichte entwickelt sich ein anfangs ganz normal aussehender Unfall zu einer Dreiecksbeziehung von Abhängigkeiten, in welcher der menschliche Aspekt nur eine Seite des Dreiecks darstellt.

Über den Autor

Ryek Darkener ist seit geraumer Zeit in virtuellen Welten unterwegs. Das Schreiben begann er 2007 mit Fan-Fiction Kurzgeschichten, die sich auf ein Online-Spiel beziehen. Im Laufe der Zeit kamen eigene Themen dazu. Ryek schreibt Science-Fiction, Fantasy, Mystery. Sein großes Projekt ist die SF Saga "Geschichten aus der Welt nach dem Letzten Krieg".

Trigger-Information: Dieses Buch enthält fiktive Schilderungen von Erlebnissen, die ggfs. Auslösereiz bei Betroffenen sein können, im Rahmen dessen, was in den Genres "Kriminalroman", "Thriller" und "Fantasy" üblich ist. Für die Vollständigkeit der Aufzählung kann keine Garantie übernommen werden.

Ryek Darkener

Inspektor Mops
–
Kikeriki

EIN URBAN FANTASY KRIMINALROMAN

Die Deutsche Nationalbibliothek verzeichnet diese Publikation in der Deutschen Nationalbibliografie; detaillierte bibliografische Daten sind im Internet über http://dnb.dnb.de abrufbar.

Herstellung und Verlag:
BoD – Books on Demand, Norderstedt

gesetzt aus der Vollkorn (designed by Friedrich Althausen)
erstellt mit SPBuchsatz

ISBN: 9783753436111

Inhaltsverzeichnis

Prolog

Das Smartphone klingeldudelte ›Who wants to live forever‹.

Der Angerufene stellte das Glas, aus dem er genippt hatte, auf den Tisch, der sich rechts neben dem Relax-Sessel befand, in dem er saß. Nahm das Smartphone in die Hand.

»Ja?«

»Hier ebenfalls.«

»Was soll das? Wer sind Sie?«

Die Stimme hatte einen unbestimmt metallischen Klang. »Mein Name tut nichts zur Sache. Ich wollte Ihnen mitteilen, dass Sie als eine von vielen Zielpersonen für das neue Strafverfolgungsprogramm nominiert worden sind. Und – wie soll ich es ausdrücken – Sie haben gewonnen.«

»Sehr interessant. Mein Telefon ist im WLAN und hat keine SIM-Karte. Und das WLAN endet im Inneren dieses Raumes. Um mir Angst einzujagen, müssen Sie schon etwas anderes auffahren. Obwohl allein das Herausbekommen der Verbindung eine sehr gute Leistung ist.«

»Danke. Es ist weder meine Absicht noch meine Aufgabe, Sie zu ängstigen.«

»Da bin ich ja beruhigt.«

»Ich habe nachzufragen, ob Sie es sich vorstellen können, sich den Behörden zu stellen. Es gibt offene Fragen bezüglich bestimmter Aktivitäten Ihrerseits in der Vergangenheit.«

»Meine Antwort ist nein. Ihr wisst nicht, wo ich bin. Und falls doch, dann bekommt Ihr mich nicht lebend. Nicht, ohne dass ich ein paar von euch mitnehme.«

»Ist das Ihr letztes Wort?«

»Mein allerletztes.«

»Verstanden und dokumentiert. Danke für das Gespräch.«

Als der rote Laserstrahl durch das Fenster auf die Mitte der Stirn des Mannes zeigte, war sein letzter Gedanke, dass er seine Antwort vielleicht hätte besser überdenken sollen.

Digi-Tal

»Kreuzdonnerwetternochmal!«

Mops blieb stehen. Drehte sich um und ging die drei Schritte zurück zu Müllers Büro, das er gerade passiert hatte. Er sah vorsichtig durch die halb geöffnete Tür.

Müller saß – ihm den Rücken zugewandt – an seinem Schreibtisch. Der Körperhaltung nach stand er kurz davor, den vor ihm befindlichen Monitor hinunterzustoßen.

Einen nigelnagelneuen 27-Zöller! Mit Lautsprechern! Mit eingebauter Kamera!

Mops räusperte sich.

Müller zuckte zusammen und drehte sich langsam um.

»Inspektor. Sie haben mich ganz schön erschreckt.«

Mops zeigte anklagend auf den Monitor. »Wo haben Sie den her? Seit Jahren versuche ich vergeblich, einen Ersatz für meinen gammeligen Röhrenfernseher zu bekommen.«

Müller grinste diabolisch, was überhaupt nicht zu seinem sonstigen Naturell passte. »Wollen wir tauschen?«

»Nein, das wäre unfair. Aber da Sie anscheinend so gut mit unseren Formblättern jonglieren können, könnten Sie vielleicht für Ihren Vorgesetzten …«

Müllers Gesichtsausdruck verdüsterte sich. »Es ist nicht das, wonach es aussieht.«

»Wollen Sie sagen, der ist geschenkt?«

»Geschenkt ist noch zu teuer«, grummelte Müller. »Den hat mir unser Chef aufs Auge gedrückt. Übrigens mit der Bemerkung, ich könne ja so gut Formulare ausfüllen.«

»Was eine Tatsache ist.«

Müller seufzte. »Meinetwegen. Jedenfalls darf ich nun als Testbenutzer das neue Erfassungs- und Verwaltungssystem für kriminalistische Tätigkeiten erproben.«

»Ich habe gehört, dass die Leute im Ministerium davon ganz begeistert sein sollen.«

»Wie schön. Für die.«

»Sie teilen die Begeisterung nicht uneingeschränkt.«

»So kann man es ausdrücken. Unser Chef hat mich freiwillig für eine Einweisung in die Bedienung des Programms gemeldet. Und während ich weg war, hat die EDV-Abteilung meinen Schreibtisch umgestaltet. Sehen Sie selbst.«

Er zeigte auf Bildschirm, Maus, eine Tastatur mit diversen Funktionstasten, ein Grafiktablett, einen Scanner.

»Glückwunsch. Ich beneide Sie. Es dürfte niemanden sonst hier geben, der so gut ausgestattet ist.«

»Jaja. Ich bin jetzt komplett digital. Und am Arsch.«

»Wieso das?«

»Mit den schönen neuen Geräten ist auch besagtes Programm gekommen. Das unsere Routinearbeiten erleichtern soll. Vielmehr: Es soll lernen, unsere Routinearbeiten zu erleichtern.«

»Sie machen also den Erklär-Bär.«

»Wenn es nur das wäre!«

»Was ist es dann?«

»Sehen Sie: Meine Berichte muss ich selbstverständlich im alten System erfassen, auf das alle zugreifen können. So lange, bis die Umstellung abgeschlossen ist.«

»Logisch. Und dann markieren Sie den Text, kopieren ihn mit Steuerung-C, gehen in das Eingabe-Fenster des neuen Programms und fügen ihn dort mit Steuerung-V ein. Hat mich zehn Jahre gekostet, das zu begreifen.«

»Vergessen Sie's.«

»Wieso?«

»Sicherheitsstandards. Der EDV-Fritze hat mir erklärt, dass fremde Programme den zwischengespeicherten Text sowohl lesen als auch bearbeiten könnten, bevor er an anderer Stelle wieder abgelegt wird. Also ist das abgeschaltet.«

»Nein!«

»Doch!«

»Ooooh!«

»Wollen Sie sich weiter an meinem Elend weiden?«

»Sicher. Fahren Sie fort.«

»Ich muss ein anderes Fenster öffnen, in dem ich nach meinem gespeicherten Bericht suchen kann.«

»Sie geben den Dateinamen in die Suchmaske …«

»Den vollständigen Dateinamen. Inklusive des Pfades. Manuell. Mit allen Sonderzeichen. Die im neuen Programm aber an anderer Stelle auf der Tastatur liegen.«

»Lassen Sie mich raten: Einfach einfügen geht aus Sicherheitsgründen nicht.«

»Ge-nau.«

»Und dann wird der Text in das neue Programm geladen, und Sie können ihn abspeichern.«

»Nachdem ich die Umlaute angepasst habe. Nachdem ich jedes dem Programm noch nicht bekannte Wort in das Wörterbuch eingetragen habe. In einem weiteren Fenster. Mit der Hand am Arm. Nachdem ich mich mit der Rechtschreibprüfung darauf geeinigt habe, wer recht hat.«

»Hört sich nach effizienter Arbeitsgestaltung an. Wir sollten einen Assistenten anfordern, der Ihnen assistiert.«

»Das wäre nicht die schlechteste Idee. Ach ja: Wenn das alles erledigt ist, dann darf ich dem Programm den gesamten korrigierten Text einmal laut vorlesen. Und das, was das Programm verstanden hat, gegen den geschriebenen Text abgleichen.« Müller seufzte erneut. »Immerhin soll das

Programm dann in ein oder zwei Wochen so weit sein, dass ich das meiste diktieren kann.«

»Hört sich doch gut an.«

»Ja.«

»Aber?«

»Ich kann den Bericht erst dann im neuen System abspeichern, wenn alle Schritte durchlaufen sind und das Programm das Ergebnis akzeptiert.« Müller holte tief Luft. »Und jetzt ist dieses ... das vierte Mal beim letzten Schritt abgestürzt!«

»Autsch!«

»Sie sagen es. Und wissen Sie, was die EDV-Abteilung mir sagt? Ich soll es einfach weiter versuchen, irgendwann würde es sicher klappen. Sobald der Hersteller das Problem behoben hat. Der für die Behebung die Fehlerprotokolle der Eingaben braucht.«

»Ich habe irgendwo einmal gelesen, es soll das Geschäftsmodell der größten EDV-Konzerne der Welt sein, dass die Programme beim Kunden entwickelt werden.«

»Kann ich bestätigen. Ich hoffe, dass es bald wieder einen Fall zu bearbeiten gibt. Sonst muss ich irgendwen umbringen. Vorzugsweise beim Hersteller dieses Programms. Entschuldigung. Ich versuche es einfach nochmal.«

Mops nickte mitfühlend. »In Ordnung. Viel Erfolg.«

Müller drehte sich dem Bildschirm zu.

Mops verließ das Büro und setzte seinen Weg fort. Er war mit Leonie zum Mittagessen verabredet und hatte versprochen, sie in der Autopsie abzuholen, wo sie noch einige Informationen über ihren aktuellen Klienten erfassen und dokumentieren wollte.

Im Untergeschoss verließ Mops gut gelaunt den Aufzug und hatte es bis kurz vor die Tür der Autopsie geschafft, als ein Schrei fast sein Trommelfell zerriss. Er stürzte zur Tür und riss sie auf.

Leonie stand einem Racheengel gleich im Raum, ein schweres chirurgisches Werkzeug zum tödlichen Schlag erhoben. Das wahrscheinliche Ziel des Angriffs war ein neuer 27-Zoll-Monitor, der auf dem Schreibtisch thronte. Mit Lautsprechern. Mit eingebauter Kamera.

Auch wenn der Tote auf dem Seziertisch nicht Mops' Fall war, hatte er das Gefühl, das hämische Lachen dessen Geistes zu hören.

* * *

»Wie kann man nur einen solchen Schrott auf Menschen loslassen!«

Mops wartete, bis Leonie den nächsten Bissen im Mund hatte und die in der Kantine in der Nähe sitzenden Kolleg:innen ihre Aufmerksamkeit wieder den eigenen Tischnachbar:innen zuwandten.

»Müller hat sich auch dahingehend geäußert.«

Leonie grinste schräg. »Der Arme. Obwohl ich gerade bei ihm gedacht hätte, dass das Programm ihm arbeitstechnisch entgegenkommt.«

»Wenn es denn funktionieren würde, hat Müller gemeint.«

»Das ist ja das Schlimme daran«, schnaufte Leonie. »Es funktioniert. Sehr gut sogar.«

»Sah vorhin nicht so aus.«

»Es funktioniert genau dann, wenn man sich genau an die Anweisungen hält. Verstehst du?«

»Ehrlich gesagt: nein. Ich benutze diese Sachen eigentlich nur für Datenerfassung und Ablage. Ich bin da etwas oldschool. Du weißt ja, Sense und so.«

Leonies Mundwinkel zuckten für einen Moment. »Das

glaubst du. Was ich meine, ist das Folgende: Die Programme, die du bisher kennst, melden dir einen Fehler, wenn du etwas eingibst, für das sie nicht gedacht sind. Und du hast schon so viel Routine damit, dass dir das selbstverständlich vorkommt. Ist es aber nicht. Wusstest du, dass mehr als achtzig Prozent eines Anwenderprogramms nichts anderes tut, als zu versuchen, Fehleingaben der Anwender abzufangen oder verhindern?«

»Nein. Ist das nicht Verschwendung?«

»Das ist eine Frage des Standpunktes. Die Entwickler des neuen Programmsystems haben wohl darauf verzichtet, diese Fehlerabfangroutinen einzubauen. Diese Dackel.«

»Warum das?«

»Weil das neue Programm aus den Fehlern der Anwender lernen soll. Es soll sich gewissermaßen selbst die Anwenderfehler beibringen. Sowie die vom Anwender vorgeschlagene Lösung. Nach Diskussion mit dem Anwender.«

»Dann könnte ich doch kompletten Blödsinn eingeben.«

Leonie grinste breit. »Wenn es solche Dinge wie Logik nicht gäbe.« Das Grinsen verschwand. »So weit, so gut. Außerdem haben die am Interface gespart.«

»Interface?«

»Der Schnittstelle.«

Mops hatte immer noch Fragezeichen im Blick.

»Entschuldige. Der Teil des Programms, welcher von dir Eingaben entgegennimmt oder dir Ergebnisse präsentiert.«

»Ah. Verstanden. Und diese Schnittstelle ist nicht so gut, wie sie sein könnte.«

»Wenn du mich fragst, dann haben die das einen Praktikanten programmieren lassen, ohne ihn mit Anwendungsdesign und Usability zu belästigen.«

»Du hast mich wieder abgehängt.«

»Kurz gesagt: Dieses Programm ist von Programmierern

für Programmierer gestaltet worden. Oder von Leuten, die – ach, egal. Man hat mir mitgeteilt, dass es zur Funktionalität des Programms gehört, mit der Dauer der Nutzung die Qualität der Verwendbarkeit eigenständig zu verbessern. Ich kann nur hoffen, dass das kein Marketing-Gag ist.«

»Willst du damit sagen, dass dieses Programm sich gewissermaßen an dich gewöhnt?«

»Abstrakt gesehen ist das das Ziel der Veranstaltung.«

»Dann wäre die Art und Weise, wie das Programm Müller umgehen wird, eine andere als bei dir?«

»In den Grundfunktionen wahrscheinlich nicht«, relativierte Leonie. »Ein Außenstehender könnte diesen falschen Eindruck erhalten.« Sie lächelte. »Überleg dir nur die Vorteile. Menschen, die Probleme haben, sich mit ihrer Umgebung zu verständigen, könnten auf diese Weise sehr viel schneller mit Leuten wie dir und mir kommunizieren.«

»Weil das Programm dann irgendwann die wahrscheinlichste Variante eines Gesprächs vorwegnimmt?«

»Für einen Nicht-Informatiker hast du es gut beschrieben.« Mops runzelte die Stirn. »Darüber muss ich nachdenken.«

»Warum?«

»Na ja. Stell dir vor, du bist auf Dienstreise und kommst erst in einer Woche wieder. Ich sitze zu Hause und blase Trübsal, weil du nicht für mich erreichbar bist. Dann brauche ich nur den Computer einzuschalten und kann das ›Leonie-Programm‹ starten. Wenn das dich so gut kennt, wie du gerade begeistert beschrieben hast, wird es mit mir in gleicher Weise interagieren wie du es – Mops malte mit beiden Händen Anführungszeichen in die Luft – in dieser Situation wahrscheinlich tun würdest. Was die Sprache angeht. Ich würde deine Nähe dann zwar immer noch vermissen, könnte aber zumindest ein Gespräch mit dir führen, ohne dass du anwesend bist. Faszinierend.«

Leonie zeigte sich alles andere als fasziniert. »Wenn du das tust, dann kannst du dir jemand anderen für deine langen Abende suchen.«

»Wieso weißt du eigentlich so viel darüber?«

Leonie zögerte. »Das ist ein dunkler Punkt in meiner Vergangenheit.«

»Wieso? Wissen ist doch kein dunkler Punkt.«

»Nein. Aber der Grund, welcher. Ich war im Studium mega verliebt in jemanden.«

»Daraus, dass ich nicht dein erster Partner bin, hast du nie ein Geheimnis gemacht.«

Leonie zwinkerte ihm zu. »Du bist mein bisher bester.«

Mops lächelte säuerlich. »Danke.«

»Er hat Computerwissenschaften studiert, nicht Medizin. Ich habe mich richtig angestrengt, um mit ihm mithalten zu können. Fast hätte ich das Studienfach gewechselt. Na ja. Bis er mich flachgelegt hatte.«

»Was ist da Schlimmes dran? Ich nehme an, dass du nicht gezwungen wurdest?«

»Nein. Wurde ich nicht. Es war eine wunderschöne Woche. Bis ich versehentlich seinen Rechner gehackt habe.«

»Versehentlich. Du. Aber sicher.«

Leonie wurde rot im Gesicht. »Ich hatte gute Gründe für meinen Verdacht. Nach einer Woche! Ich habe freundlicherweise seine wichtigen Daten für mich gesichert … bevor ich ihm die Festplatte formatiert habe. Er war nicht begeistert.«

»Hat er dich bedroht?«

»Hat er. Ich habe ihm gesagt, ich hätte ein Backup der Daten, die er vermisst. Für den Fall, dass er mich noch einmal anfasst. Und angedeutet, was alles mit einem Skalpell schiefgehen kann.«

»So kenne ich dich gar nicht.«

»Du bist halt ein Glückspilz. Jedenfalls ist eine Menge

technischen Wissens bei mir hängengeblieben. Und ich bleibe da gern auf dem Laufenden. Ist wirklich interessant.«

»Ich bleibe bei meiner Sense. Die ist auch ein wirklich interessanter Gegenstand.«

»Kein Widerspruch.«

»Und bei dir.«

»Im Original. Versprich es.«

»Versprochen. Bleibt mir wohl nichts anderes übrig.«

»So ist es.«

Mops widmete sich dem nicht mehr ganz warmen Schnitzel, das vor ihm auf dem Teller lag.

Leonie schob ihre Suppe beiseite und ging zum Nachtisch über, der in der Hauptsache aus Zucker in verschiedenen Aggregatzuständen zu bestehen schien.

Mops wunderte sich. »Du meidest diesen Müll doch sonst wie der Teufel das Weihwasser.«

Leonie saugte die klebrige Masse mehr ein, als dass sie sie löffelte. »Ärger kostet Kalorien. Ich befürchte, dass ich mich noch mehr ärgern werde, wenn ich nach der Mittagspause zurückgehe und die Arbeit vom Vormittag noch einmal machen muss.«

»Nicht zur Strafe. Nur zur Übung.«

»Wenn das Programm nicht in kürzester Zeit das liefert, was die Firma versprochen hat, dann weiß ich schon, wer als Nächstes unten auf meinem Tisch landet. Todesursache: Einwirkung eines stumpfen Gegenstandes.«

»Das ist die zweite Morddrohung, die ich heute von Kollegen höre. Wenn das so weitergeht, sitze ich bald allein im Präsidium. «

»Unser Chef ist schuld. Er hat sich das vom Ministerium aufschwatzen lassen.«

»Leonie?«

»Die Antwort ist nein. Ich mache keinen Support für Dinge,

die mich aggressiv machen.« Sie sah Mops unschuldig an. »Du tröstest mich aber trotzdem, oder?«

Mops seufzte ergeben. »Zu mir oder zu dir?«

»Zu mir. Falls ich den dringenden Wunsch verspüren sollte, Möbel umzugruppieren.«

»Einverstanden.«

»Du kochst? Bitte. Falls es später wird? Ich muss unserem Chef heute noch Bericht erstatten.«

»Besondere Wünsche?«

»Heiß, warm, klebrig. Mit viel Alkohol in der Sauce. Und ein guter Weißwein dazu wäre nicht schlecht. Ich erwarte von dir, dass du die Situation ausnutzt.«

»So schlimm?«

»Sei froh, dass du bisher einfach deine Arbeit weiter machen darfst.«

»Du bist sehr selten so frustriert.«

»Ich weiß. Und es tut mir leid. Ich bin wirklich froh, dass ich mich bei dir nicht zu verstellen brauche.«

Mops nahm gespielt Haltung an. »Ich werde mein Bestes geben, Mylady.«

Leonie lächelte vielversprechend. »Ich habe nicht weniger erwartet.«

Als Leonie ihre Wohnung betrat, wehte ihr ein süßer, verführerischer Geruch entgegen. Sie schloss leise die Tür und legte ihre Straßenkleidung ab. Dann schlich sie ins Wohnzimmer.

Mops lag auf der Couch und schnarchte.

Leonie beugte sich über ihn und küsste ihn sanft auf die Stirn.

Mops schlug die Augen auf.

»Ich …«

Mops legte seine Hand sanft auf Leonies Mund. »Kein Wort über die Arbeit.« Er nahm die Hand wieder zurück.

»Aber …«

»Nein. Morgen wieder. Es sei denn, es ist wirklich wichtig.«
Leonie setzte sich auf die Couch und holte tief Luft. »Nein.
Ist es nicht. Noch nicht.«

»Abendessen?«

»Ja. Gerne.«

Leonies Smartphone brummte.

Sie nahm es aus der Hosentasche und sah verärgert auf die
Anzeige. »Leck mich!« Sie schaltete das Smartphone ab und
legte es auf den Tisch. »Ich habe heute keine Bereitschaft.
Und über das Thema jederzeitige Verfügbarkeit rede ich
morgen mit unserem Chef.«

»Dem scheint gerade ziemlich der Kittel zu brennen.«

Leonie lächelte schelmisch. »Morgen. Das waren deine
eigenen Worte.«

Mops stand auf und reckte sich. »Ist mir sehr recht.«

Digi-Mops

Mops starrte mit einer Mischung aus Begeisterung und Besorgnis auf seinen Schreibtisch. Dort prangte ein neuer Monitor samt Tastatur und anderem aktuellen EDV-Gerümpel. Sein Chef trat neben ihn. »Es kann nicht sein, dass Sie schlechter ausgestattet sind als Ihre Mitarbeiter.«

»Hat Müller gepetzt?«

»Wie bitte?«

»Nicht so wichtig. Wie komme ich zu der Ehre?«

»Ich sagte es bereits.«

»Und jetzt im Ernst.«

Der Chef räusperte sich. »Befehl von oben. Tut mir leid. Ich habe den Schrott auch auf meinen Schreibtisch montieren lassen müssen. Sie sind einer meiner effektivsten Mitarbeiter. Sie kennen doch den Spruch: Von den Besten lernen heißt siegen lernen.«

»Und was genau soll ich lernen?«

Der Chef zeigte auf den Schreibtisch. »Nicht Sie. Das Programm.«

»Ich habe schon Schwierigkeiten, Kindergartenkindern die Verkehrsregeln beizubringen.«

»Da habe ich anderes gehört.«

»Das ist wegen der Sense. Wenn ich die bedeutungsschwer hin- und herbewege, fällt es den Kids schwer, ihre Aufmerksamkeit woanders zu fokussieren. Ich befürchte, das klappt hier nicht.«

Der Chef lächelte ironisch. »Wer weiß? Die Software hat Gesichts- und Mustererkennung.«

»Wie vereinbart sich das Ganze mit der notwendigen Vertraulichkeit und Verschwiegenheit, die unser Beruf mit sich bringt?«

»Die Frage habe ich ebenfalls gestellt. Der Minister ist da sehr optimistisch. Das Programm und alle Daten befinden sich in einem Hochsicherheits-Rechenzentrum. Vier Meter Betonwände. Da kommt niemand rein. Die Datenleitungen von dort bis hin zu Ihrem Schreibtisch sind verschlüsselt. Und da Sie, wenn Sie mit sensiblen Daten arbeiten, die Bürotür geschlossen haben müssen, sollte nichts schiefgehen. Das Programm selbst wird von einem kleinen Team betreut, das die Daten nur anonymisiert zu sehen bekommt. Was sagen Sie?«

Mops zuckte mit den Schultern. »Was soll ich sagen? Erinnern Sie sich an den Toten im Panik-Raum? Er wurde aus zwei Metern Entfernung erschossen. Keine Spur einer anderen Person. Die Waffe wurde bis heute nicht gefunden.«

»Das war ein Einzelfall.«

»Ja.«

»Ihr ›ja‹ klingt nach einem ›ja, aber‹.«

»Deshalb sind Sie der Chef. Ich bin froh, es nicht zu sein.«

»Also?«

Mops nickte. »Wenn Sie sagen, dass das mein Job ist, dann ist das mein Job. Unter einer Bedingung.«

»Die wäre?«

»Egal wie blöd ich mich dabei anstelle, ich will keine Belehrungen, Ermahnungen oder Sonstiges. Bei Problemen will ich mit dem Lieferanten sprechen dürfen. Ich werde die Sache wie einen meiner Fälle angehen.«

»Warum?«

»Weil ich darin – wie Sie selbst sagten – erfolgreich bin.«

»Einverstanden. Aber ich will regelmäßige Berichte.«

»Wie oft?«

»Sie nehmen es doch sonst nicht so genau.«

»Wie oft?«

»Einen pro Woche.«

»Reicht mündlich?«

»Wenn Sie ihn schriftlich über das neue System nachreichen.«

Mops ging zu seinem Schreibtisch und setzte sich. »Wie melde ich mich an?«

»Mit Mops. Passwort ist ›mops‹, kleingeschrieben.«

»Ich wusste es.«

»Sie müssen das Passwort ändern, bevor es weitergeht.«

»Immerhin.«

Mops beschäftigte sich eine Minute mit den am Bildschirm erscheinenden Formularen. Dann öffnete er das ›Bericht-Fenster‹.

»Was machen Sie?«

»Ich schreibe meinen ersten Bericht.«

Mops tippte ›Anmeldung erfolgreich‹ ein. Danach die E-Mail-Adresse des Chefs. Im dafür vorgesehenen Feld. Anschließend drückte er auf den ›senden‹ Button. »Fertig.« Er drehte sich um. »Der nächste Bericht kommt dann nächste Woche. Wie vereinbart.«

Dem Chef war anzusehen, dass er sich die Sache etwas ausführlicher vorgestellt hatte.

»Habe ich Sie jemals hängen lassen?«, fragte Mops.

»Nein.«

»Gut.«

Der Chef nickte. »Dann frohes Schaffen. Und viel Erfolg.« Er verließ das Büro und schloss demonstrativ die Tür.

Mops setzte sich und nahm die neuen Gerätschaften in Augenschein. Neben der Tastatur lag ein einmal gefaltetes DIN-A4-Blatt, mit vielen Bildern und wenig Text. Er überflog es kurz und schaltete dann das System durch Klicken auf den unten rechts am Bildschirm befindlichen Button ein.

Neben dem Kamera-Symbol oben im Bildschirm leuchtete ein rotes Licht auf. Ein kurzes Klicken erklang aus Richtung des Scanners. Dann erschien ein Fenster und zeigte den Dienstausweis von Mops. Darunter erschien ein Text:

- Bitte mit Fingerabdruck und Stimme identifizieren -

»Holla!«

- Danke. Jetzt noch die Fingerabdrücke. -

Der Scanner begann zu arbeiten. Mops klappte den Deckel hoch und legte seine rechte Hand auf das Glas.

- Danke. Persönliche Datenbank wurde angelegt. -

»Aha.«

- Bitte Befehl wiederholen. -

»Was?«

- Haben Sie die Bedienungsanleitung gelesen? -

»Nein. Habe ich nicht.« Mops fühlte sich beobachtet. Er nahm die Anleitung noch einmal zur Hand. Auf der Rückseite gab es ein sehr klein gedrucktes Bild, in dem in einer Liste in noch kleinerer Schrift einige Worte fett gedruckt standen. Die Überschrift war: Sprachanweisungen.

»Aha.«

Auf dem Bildschirm passierte nichts.

»Spracheingabe«, sagte Mops und kam sich komisch vor.

- Aufnahmebereit -

»Menü«

Der Dienstausweis verschwand und wurde durch das ikonisierte Bild eines Schreibtisches ersetzt, auf dem sich verschiedene Aktenordner befanden.

Mops klickte ›Berichte‹ an.

Ein leeres Blatt erschien und füllte drei viertel des Bildschirms aus. Rechts davon erschien eine ebenfalls leere Liste mit der Überschrift ›Worte lernen‹.

»Ah ja.«

- Bevorzugen Sie Spracheingabe für diese Session an Stelle der Maus- und Tastatureingaben? -

Mops verkniff sich Laute der Zustimmung oder Ablehnung. »Ja.«

Unter dem Blatt erschien das Symbol eines Mikrofons.

- Bereit. -

Mops griff nach dem obersten auf dem Stapel liegenden Ordner, öffnete ihn, schlug die erste Seite auf und begann laut zu lesen.

* * *

Leonie klopfte an die Tür von Mops' Büro.

Keine Reaktion.

Leonie klopfte lauter.

Nichts.

Sie drückte die Türklinke herunter.

Die Tür ließ sich öffnen.

Leonie trat ein.

Mops saß sehr bequem in seinem Stuhl, die Füße auf dem Schreibtisch und einen Aktenordner in der Hand. Es las offensichtlich aus dem Dokument. Dann stoppte er, schnippte mit den Fingern.

»Hier das Bild Nummer fünf einfügen. Die Kaffeeflecken wegretuschieren. Elektronischen Verweis zum Originalbild in der Datenbank und im Papierarchiv hinterlegen.«

Mops bemerkte, dass die Tür offen war, setzte die Füße auf den Boden. »Bearbeitung unterbrechen.« Er drehte sich um. »Hallo Leonie.«

»Was machst du da?«

»Arbeiten. Du kennst doch meine entspannte Einstellung zur Arbeit.«

»Oh-Kay.«

»Soll die Aufnahme beendet werden?«, fragte eine metallisch klingende Frauenstimme aus Richtung des Monitors. Mops drehte sich zurück. »Ja. Session sichern und Programm beenden.«

Der Monitor wurde dunkel.

Mops stand auf und kam zu Leonie. »Mittagessen?«

»Ja. Gerne. Ich bin platt. Du hast es doch sonst nicht so mit EDV?«

Mops grinste. »Habe ich auch nicht. Aber ich kann anderen recht gut erklären, was sie tun sollen. Und wenn die dann noch zuhören …«

Er schob Leonie sanft aus dem Büro, schloss die Tür und verriegelte sie.

»Kein Wort zu Kollegen«, raunte er ihr zu.

»Warum das?«

»Das Ganze geht mir zu leicht. Wenn etwas zu schön ist, um wahr zu sein, dann ist es in den meisten Fällen auch nicht wahr.«

»Du bist ein Schwarzseher.«

»Nein. Nekromant. Das ist nicht ganz dasselbe.«

»Zeigst du mir, wie du das so schnell hinbekommen hast?« Mops zögerte.

»Mops!« Leonie stampfte mit dem Fuß auf.

»Ich bin nicht sicher, ob das eine gute Idee ist.«

»Wie meinst du das?« Eine leichte Röte begann sich in Leonies Gesicht bemerkbar zu machen.

»Ich meine: Wieso kommt eine Frau, die sich weit besser mit diesen Dingen auskennt, nicht so schnell so gut mit dem System klar wie ich? Oder besser?«

»Weil ich eine Frau bin?«

Mops fasste sie beruhigend am Arm.

»Warum würde ich so etwas nie im Ernst zu dir sagen?«

»Weil ich dann nur noch per Hauspost mit dir kommunizieren würde. Wenn überhaupt.«

»Genau.«

»Du meinst …?«

»Ich meine gar nichts. Ich spiele das Spiel erst einmal mit.«

»Warum redest du so leise?«

»Weil ich an Verfolgungswahn leide. Das Programm hat mir verraten, dass unsere dienstlichen Telefone mit ihm vernetzt sind. Voll interaktiv. Ich kann von meinem Schreibtisch aus über den Computer mit dir telefonieren.«

»Cool!«

»Wie du weißt, bin ich einer der Wenigen, der nicht in der Messenger-Gruppe ›Mord und Totschlag‹ ist.«

»Ja. Sehr zum Unmut deiner Kollegin Leonie.«

»Deshalb gehen wir jetzt, wie von dir vorgeschlagen, zum Mittagessen. Über das andere reden wir später. Ohne die Anwesenheit irgendwelcher Geräte. Ich habe ein paar Polizistenfragen an dich, die in kein Protokoll sollen.«

* * *

Leonie hatte gerade Jacke und Schuhe im Flur abgelegt, als das Telefon klingelte.

»Hallo?«

»Selber Hallo. Long time, no see, Schneckchen.«

»Kennen wir uns?«

»Besser, als dir lieb ist.«

Leonie tastete nach dem Smartphone in der Handtasche.

»Wer sind Sie und was wollen Sie?«

»Ich bin dein Ex von der Uni. Wir müssen uns treffen.«

Leonie schluckte hart. »Ihre Stimme kommt mir bekannt vor. Aber warum wir uns treffen sollten, falls Sie die Wahrheit sagen, kann ich nicht nachvollziehen.«

Die Stimme lachte hässlich. »Ich habe eine Information, für die sich dein Mops interessieren könnte.« Er lachte wieder.

»Mops! Also wirklich. Ich hätte mehr von dir erwartet.«

»Woher weiß ich, dass Sie tatsächlich Robert sind?«

Er sagte es ihr.

Leonie war überrascht, dass sich der Boden unter ihr nicht auftat, um sie zu verschlingen. »Was willst du?«

»Du wirst es kaum glauben. Aber du musst. Reden. Mit dir. Unter vier Augen. Keine elektronischen Geräte. Keine Telefone. Kameras. Auch keine intelligenten Feuerzeuge.«

»Wieso schickst du nicht einfach eine Mail?«

»Du wirst es verstehen. Da bin ich ganz sicher.«

»Ich bin nicht ganz sicher, ob ich mir das antun soll.«

»Von mir aus sieh es als Erpressung an. Wenn du nicht auftauchst, dann lasse ich mir etwas einfallen, um dein Leben zu zerstören. Nachdem wir uns getroffen haben, wirst du erstaunt darüber sein, wie einfach das ist. Du hast Angst, nehme ich an.«

»Zumindest fühle ich mich gerade sehr unwohl.«

»Ich genieße es, mich auf diese Weise bei dir zu revanchieren. Aber das ist nicht der Grund für meinen Anruf. Wie läuft dein neuer Wagen so?«

»Bin zufrieden.«

»Werwolfstraße 13. Das kannst du dir merken, nehme ich an. Nicht aufschreiben. Nicht googeln. Nur merken. Du brauchst etwa eine Stunde für die Fahrt.«

»Weiter.«

»Ich kenne deinen Dienstplan. Dein Mops hat morgen Nachtschicht. Sei Punkt Mitternacht da.«

»Sehr komisch.«

»Wenn du nicht kommst, dann bekommt dein Mops eine Mail. Mit Bild und Ton.« Er legte auf.

Leonie setzte sich auf den Schuhschrank. Es dauerte einige Minuten, bis sie ihre Gedanken wieder beisammen hatte.

»Na gut!« Sie lächelte gequält. »Mops bringt mich um, wenn er erfährt, dass ich seine Sachen ohne sein Wissen ausleihe. Aber ich brauche die Sense.«

Der Geist in der Maschine

Das ungute Gefühl blieb, als Leonie ihren Wagen startete. Genau genommen waren es zwei ungute Gefühle. Das eine: Wie würde Mops reagieren, wenn er erfuhr, dass sie die Sensenklinge, die samt ihrem Griff eher ein Schwert darstellte, gemopst hatte? Eigentlich verzieh er ihr alles, solange er nicht belogen wurde. Vielleicht sollte sie sogar …? Sie hatte einen Brief hinterlassen. Für den Fall, dass ihre zweite Befürchtung zutraf. Sense und Sensenstiel gehörten zusammen. Auf eine Weise, die sich ganz sicher nicht elektronisch zurückverfolgen ließ. Außer ihr und Mops wusste nur Müller davon. Genau gesagt hat Müller es widerwillig zur Kenntnis genommen.

Leonie gab die Adresse im Navi des Autos ein.

»Werwolfstraße 13. So ein Bullshit! Die Straße gibts doch gar nicht!«

»Bitte fahren Sie zu einer Straße«, gab das Navi von sich. Es wurde kein Zielort angezeigt. Aber die Entfernung und die wahrscheinliche Ankunftszeit.

»Okay. Dann wollen wir mal.«

Das Navi führte sie schnell aus der Stadt heraus. Leonie merkte, dass bestimmte Straßen vermieden wurden. Zum Beispiel die mit den fest installierten Blitzern.

Nach Verlassen der Landstraße wurde das Navi-Display dunkel. »Weiterfahren bis zum Parkplatz.«

Leonie kannte die Gegend grob. Sie würde auch ohne elektronische Hilfe zurück in die Zivilisation finden.

Eine Viertelstunde vor Mitternacht, auf einem Wanderparkplatz, behauptete das Navi: »Ziel erreicht.«

»Ach. Tatsächlich?«

»Folge dem Wanderweg Nummer 5 bis zum Grillplatz. Zu Fuß«, gab das Navi zurück.

Ein kalter Schauer überlief Leonie.

»Komm in die Schwünge!«, ranzte das Navi. Auf dem Display des Navis erschien ein Bild von Leonie, das sie in einer interessanten erotischen Pose zeigte.

»Du Drecksack!«

Das anschließende Geräusch von poppendem Popcorn wies darauf hin, dass das Navi wohl einen irreparablen Schaden erhalten hatte. Der Bildschirm wurde endgültig dunkel, es roch nach verbrannter Isolation.

Leonie stieg aus. Sie schnallte sich die Sensenklinge so auf den Rücken, dass sie mit der rechten Hand an den Griff kam. Dann zog sie ihre Jacke darüber an. Sie ging zum Informationsschild, vor dem sie geparkt hatte. Ihr Gasfeuerzeug spendete genug Licht, um den Weg zum genannten Ort festzustellen.

»Taschenlampe wäre nicht verkehrt gewesen.«

Sie machte sich langsam auf den Weg. Es leicht bewölkt so dass sie im Dunkeln einigermaßen sehen konnte.

Als Leonie am Grillplatz ankam, läutete eine Glocke in der Ferne zur vollen Stunde.

»Na, Angst?«, fragte eine Stimme von der anderen Seite.

»Blöde Frage.«

Ihr ehemaliger Studienkamerad kam ihr langsam entgegen. Zwei Schritte vor ihr hielt er an.

»Bleib, wo du bist«, sagte er.

»Ich dachte, das wäre mein Text. Hallo, Rudolf. Lange nicht gesehen.«

»Ja. Ich weiß, dass du mich nicht vermisst hast. Und ich hätte mich gern weiterhin im Hintergrund gehalten und an dir ergötzt. Weißt du überhaupt, wie geil du aussiehst, wenn du dich in der Autopsie über deine Opfer beugst?«

»Dass du ein Spanner bist, ist mir nicht neu.«

»Das ist mein Problem. Nicht deines. Und auch nicht das deiner Dienststelle.«

»Sondern?«

»Ich arbeite als Datenaufbereiter für die Firma, die eure neue digitale Welt zur Verfügung stellt.«

Leonie konnte sein breites Grinsen regelrecht fühlen.

»Du hast ja keine Ahnung, was auf der Dienststelle so alles abgeht, wenn deine Kolleg – innen – glauben, dass niemand sie beobachtet.«

»Das will ich gar nicht wissen.«

»Dass ich dich entdeckt habe, war reiner Zufall. Der Rest war einfach. Ein paar offene Datenbanken hier, ein paar Querverweise im Internet dort. Innerhalb einer Woche habe ich deine komplette Lebensgeschichte ermittelt. Wo du warst, mit wem, und so weiter. Mit einigen unerwarteten und interessanten Ausnahmen. Unser Projekt beinhaltet den Zugriff auf Telefondaten und Positionsmeldungen von Auto-Navigationssystemen. Kannst du mir folgen?«

»Leider ja. Du hast das System gehackt für deine persönlichen Vorlieben. Und jetzt hast du kalte Füße bekommen, weil du Angst hast aufzufliegen. Komm zur Sache.«

Rudolfs Stimme änderte sich, wurde rau und leise. »Wenn nur ich komische Dinge mit Daten anstellen würde, dann hättest du nie von mir gehört. Aber die Sache ist mir über den Kopf gewachsen. Ich bin so weit drin, dass ich dir auf keinen Fall Informationen per Mail zukommen lassen kann.« Er schnaufte belustigt. »Deshalb sind wir hier. Wie du weißt, bin ich nie einer attraktiven Frau aus dem Weg gegangen.«

Leonie knirschte mit den Zähnen. »Allerdings.«

»Ich verbinde das Angenehme mit dem Notwendigen. Das Letzte, was ich will, ist, dass jemand mich mit meinen Daten erpressen kann. Setze ›mich‹ stellvertretend für ›alle‹. Und ›jemand‹ für ›wer am meisten dafür bezahlt‹.«

»Das hört sich ziemlich abgedreht und krank an.«

Rudolf machte zwei schnelle Schritte auf Leonie zu und fasste sie besitzergreifend um die Hüfte. Seine Hände wanderten an ihrem Körper hinab.

»Lass das!«

»Nur der Erinnerung wegen.«

»Lass mich los, wenn du nicht im Sopran singen willst. Das ist mein Ernst.«

Rudolf zog seine Hände zurück, patschte Leonie wohlwollend aufs Hinterteil und ging auf Abstand. »Schade. Ich hätte bei dir bleiben sollen.«

Leonie schüttelte sich. »Das war nicht deine Entscheidung.«

»Du weißt nun, worum es geht. Sei vorsichtig, was du dem Programm mitteilst. Und ich rate dir, dafür zu sorgen, dass sich jemand die Firma, die das herstellt, genauer ansieht. Bestimmte Dinge kann ich nur zeigen, wenn ich vor Ort bin. Die haben Sicherheitsmechanismen, da wird jeder Geheimdienst blass.« Er lachte hässlich. »Du weißt noch, was die häufigste Ursache für Schäden in der Datenverarbeitung sind?« Rudolf wandte sich zum Gehen. »Es sind nicht dumme Anwender, schlechte Passwörter oder Sicherheitslücken. Sondern unzufriedene Mitarbeiter.«

Leonie hörte hinter sich ein leises Knirschen. Ihr Kopf fuhr herum.

»Bist du wirklich allein gekommen?«, zischte Rudolf.

»Sicher.«

»Wir sehen uns. Schönes Messer übrigens.«

Rudolf verschwand im Dunkeln.

Leonie hatte keine Ahnung, wie die Sensenklinge in ihre Hand gekommen war. Am Rücken zog es. »Ich schätze, ich brauche eine neue Jacke.«

Sie behielt die Waffe in der Hand, bis sie wieder in ihr Auto eingestiegen war und die Tür verriegelt hatte. Sie wickelte die Sensenklinge vorsichtig in die Reste ihrer Jacke ein, bevor sie losfuhr.

Leonie verfuhr sich und folgte missmutig der Straßenbeschilderung bis zur nächsten Stadt, bevor sie sich über Hauptstraßen auf den Rückweg machte.

Bei Mops angekommen, parkte sie ihr Auto eine Straße weiter, schlich sich, dunkle Ecken ausnutzend, zum Mietshaus und dann durch das Treppenhaus bis zur Wohnung.

»Was soll das?«, flüsterte sie zu sich selbst. »Mops hat bis sechs Uhr Dienst.«

Als sie die Wohnung betrat, bemerkte sie, dass Licht im Wohnzimmer brannte.

»Mist!« Sie legte die Jacke samt Sensenklinge im Flur ab und betrat das Wohnzimmer.

Mops blieb sitzen und sah sie von unten herauf an. »Wenn dir in der Autopsie zu langweilig ist, dann sprich bitte mit unserem Chef, bevor du auf eigene Faust ermittelst.«

»Die ... Sense ...«

»Ja. Setz die bitte zusammen und stell sie an ihren Platz. Und dann beweg deinen Hintern in die Autopsie. Bevor mir eine andere Verwendung einfällt.«

Leonie sah Mops entgeistert an. »Wie redest du mit mir?«

Mops drehte sich von ihr weg und zeigte auf etwas, das Leonie nicht sehen konnte. »Du hältst dich da raus!«

Opfer des Fortschritts

»Eingedrückter Brustkorb, Schädeltrauma. Typisch für einen Frontalaufprall, bei dem der Fahrer nicht angeschnallt war«, kommentierte Leonie ihre Untersuchung.

Ihre Worte füllten das Dokument, das hinter ihr auf dem Bildschirm geöffnet war.

Leonie schüttelte sich »Du Idiot!«, formulierten ihre Lippen. Es schien nicht ganz klar, wen genau sie damit meinte. Sie nahm die Kamera und machte ein paar Fotos vom Opfer, die sofort in das Dokument übertragen wurden.

Leonie holte tief Luft. »Identität des Toten laut Führerschein und Personalausweis: Rudolf Mayerr.«

Mops betrat den Autopsieraum. »Was hast du für mich?«

»Einen Toten. Verkehrsunfall laut Bericht. Er ist ohne ersichtlichen Grund von der Straße abgekommen und hat versucht, durch einen Baum zu fahren. Er muss sofort tot gewesen sein.«

Sie sah sich unauffällig um, ob sie im Aufnahmebereich einer Kamera war. »Nicht hier«, gab sie Mops wortlos zu verstehen.

Mops nickte unmerklich. »Das Fahrzeug ist ein ziemlich moderner Schlitten gewesen. E-Auto mit wohl zu vielen PS für den Fahrer. Laut Bordcomputer war es im autonomen Fahrmodus, was sowohl verboten als auch in diesem Land üblicherweise nicht einstellbar ist. Möglicherweise ist das Auto eigenständig einem anderen Hindernis ausgewichen. Das lässt sich aber nicht mit Sicherheit feststellen.

Der Länge der Bremsspur nach muss Rudolf sehr schnell unterwegs gewesen sein. Viel zu schnell für die Straße. Er hat die Fahrzeugelektronik wohl seinen Wünschen angepasst.«

»Wie kommst du darauf?«

»Ich war in seiner Wohnung. Mit dem, was dort herumliegt, kann ein Computerladen ein halbes Jahr lang guten Umsatz machen. Sagen die Spurensicherer. Und er arbeitete in einer Firma, die sich auf künstliche Intelligenz spezialisiert hat. Dieselbe, die unsere Dienststelle gerade ausstattet.«

»Sollen die Informationen dem Protokoll ›Mops 014‹ hinzugefügt werden?«, fragte der Bildschirm.

»Ja. Als Entwurf«, bestätigte Mops. Er wandte sich an Leonie. »Wie lange brauchst du hier noch?«

»Etwa eine halbe Stunde.«

»Gut. Wir sehen uns in der Cafeteria.« Er drehte sich um. »Mops?«

Mops ignorierte Leonie und verließ den Raum.

Leonie rückte vorsichtig den Stuhl zurecht und setzte sich Mops gegenüber. »Immer noch sauer?«

»Hast du dein Handy im Büro gelassen?«

»Ja.«

Mops sah von seinem Kaffee auf. »Gut. Dein Ex war ein ganz besonderes Exemplar Mensch.«

»Ich mag das Besondere, wie du weißt.« Sie schluckte hart. »Tut mir leid, das hast du nicht verdient. Der war wirklich ein Griff ins Klo.«

Mops nickte. »Solange ich den am Hals habe, werde ich versuchen, möglichst wenig an dich zu denken. Zumindest nichts allzu Persönliches.«

»Denke jetzt nicht an die blaue Elefantin«, mokierte sich Rudolf, der – nur für Mops sichtbar und hörbar – hinter Leonie stand.

Leonie kniff die Lippen kurz zusammen, bevor sie weitersprach. »Rudolf hat mich gestern angerufen und ein Treffen mit mir verlangt. Er hat Andeutungen gemacht, dass unsere neue Datenverarbeitung wohl nicht so sicher sei, wie man uns glauben machen will.«

Mops nickte knapp. »Bitte schreib in deinen Bericht genau das, was erwartet wird. Nichts von deinem Privatausflug. Und untersuche Rudolf dann noch einmal. Ohne Zuschauer.«

»Das wird schwierig. Ich kann die EDV-Geräte nicht ohne Grund aus der Autopsie entfernen. Ich bin mir nicht sicher, ob die aus sind, nur weil die Lichter nicht an sind.«

»Verstehe. Dann musst du improvisieren.«

»Ich rede mit dem Bestatter. Analog. Der wird mich für verrückt erklären, aber ich denke, ich bekomme das hin. Sollten wir nicht Müller und unseren Chef informieren?«

Mops lächelte knapp. »Worüber? Das wir nun vollständig unter Verfolgungswahn leiden? Wir haben keinen einzigen Beweis. Nicht einmal belastbare Indizien. Wir werden unsere Polizeiarbeit ganz normal weitermachen. Und sie ganz normal im neuen System dokumentieren, wie angewiesen. Wir werden uns auch privat ganz so wie immer verhalten.«

Müller kam zu ihnen hinüber. »Guten Morgen.«

»Hallo.« Leonie winkte ihm freundlich zu. »Was führt Sie zu uns?«

»Unser Chef möchte sie sehen. Beide. Die Firma hat angerufen und sich besorgt gezeigt, dass da eventuell Geheimnisverrat im Spiel sein könnte. Daher wollen sie eine Bestätigung der Todesursache. Ich habe den Eindruck, dass auch unsere interne Sicherheit diese Frage zufriedenstellend beantwortet haben will.«

Mops nickte. »Verstehe. Wir sind schon auf dem Weg.«

* * *

»Sind Sie sicher?«

Leonie sah den Chef mit Unschuldsmiene an. »So sicher, wie es der aktuelle Stand der Untersuchung des Toten hergibt. Soll ich nach etwas Bestimmtem suchen?«

Der Chef schüttelte den Kopf. »Nein. Zumindest mir hat niemand gesagt, wonach. Was mich zu der Frage bringt, warum überhaupt so ein Aufwand auf meiner Ebene getrieben wird. Ich habe in den letzten beiden Stunden mit sehr vielen Leuten gesprochen, die wollen, dass ich mir keine Sorgen mache. Das macht mir Sorgen.«

»Verstehe. Ich schlage vor, dass wir, wegen vermuteter Zusammenhänge, die Untersuchung standardmäßig fortführen. Aber ohne uns weit aus dem Fenster zu lehnen und jemandem auf die Füße zu treten«, sagte Mops.

»Gute Idee. So machen wir es. Informieren Sie mich, falls Sie auf unerwartete Schwierigkeiten stoßen. Sofort.«

»Mache ich.«

»Gut. Das wäre dann alles fürs Erste. Viel Erfolg.«

Vor der Tür stieß Leonie Mops an. »Sag mal, was soll das? Der Chef weiß doch genau, wie du ermittelst.«

»Richtig. Wenn etwas schiefläuft, kann er sich darauf berufen, mir etwas anderes aufgetragen zu haben.«

»Ist das nicht unfair?«

»Ja. Das ist es. Und es ist im System protokolliert. Eigentlich will er, dass ich arbeite wie immer.«

»Verstehe. Ohne euch beide zu kennen, ist die Information nicht korrekt auslegbar. Nennt sich kontextabhängige Syntax. Programmiersprachen sind im Gegensatz dazu kontextfrei. Stell dir vor, ein Programmierer könnte sich versprechen bei der Eingabe des Programmcodes.«

»Hm. Stell dir vor, ein Programm könnte sich entsprechend der vorhandenen Situation selbst programmieren.«

»Da arbeitet man gerade dran. Nennt sich maschinelles Lernen. Gehört zur Erforschung der künstlichen Intelligenz. Das autonome Autofahren soll so einmal funktionieren.«

»Tut es doch schon.«

»Aber noch nicht gut genug in jeder Situation.«

»Wie zum Beispiel bei Rudolf?«

»Gute Frage.«

»Ja, gute Frage«, bestätigte Rudolf.

Mops nickte.

Leonie sah Mops an. »Deine Spezial-Kommunikation ist ziemlich knapp. Wenn ich es mit anderen Fällen vergleiche.«

»Ich habe Rudolf Redeverbot erteilt. Weil ich nicht wissen will, was er über dich weiß.«

Leonie wurde knallrot im Gesicht.

»Wenn es etwas gibt, was du mir nicht erzählen willst, dann gibt es bestimmt gute Gründe dafür.«

Rudolf grinste hämisch.

Mops seufzte. »Also gut. Ich fahre mit Müller zur Firma, sobald die Sonne aufgegangen ist. Wie hieß die noch gleich?«

»DNS GmbH – Digitaler Nächster Schritt.«

»Die haben echt keinen englischen Namen?«

»Doch. Der bedeutet dasselbe.«

»Gestern standen wir am Abgrund …«, warf Rudolf ein.

»Leonie?«

»Ja?«

»Wenn du noch einmal von seltsamen Leuten zu einem persönlichen Gespräch eingeladen wirst, dann sprichst du dich vorher mit mir ab. Ich bin der Polizist von uns beiden. Ich habe absolut keine Lust, zusammen mit Rudolfs und deinem Geist diesen Fall aufzuklären.«

Leonie wurde blass um die Nase. »Ich auch nicht.«

Das Gebäude der Firma bestach durch seine moderne, offene Architektur. Und dadurch, dass die Wände im Inneren überaus massiv waren. Genau wie die Fensterscheiben, durch die man von außen nicht hineinsehen konnte.

Mops und Müller mussten eine sehr sorgfältige Personenkontrolle über sich ergehen lassen und alle elektronischen Geräte am Empfang abgeben. Sie bekamen dafür firmeninterne Kommunikatoren mit der Versicherung, dass ein Anruf auf jeden Fall an diese weitergeleitet würde.

Das große Büro im obersten Geschoss war minimalistisch gehalten. Ein gläserner Schreibtisch, den Bürostuhl mit dem Rücken zur Fensterfront. Es gab keine weiteren Stühle oder sonstigen Einrichtungsgegenstände im Raum. Zumindest, wenn man die wandfüllenden Bildschirme nicht als Einrichtung bezeichnete.

Eine Frau asiatischen Aussehens kam ihnen entgegen und gab ihnen zur Begrüßung die Hand.

»Vielen Dank, dass Sie sich die Zeit genommen haben, Frau Rama...«, begann Mops.

Die Frau lächelte verstehend. »Chandrakanta Ramachandra. Nennen Sie mich einfach Chandra. Das tun alle meine Mitarbeiterinnen und Mitarbeiter.«

»Danke«, sagte Mops.

»Herr Müller, Sie sehen besorgt aus.«

Müller nickte. »Verzeihung. Es ist schon ungewöhnlich, sich selbst aus jeder Perspektive an den Wänden zu sehen. Ich fühle mich beobachtet.«

»Sie sind es. Alles, was hier passiert, wird aufgezeichnet.«

»Und live übertragen?«, wollte Mops wissen.

»Natürlich nicht. Es bleibt in unserer Cloud und wird gelöscht, sobald die Daten vollständig analysiert wurden.«

»Aha. Danke für die Information.« Müller holte seinen Notizblock heraus und überließ Mops das Gespräch.

»Cloud?«, fragte Mops.

»Früher sagte man Rechenzentrum. Das klingt heutzutage so uncool. Konkretes Marketing ist aktuell nicht en vogue.«

»Wenn Sie es sagen. Ihr Mitarbeiter, Rudolf Mayerr, ist allerdings konkret tot. Und ich bin damit betraut, festzustellen, ob sein Tod in irgendeiner Weise mit dem zu tun hat, was seine Arbeit war.«

»Das kann ich in Anbetracht der besonderen Umstände verstehen. Ihre Dienststelle ist als Pilotprojekt für die Digitalisierung der Kriminalbehörden ausgewählt worden. Ich bin mir nicht sicher, ob Sie schon das Projekt-Kürzel ›KIKERIKI‹ gehört haben.«

»Henne oder Ei?«

»Gute Frage. In Langform heißt es ›Künstliche Intelligenz zur kriminalistischen Erfassung relevanter Informationen und Konsolidierung von Indizien‹. Dieses System wird, wenn es fertiggestellt ist, die Polizeiarbeit revolutionieren.«

»Wie?«

»Indem es sich den Fähigkeiten der Anwender anpasst. Und indem es Daten mit einer Detailtiefe auswerten wird, von der andere Firmen heute nur träumen können.«

»Das glaubt die Alte wirklich«, ergänzte Rudolf.

»Für mich hört sich das nach einem ziemlich weiten Weg an, den Sie da vor sich haben.«

»Ich weiß. Aber wir haben schon einige Kilometer zurückgelegt. Was kann ich für Sie bezüglich Rudolf tun?«

»Das Übliche. Ich nehme an, dass Sie ihn nicht besonders gut persönlich kannten?«

Chandra lächelte seltsam. »Unsere Firma beschäftigt zur Zeit etwa dreihundert Mitarbeitende hier, dreitausend in Indien und achtundzwanzigtausend in China.«

»Wow!«

»Ich kenne jeden Einzelnen von ihnen, als ob ich die direkte Vorgesetzte wäre.«

»Wow!«schnappte Rudolf.

»Wie das?«

»Sehen Sie. Wir entwickeln hier künstliche Intelligenz, kurz KI. Nicht irgendeine KI für ein Spezialgebiet. Sondern die KI. Vergleichbar mit einem Kind, das sich durch Lernen weiterentwickelt.«

»Und was hat das mit Rudolf zu tun?«

»Er ist, wie jeder andere Mitarbeitende des Unternehmens, Teil des Inputs für die KI.«

»Wie soll ich das verstehen?«

»Dass diese KI ihn wahrscheinlich besser kennt – Verzeihung: kannte – als er sich selbst.«

»Gab es Probleme mit Rudolf?«

»Nicht von dieser Art, die Sie meinen.«

»Welche dann?«

Chandra zögerte. »Na gut. Es gibt einen speziellen Passus in unseren Arbeitsverträgen. Ich bitte darum, die folgende Information in möglichst kleinem Kreis zu halten. «

»Einverstanden.«

»Während der Arbeitszeiten, auf freiwilliger Basis auch darüber hinaus, werden sämtliche Aktivitäten von Mitarbeitenden erfasst. Alle. Ausnahmslos. Das ist Teil einer Erweiterung des Arbeitsvertrages, für den wir eine Sondergenehmigung unter hohen Auflagen bekommen haben. Wir beschäftigen ein komplettes Medizinerteam, um rechtzeitig zu erkennen, falls Probleme auftauchen sollten. Unser Ansatz ist revolutionär. Wir bestücken die sich entwickelnde KI nicht einfach nur mit Daten. Das führt nachgewiesenermaßen zu Rassismus und Frauenfeindlichkeit, um nur die offensichtlichsten Probleme zu nennen. Wir haben uns selbst zum Teil der Dateneingabe gemacht. Das ist der Grund, warum Rudolf bei uns arbeiten durfte. Nicht wegen seiner Fähigkeiten als Informatiker. Sondern weil er der Mensch war, der er war. Ein Teil des realen menschlichen Ökosystems. Wenn auch ein ziemlich unangenehmer, meiner persönlichen Meinung nach.«

»Das sagt die jetzt! Wo ich tot bin!«, tobte Rudolf.

»Rudolf war ein typisches Alphamännchen ohne jedes Potential für einen beruflichen Aufstieg. Frustriert und neidisch auf jeden Menschen der mehr draufhatte als er, insbesondere Frauen,«

»Frauenfeindlich? Ich?« Rudolf schnappte vergeblich nach Luft.

»Höre ich da Feminismus in Ihrer Darstellung?«

»Durchaus. Aber hier geht es schlicht um eine funktionelle Kategorisierung zum Zweck, einer künstlichen Intelligenz beizubringen, in welchen unterschiedlichen Ausprägungen Menschen anzutreffen sind. Mit dem Ziel, der KI angemessene verhaltensbasierte Reaktionen anzutrainieren.«

»Verstehe. Entschuldigen Sie meinen Kommentar.«

»Warum? Sie sind, wie Sie sind. Rudolf war es. Ich bin es. Müller ist es. Die meisten von uns haben die Fähigkeit, sich weiter zu entwickeln. Rudolf hatte sie nicht. Was ihn für uns sehr interessant gemacht hat.«

»Wann wurde Rudolf von Ihnen – oder der KI – zuletzt lebend gesehen? Und wo?«

»Moment.« Chandra ging um den Schreibtisch herum und wischte einige Male über die Oberfläche. »Ich habe mich auf unser Gespräch vorbereitet. Rudolf hat sich vorgestern krank gemeldet. Mit Krankenschein. Obwohl er laut unserer Telemetrie kerngesund war. Sein letzter uns bekannter Aufenthaltsort war in seiner Wohnung. Gestern gegen 15 Uhr. Danach hat er alle Geräte abgeschaltet, mit denen wir Verbindung zu ihm hatten. Das hätte ich ihm gar nicht zugetraut.«

»Ist es möglich, dass er Daten entwendet hat, mit denen er entweder Sie erpressen wollte oder die er zu Geld machen konnte?«

»Darauf gibt es keinen Hinweis. Falls er etwas gestohlen hat, dann muss er sehr geschickt vorgegangen sein. Bei uns wird jeder Datentransfer protokolliert. Auf der anderen Seite ist unsere KI im Aufbau. Von daher ist es durchaus möglich, dass etwas der Aufmerksamkeit der menschlichen Mitarbeitenden entgangen ist. Es gibt kein hundertprozentig sicheres System. Noch nicht.«

»Das Fahrzeug, mit dem der Unfall geschah, war ein Firmenfahrzeug?«

»Ja. Wir statten unsere Mitarbeitenden großzügig aus.«

»Die Spurensicherung hat festgestellt, dass am autonomen Assistenten manipuliert wurde.«

»Das ist richtig.«

Mops sah Chandra überrascht an.

»Die Fahrzeuge sind natürlich ebenfalls in der Überwachung. Die – sehr geschickte – Manipulation hat dazu geführt, dass das Fahrzeug aus unserm Zugriff entfernt wurde. Sonst wäre es automatisch stillgelegt worden. Wie ich schon sagte: Wir haben Rudolf unterschätzt.«

»Wir vermuten, dass der Unfall passierte, als das Fahrzeug mit hoher Geschwindigkeit etwas ausgewichen ist.«

»Das ist gut möglich. Der Fahrassistent ist zwar bei Weitem nicht so leistungsfähig wie unser zentrales System, hat aber ein gut entwickeltes soziales Scoring eingebaut.«

»Soziales Scoring?«

»Im richtigen Leben gibt es ab und zu Entscheidungen, die Nachteile oder sogar den Tod von Menschen als Folge haben. Und zwar unvermeidlich. Der Assistent versucht –

und das geschieht schneller als bei jedem Menschen – in dieser Situation abzuwägen, welcher Schaden der für die Gemeinschaft geringste ist.«

»Die Maschine fällt also bewusst ein Todesurteil?«, fragte Müller.

»Nein. Bewusste Urteile können nur Menschen fällen. Bisher jedenfalls. Die Maschine rechnet es aus. Und da sie dieses, gerade in Extremsituationen, weit besser und schneller kann als ein Mensch, wird der entstehende Schaden empirisch betrachtet geringer sein als der, den ein Mensch in dieser Situation anrichten würde. Ihr sogenanntes Todesurteil basiert auf der Abwägung von Fakten. Und zusätzlich einen digitalen gewichteten Münzwurf, um im Analogen zu bleiben.«

»Münzwurf?«

»Aus ethischen Gründen und der Öffentlichkeit wegen. Menschen haben Probleme, faktenbasierte Ergebnisse zu akzeptieren.«

»Verstanden«, sagte Mops. »Eine Frage, rein theoretisch: Das Fahrzeug hätte bei einem Ausweichmanöver zwischen einem hochbegabten Autisten und einer neunzigjährigen Nobelpreisträgerin entscheiden müssen. Wer wäre zu Tode gekommen?«

»Sie haben die dritte Alternative vergessen.«

»Und die wäre?«

»Der geringere rechnerische Wert des Fahrzeuglenkers für die Gemeinschaft. Nur weil Sie am Steuer sitzen, heißt das nicht, dass Sie aus der Berechnung herausgenommen wurden.«

»Das dürfte nicht jedem Autofahrer vermittelbar sein.«

»Von einer künstlichen Intelligenz erwartet man logischerweise, dass sie alle Menschen gleich behandelt. Oder?«

»Sie kennen das Buch ›Animal Farm‹ von George Orwell?«

»Es ist Pflichtlektüre für alle Mitarbeitenden. Trotzdem ist klar, dass nicht jeder und jede den Sinn dieses Textes verstehen kann oder will. Menschen sind keine Maschinen.« Sie lächelte. »Aber jeder Mensch möchte von einer Maschine bevorzugt behandelt werden.«

»Ein Dilemma. Wir sind abgeschweift. Wenn ich richtig verstehe, dann wurde Rudolf Mayerr wegen seiner – besonderen Eigenschaften – hier beschäftigt. Er hat gern am freiwilligen Teil seines Jobs teilgenommen. Er – oder jemand anderes – hat sein Dienstfahrzeug manipuliert. Was wir nachprüfen werden. Als Folge gibt es in Ihren Systemen keine Information darüber, was sich zum Zeitpunkt des tödlichen Ereignisses ereignet hat.«

Chandra nickte. »Ich kann Ihren Zweifel nachvollziehen. Ich werde Sie in jeder erdenklichen Weise unterstützen, da mir der Auftrag Ihrer Behörde sehr am Herzen liegt. Nicht zuletzt wegen des gewaltigen Verkaufspotentials. Falls Sie mich wegen meines engen Terminkalenders einmal nicht in Person erreichen können, werde ich mein elektronisches Abbild anweisen, mit Ihnen Informationen auszutauschen.«

»Verzeihung?«

»Sie werden kaum einen Unterschied erkennen. Abgesehen davon, dass Sie noch auf den größten Teil meiner Mimik verzichten müssen. Das sollte kein Hinderungsgrund sein, aus dem Sie auf Antworten warten müssen. Ich habe großes Vertrauen in das Produkt, das wir verkaufen. Ich werde sämtliche Gesprächsprotokolle durchgehen und Sie bei wichtigen Abweichungen informieren. So profitieren wir gemeinsam von dieser unangenehmen Situation.«

»Einen Versuch ist es wert.«

»Danke. Sie müssen mich nun entschuldigen. Ich muss in den nächsten Termin. Meine Kontaktdaten wurden in Ihren Datenbereich eingepflegt und sind sofort verfügbar.«

* * *

Mops und Müller standen vor dem Ausgang der Firma.

»Haben Sie mitgeschrieben?«, fragte Mops.

»So gut es ging. Ich fand die Unterhaltung extrem schnell. Was mir aufgefallen ist: Die Dame hatte auf jede Frage eine plausible Antwort. So was gibt es nicht einmal, wenn jemand unschuldig ist.«

»Ja. Man könnte glauben, ich hätte an einer Werbeveranstaltung für das Produkt teilgenommen. Oder mich mit einer Maschine unterhalten.«

»Die Dame war definitiv lebendig. Ich habe nichts gesehen, was das Gegenteil vermuten ließe.«

»Schon. Trotzdem. Sie ist ganz sicher eine hochintelligente Frau. Aber ich konnte mich des Eindrucks nicht erwehren, dass Sie dieses Gespräch nicht allein geführt hat. Da hat viel an unser neues Programm erinnert.«

»Ich hadere da immer noch mit den Menüs. Aber es wird besser.«

»Da bin ich sicher. Denn das ist eines der Ziele, welches diese Firma hat. Mein Bauch sagt mir, dass es nicht das Einzige ist. Und Rudolf behauptet das auch.«

Müller stutzte. »Ich denke, der ist tot?«

»Er ist tot. Definitiv.«

»Ach so.«

* * *

Leonie betrachtete den nackten Toten auf dem Tisch. Außer ihr und den Bestattern würde niemand mehr Rudolf zu Gesicht bekommen. Niemand aus seinem Bekanntenkreis hatte nach den Daten der Beerdigung gefragt. Sie tastete noch einmal alle sichtbaren Verletzungen ab.

»Verdammt! Muss ich den wirklich nochmal aufschneiden, um mehr zu erfahren?«

Irgendetwas kam ihr seltsam vor.

»Wenn jemand ihn getötet hat, bevor der Unfall passiert ist ... Aber die Todeszeit liegt kurz nach unserem Gespräch. Unwahrscheinlich, dass jemand gewartet hat, bis er seine Information loswird. Dann wäre ich wahrscheinlich auch tot.« Sie schauderte. »Ich muss ins Bett. Und meine Klamotten wechseln. Und duschen.«

Leonie schreckte auf. Ihr Gummihandschuh war an irgendetwas hängengeblieben.

»Ich bin echt froh, dass ich normalerweise keine Geister sehe. Ich würde durchdrehen.«

Der Bestatter stand in der Tür. »Ich muss langsam mit meiner Arbeit anfangen.«

»Fünf Minuten, bitte.«

»In Ordnung. Ich trinke dann noch einen Tee. Wollen Sie auch einen?«

»Ja, gerne.«

»Ich mache die Tür wieder zu. Passen Sie auf, wenn Sie rauswollen.« Er grinste. »Ist keine böse Absicht. Aber die klemmt seit zwei Wochen. Brechen Sie sich nicht die Fingernägel ab.«

»Ich kann mir in meinem Job keine langen ... Ach du Scheiße!«

»Bitte?«

»Nichts. Danke. Ich bin gleich soweit.«

Der Bestatter schloss die Tür.

Leonie nahm noch einmal die Hände von Rudolf in Augenschein.

* * *

»Die Fingernägel – waren abgebrochen. Fast alle. Als ob er verzweifelt versucht hätte, etwas zu öffnen. Die Autotür?« Leonie kuschelte sich auf ihrer Couch an Mops.

»Warum nimmt jemand bei dieser Geschwindigkeit die Hände vom Steuer? Ach, ich vergaß: der Autopilot. Aber warum war er nicht angeschnallt?«

»Verstehe ich auch nicht. Rudolf war jemand, der gern schnell fuhr. Aber sein eigenes Leben hätte er niemals durch das Nicht-Anlegen des Sicherheitsgurtes in Gefahr gebracht.«

»Selbst wenn die Spurensicherung etwas an der Tür findet, lässt sich nicht beweisen, dass das mit dem Unfall zusammenhing. Die Fahrertür ließ sich ohne Probleme öffnen und schließen. Bei einem so sicheren Fahrzeug hätte Rudolf selbst bei der Aufprallgeschwindigkeit gute Überlebenschancen gehabt. Wäre er angeschnallt gewesen. Und wenn die Airbags ausgelöst hätten.«

»Falls sich die Tür während der Fahrt nicht öffnen ließ, wird sich das niemals beweisen lassen.«

»So ist es.«

»Ein perfekter Mord.«

»Es gibt keinen perfekten Mord.«

»Ich habe den Bestatter gebeten, Rudolf noch einen Tag aufzubewahren. Aber ich bezweifle, dass ich mehr finden werde. Unter seinen Fingernägeln waren auch Fasern von meiner Kleidung. Sonst nichts Ungewöhnliches.«

»Wollte er dir an die Wäsche?«

»Hatte ich zuerst auch gedacht. Er hat für seine Verhältnisse überraschend schnell aufgegeben.« Leonie sah sich suchend um.

»Der Besuch bei seinem Arbeitgeber hat ihm die Laune vermiest, nehme ich an. Aber lass uns nicht darauf wetten.«

»Schade.«

Mops grinste ironisch. »Allerdings.«

Leonie ging nicht darauf ein. »Warum hat er mich dann überhaupt angefasst?«

»Willst du mir irgendetwas Bestimmtes sagen? Das ist jetzt nicht der richtige Zeit…«

»Mops!«

»Entschuldige. Aber dieser …«

»Er hat mich nicht angefasst, um an mir herumzufummeln. Obwohl er es hat so aussehen lassen. Wenn uns jemand zugesehen hätte, hätte der den Unterschied nicht gemerkt. Ich kannte Rudolf sehr intim. Verstehst du, worauf ich hinauswill?«

»Hm. Ja. Meinst du, dass du das reproduzieren kannst?«

»Ich denke schon.«

Sie standen auf. Mops stellte sich vor Leonie.

»Und nun?«, fragte er.

»Komm ganz nah heran und leg deine rechte Hand hinten auf meine Hüfte.«

»Sehr gern.«

»Mops!«

»Ja. Was?«

»Nicht jetzt.«

»Ok. Dann hast du ihm zwischen die Beine getreten, was ich dich bitte zu unterlassen.«

»Nein.«

»Nein?«

»Mops!«

»Ist ja gut. Weiter.«

»Jetzt umfasse mich mit dem linken Arm.«

»So?«

»Ja.«

»Da ist nicht mehr viel Spielraum. Ähem.«

»Und jetzt die Hände nach hinten unten bewegen.«

»Fühlt sich gut an.«

»Mop – warte!«

»Ungern.«

»Beweg die Hände weiter hinunter. Ganz eng. Langsam. Ohne Kommentar.«

»Ok. Weiter geht nicht. Meine Hände stecken in deinen Gesäßtaschen fest. Wenn ich weitermache …«

»Lass mich bitte los.«

»Ungern.«

Leonies Augen blitzten. »Wenn ich dich ganz lieb bitte?«

Mops ging auf Abstand. »Verstanden.«

»Danke. Ich muss ins Bad.« Leonie schnitt Mops das Wort ab. »Die anderen Jeans. Die ich beim Treffen getragen habe.«

Mops nickte. »Der Klassiker. Wenn du recht hast. Er hat dir vermutlich etwas zugesteckt. Also in die Gesäßtaschen.«

»Ich spreche dich gleich mit ›Sie‹ an.«

»Tschuldigung.«

»Ich bin den ganzen Tag mit der Hose herumgelaufen, und da hat nichts gedrückt.«

»Aha.«

»Ich töte dich. Mit deiner Sense.«

»Später.«

Leonie brachte die Jeans und legte sie auf den Tisch. Vorsichtig tastete sie die hinteren Taschen ab.

»Da ist nichts. Außer ein paar Krümeln vielleicht.«

»Du erwartest einen USB-Stick, nehme ich an.«

»Eigentlich schon. Oder eine kleine Speicherkarte.«

»Kannst du die Taschen abschneiden? Ganz vorsichtig? Oder sollen wir die Spurensicherer kommen lassen?«

»Meine schöne Jeans! Geht das nicht auch anders?«

»Mal sehen. Hast du eine Taschenlampe?«

»Sicher.«

»Dann lass uns nachsehen, bevor wir dein bestes Stück opfern.«

»Pfffft!«

»Bitte?«

»Nichts. Moment.«

Bis sie mit der Taschenlampe zurückkam, war Leonie wieder ernst.

Mops hielt die rechte Gesäßtasche auf, Leonie leuchtete hinein.

»Ich muss das Waschmittel wechseln, glaube ich«, sagte Leonie.

Mops schüttelte den Kopf. »Ich glaube nicht.«

Es dauerte ziemlich lange, den ›Dreck‹ aus den Hosentaschen zu kratzen. Mops beschlagnahmte die Hose als Beweis.

»Beweis wofür?«

»Das müssen wir herausfinden.« Mops sah zufrieden auf die Ausbeute. »Ich bin mir sicher, dass es sich um Mikropunkte handelt. Vielleicht erinnerst du dich noch daran, dass Dokumente bei uns früher mikroverfilmt archiviert wurden. Seit Computer das angeblich viel billiger machen können, ist das so gut wie ausgestorben.«

»Klar. Warum sollte das noch jemand tun?«

»Weißt du was? Du bist eine digitale Pfeifin.«

»Eine was?«

»Eine Dummköpfin.«

»Das heißt Dummkopf.«

»Du bist mitgemeint.«

»Willst du Streit mit mir anfangen?«

»Ich würde sehr gern, aber das bringt uns nicht weiter. Mikroverfilmte Dokumente kann ich mit einem Mikroskop lesen. Ganz analog. Wie komme ich an deine digitalen Archive ran, wenn es aus irgendeinem Grunde keinen Strom gibt? Oder unsere Computer nicht mehr funktionieren?«

»Warum sollte das passieren?«

»Warum machst du Backups von deinen Daten, wenn doch alles so sicher ist? Die du ohne diese Geräte und ohne Strom nicht lesen kannst? Ich kann eine Schallplatte mit einem Streichholz und einem Blatt Papier abspielen. Versuch das mal bei einer Festplatte.«

»Ich verstehe. Du meinst, man sollte sich nicht auf eine einzige Technologie verlassen.«

»So ist es. Insbesondere, wenn es Meta-Ebenen gibt, bis man an die Information kommt. Dein Rudolf ist ein Arsch gewesen. Aber er war nicht dumm. Wir werden zweigleisig fahren. Ich gehe morgen mit der Hälfte unseres Fundes aufs Revier und bitte offiziell um Auswertung. Die andere Hälfte werde ich an anderer Stelle auswerten lassen. Dafür brauche ich deine Hilfe.«

»Wieso?«

»Weil niemand wissen soll, wo ich das machen lasse.«

»Ja. Und?«

»Du hast mir erzählt, dass Rudolf angedeutet hat, dass die Firma Zugriff auf sehr viele Informationen hat. Plus auf alle öffentlich zugänglichen.«

»Richtig. Und mittlerweile bin ich geneigt, das zu glauben.«

»Dann solltest du verstehen, dass ich wohl kaum mit meinem Handy in der Tasche zu meinem Spezialisten gehen kann.«

»Du meinst, ich soll es eine Weile tragen? Weil wir oft zusammen sind und das bestimmt bekannt ist?«

»Ja.«

»Das wird nicht funktionieren.«

»Warum?«

»Weil du die Möglichkeiten der Firma da unterschätzt. Fürchte ich. Als ich zu Rudolf gefahren bin, hat das Navi anscheinend nicht nur die stationären Radarfallen umfahren, sondern gefühlt auch die gerade aktiven mobilen. Damit mein Auto, auch aus Versehen, auf keinem Foto auftaucht. Du kommst ungesehen nicht von A nach B. Nicht in dieser Stadt.«

»Ich halte es für keine gute Idee, um göttliche Hilfe nachzusuchen. Dafür sind die Preise zu hoch.«

»Dann müssen wir uns wohl ganz offiziell um Unterstützung bemühen. Denn noch entscheiden wir, wie die Welt laufen soll.«

»Wird nicht einfach.«

Leonie lächelte kampflustig. »Wenn es einfach wäre, dann wäre es nichts für uns. Vorschlag: Lass es uns machen, wie unser Chef angeordnet hat. Ganz offiziell. Alles nach Vorschrift. Möglicherweise werden dann die Vorschriften zu unseren Ungunsten geändert.«

»Du bist ganz schön subversiv.«

»Wenn unsere Kollegen erst einmal aus ihrer Komfortzone herausgedrängt sind, werden sie eher neuen Ideen folgen. Insbesondere, wenn diese den alten Zustand gefühlt wiederherstellen.«

»Na gut. Lass es uns versuchen. Aber wir sollten uns Gedanken über einen alternativen Weg machen.«

»Ja. Unbedingt.«

* * *

Am nächsten Morgen war die Asservatenkammer die erste Anlaufstelle von Mops. Dort hinterlegte er einen Teil der gefundenen Objekte. Er bestand auf einer Papierquittung, zusätzlich zur Erfassung im Programm.

In seinem Büro angekommen, rief er seinen Bericht auf, um ihn zu aktualisieren.

Das Programm wies ihn darauf hin, dass der Fall abgeschlossen sei. Mops ging die eingegebenen Daten durch.

Seine Lieferung von heute Morgen fehlte. Eine weitere Nach-frage zeigte den zugehörigen Datensatz zwar an, aber selt-samerweise als ›nicht zugeordnet‹ an. Die Zuordnung zu seinem Fall wurde mit der Mitteilung verweigert, dass dieser abgeschlossen sei.

Mops trommelte mit den Fingern auf dem Schreibtisch. »So geht das aber gar nicht.«

Er rief bei der Support-Hotline an. Schon nach zwanzig Minuten meditativer indischer Musik nahm jemand den Anruf an.

»Was kann ich für Sie tun?«, fragte eine Computerstimme. »Bitte spezifizieren Sie Ihr Problem: Bedienung, Erklärung von Grundfunktionen oder Verbesserungsvorschläge.«

»Fehler?«

»Unbekannte Eingabe. Bitte wiederholen Sie.«

»Bedienung.«

»Bitte schildern Sie in Kurzform Ihr Problem.«

»Weiterbearbeitung eines als abgeschlossen gekennzeich-neten Kriminal-Falles.«

»Das ist nicht vorgesehen.«

»Bitte?«

»Verzeihung?«

»Bitte?«

»Verzeihung?«

»Bitte?«

»Ich verbinde Sie mit einem menschlichen Mitarbeiter.«

»Danke.«

Die Verbindung wurde beendet.

Mops versuchte es noch einmal, mit gleichem Ergebnis. Dann rief er Chandra an.

»Guten Morgen, Inspektor Mops. Sie sprechen mit der elektronischen Repräsentation von Chandrakanta Rama-chandra. Was kann ich für Sie tun?«

»Wo melde ich Fehler des Programme?«

»Bei unserer Support-Hotline.«

»Die funktioniert leider im Moment nicht zufriedenstellend. Sobald mich der Computer mit einem Menschen verbinden will, wird die Telefonverbindung beendet.«

»Moment, ich prüfe das.« Die Prüfung dauerte weniger als fünf Sekunden. »Sie haben recht. Im Moment sind alle realen Mitarbeiter ausgelastet. Ich kann ausnahmsweise versuchen, direkt zu helfen. Immerhin bin ich ein Teil des Systems.«

Rudolf lachte. »Oh ja, das ist sie.«

»Klappe!«

»Verzeihung?«

»Entschuldigung, ich habe mit jemand anderem gesprochen.«

»Es befindet sich außer Ihnen niemand in Ihrem Büro.«

»Sie haben recht.«

»Ich verstehe nicht.«

»Ignorieren Sie meinen Ausbruch, der nicht an Sie gerichtet war.«

»Natürlich. Passiert Ihnen das öfter?«

Mops grinste. »Ja. Aber es hindert mich bisher nicht bei meiner Arbeit.«

»Gut. Zurück zu dem Problem, weswegen Sie angerufen haben.«

»Der Fall ›Rudolf Mayerr‹ ist vom Programm als abgeschlossen gekennzeichnet worden. Deshalb kann ich keine weiteren Eingaben mehr tätigen.«

»Das ist korrekt. Der Logik nach ist ein abgeschlossener Fall abgeschlossen.«

»Kein Widerspruch. Zumeist. Aber sollte das nicht vom ermittelnden Personal durchgeführt werden? Und nicht von einem Programm?«

»Laut Datensatz wurde der Fall von Ihnen als abgeschlossen gekennzeichnet. Gestern um 23:46.«

Mops atmete tief ein. »Diese Information wird mir nicht angezeigt. Was für sich schon in meinen Augen ein Fehler ist. Weiterhin habe ich den Fall bisher nicht als abgeschlossen gekennzeichnet. Wer war es also dann?«

»Die Wahrscheinlichkeit, dass eine andere Person sich Ihrer Identität bemächtigen konnte, ist vernachlässigbar.«

»Das will ich jetzt nicht diskutieren. Was muss ich tun, um den Fall weiter bearbeiten zu können? Ich meine, im System.«

»Sie müssen den Fall an Ihren Vorgesetzten adressieren mit der Anforderung der erneuten Freigabe.«

Mops nickte. »Das macht Sinn.«

»Diese Funktion ist derzeit noch nicht implementiert. Die Verwaltungsprozesse in Ihrer Behörde sind sehr komplex und folgen nicht immer logischen Gesichtspunkten.«

»Wem sagen Sie das? Was kann ich tun?«

»Gar nichts. Aus Sicherheitsgründen lässt das System keinerlei manuelle Änderungen an Datensätzen zu.«

»Kann ich mir die bisherigen Informationen ausgeben lassen. Auf dem Bildschirm? Oder ausdrucken?«

»Dazu müsste der Fall geöffnet werden.«

»Ich möchte um einen Termin bei der realen Repräsentation von Chandra bitten. Möglichst bald.«

»Ich werde sehen, was ich für Sie tun kann. Rufen Sie nicht an. Ich rufe Sie an und teile Ihnen einen Terminvorschlag über Ihren Messenger mit.«

»Danke.«

»Keine Ursache.«

Der Chef zeigte sich genauso hilflos wie Mops. »Da kann ich auch nichts machen.«

»Soll ich den Fall nun weiterbearbeiten oder nicht?«

»Haben Sie konkrete Anhaltspunkte für ein Verbrechen?«

»Bisher noch nicht. Aber ich kann ohne das Programm keine Kollegen hinzuziehen. Die haben sich so daran gewöhnt, dass sie sich nicht mehr mit Kaffee bestechen lassen.«

»Die sind zur Zeit sehr ausgelastet.«

»Sind sie das nicht immer?«

»Im Moment ist bei uns die Hölle los.«

»Und ich dachte schon, die tun so fleißig, weil jemand eine Gehaltskürzung angedroht hat.«

»Machen Sie nur Witze.«

»Immer. Bis zum Schluss.«

»Es ist wirklich viel Betrieb im Moment. Ohne das neue Programm wüsste ich nicht, wie wir den gerade anfallenden Papierkrieg bewältigen könnten.«

»Was genau hat zugenommen?«

»Die Aufklärungsrate geht gerade durch die Decke. Insbesondere bei Schwerverbrechen, bei denen Personen zu Schaden oder zu Tode kamen. «

»Lassen Sie mich raten: Die Täter melden sich freiwillig und legen ein volles Geständnis ab?«

»Nicht ganz. In vielen Fällen hat das Programm helfen können, die Beschuldigten ausfindig zu machen. Die Einsatzkommandos leisten Überstunden ohne Ende.«

»Chef?«

»Ja?«

»Wie lange ist das Programm in Betrieb?«

»Zwei, vielleicht drei Wochen. Maximal.«

»Und das kommt ihnen nicht seltsam vor?«

»Schon. Was soll ich machen? Wir bringen Ermittlungen voran, die seit Monaten auf der Stelle treten. Es ist ja nicht so, dass jeder Beschuldigte der Täter gewesen sein muss. Aber wir können das jetzt endlich feststellen.«

»Das ist ein durchaus positiver Aspekt. Dagegen ist mein Problem scheinbar nachrangig.«

»Sieht so aus. Nur eine Sache macht mich dabei nicht glücklich.«

»Und die wäre?«

»Egal, was wir von den wirklich schweren Jungs und Mädels halten: Wir sind dafür da, sie einem ordnungsgemäßen gerichtlichen Verfahren zu überstellen.«

»Haben sie den Verdacht, dass jemand in der Dienststelle da anders unterwegs ist?«

»Nein. Aber es gab bei den Zugriffen der letzten Wochen eine recht hohe Zahl an toten Beschuldigten. Ohne das von unserer Seite Waffen zum Einsatz gekommen wären.«

»Statistisch signifikant?«

»Ich lasse das gerade prüfen.«

»Von wem?«

»Von KIKERIKI.«

»Von wem?«

»Das ist der Kurzname unseres neuen Programms. Gewöhnen Sie sich schon einmal dran.«

»Aha. Und was mache ich, solange ich nichts machen kann?«

»Machen Sie weiter. Ohne Computer. Mit Ihrem Team.«

»Mache ich.«

»Noch etwas.« Der Chef senkte die Stimme. »Berichte persönlich an mich. Nur an mich. Alles schriftlich. Keine weiteren elektronischen Aufzeichnungen. Falls sie vom Programm aufgefordert werden, dann geben Sie nur das Notwendige ein. Wahrheitsgemäß.«

»Ich habe mich um einen Termin bei der Chefin der Firma bemüht.«

»Gut. Machen Sie das. So oldschool wie möglich.«

* * *

Mops hatte sich entschieden, für heute alles in seinem Büro auszuschalten, was Strom verbrauchte. Nun saß er auf seinem Schreibtischstuhl, die Füße lang ausgestreckt, die Augen geschlossen.

»Ich sehe, du ermittelst«, lästerte Rudolf.

»Tue ich. In alle Richtungen. Was dagegen?«

»Wie könnte ich? Allerdings fange ich an, mich zu langweilen.«

»Keine Sorge. Bisher bin ich meine spukhaften Begleiter noch immer losgeworden.«

»Soll das heißen, dass du alle deine Fälle gelöst hast?«

»Leider nein. Aber irgendwann haben die Geister der Toten das Interesse an mir verloren. Spätestens, wenn der Fall als ungelöst zu den Akten gewandert ist. Solange du da bist, gibt es für mich die berechtigte Hoffnung, den Fall zu lösen. Das sehe ich positiv.«

»Du weißt, dass ich dir nicht verraten darf, wer es war.«

»Sicher. Mich überkommt mittlerweile der Verdacht, dass du es selbst dann nicht könntest, wenn du es könntest.«

Rudolf lächelte schräg. »Darüber darf ich dir ebenfalls keine Auskunft geben.«

»Du warst gut. In deinem Job, meine ich.«

»Nicht nur da.« Rudolfs feistes Grinsen war unmissverständlich.

»Und das haben die in der Firma tatsächlich toleriert?«

Rudolf schüttelte den Kopf, aber das Grinsen blieb. »Weißt du was? Ich habe überhaupt kein Hehl daraus gemacht, wie ich gestrickt bin. Ich bin gewissermaßen mit einem Warnschild auf der Stirn herumgelaufen. Habe mir nichts zuschulden kommen lassen, weswegen man jemanden wie mich mit Recht hätte entfernen können.«

»Und?«

»Es ist scheißegal! Mit wenigen Ausnahmen will die Welt nicht nur betrogen sein, sondern auch gefickt werden! Jeden Abend legt sich eine neue Dumme in dein Bett, um aus dir einen anderen, besseren Mann machen zu wollen. Dass das nur in Schundromanen klappt, will keine hören.«

»Und da bist du stolz darauf, nehme ich an?«

»Jeder tut das, was er am besten kann. Du etwa nicht?«

»Doch. Aber ich glaube daran, mich an veränderte Umstände anpassen zu können.«

»Sicher kannst du das. Bei Bedarf. Das kann jeder normale Mensch. Schau dir doch an, wie du und deine Kollegen mit dem neuen Programm umgehen. Es knirscht an einigen Stellen derart, dass man es eigentlich nicht überhören kann. Und ihr alle tanzt darum herum wie um die heilige Kuh.«

»Du meinst das Goldene Kalb.«

»Genau. Ich wurde aus dem Weg geräumt, weil ich versucht habe, euch das begreiflich zu machen.«

»Hätte es nicht auch eine enttäuschte Kollegin sein können?«

»Das musst du schon selbst herausfinden.«

»Du bist gut. Und ein Drecksack.«

Rudolf nickte. »Ich war ein guter Drecksack. Aber ich war nicht gut genug, um das hier zu verhindern. Ich hätte einfach kündigen und die Klappe halten sollen.«

»Warum hast du nicht?«

»Auch das musst du herausfinden. Oder Leonie. Oder irgendjemand anderes.«

»Ich …«

»Entschuldige, ich muss gehen. Du bekommst gleich Besuch.«

»Was?«

»Wir sehen uns.« Rudolf verschwand.

Mops stand auf. »Super. Jetzt behandelt der mich auch noch wie seinen Fußabtreter.«

Er ging in die Kantine, um sich einen Kaffee zu holen.

Als Mops zurückkam, saß ein Mann auf seinem Stuhl. Er war groß, muskulös, hatte schwarze krause Haare und einen schwarzen krausen Vollbart. Der Gesichtsfarbe nach hielt er sich oft in sonnenreichen Regionen auf. Oder besaß ein gutes Sonnenstudio. Der dunkle Anzug unterstützte den Eindruck eines Geschäftsmannes aus dem südeuropäischen Raum.

Er stand auf, nahm Mops den dampfenden Kaffeebecher aus der Hand, setzte an und trank in einem Zug aus. Dann ließ er den Pappbecher achtlos zu Boden fallen. »Danke für die Aufmerksamkeit.«

Mops blieb gelassen. »Gerne wieder. Mit wem zu sprechen habe ich die Ehre und das einseitige Vergnügen?«

Der Mann lachte und ließ sich wieder in den Stuhl fallen. »Hades. Nicht zu deinen Diensten.«

»Fein. Was willst du von mir?«

»Ich will eine Beschwerde vortragen. Und ich will, dass du dich darum kümmerst. Und zwar sofort.«

Mops setzte sich in den Stuhl auf der anderen Seite des Schreibtisches. »Hades also. Der Herr der Unterwelt.«

»Angestellter Geschäftsführer würde es besser treffen. Und Mitglied im Aufsichtsrat.«

»Bei den alten Griechen liest sich das anders.«

»Damals war es anders. Und besser. Früher eben.«

»Verstehe. Was ich nicht verstehe, ist, dass du dich bei mir beschweren willst. Am Ende kommen alle zu dir.«

»So ist es. Aber da ich nun einmal ein Gott bin, bedingt das, dass die zugehörigen Verwaltungsprozesse des Olymp eingehalten werden müssen.«

»Ihr führt nicht zufällig gerade etwas ein, was die Prozesse verschlanken und automatisieren soll? Nur interessehalber.«

»Da sei Zeus vor. Dir ist bestimmt klar, dass Götter nur dann funktionieren, wenn die Menschen an sie glauben. Oder sich zumindest ihre Existenz vorstellen können. Metaphorisch gesehen ist das die Luft, die wir zum Atmen brauchen. Die Schnittmenge mit unserem Universum. Ohne diese würde auch deine Sense nicht funktionieren.«

Mops lächelte. »Das ist der Grund, aus dem ich hinter allem eine höhere Absicht vermute.«

»Zur Sache. Chef der Unterwelt ist in erster Linie ein Verwaltungsjob. Da kann nicht jeder kommen und einfach Zutritt verlangen.«

»Ich habe davon gelesen.«

»Das waren Einzelfälle. Und genau das ist der Punkt, bei dem du ins Spiel kommst.«

»Warum. Ist meine Zeit gekommen?«

»Kein Kommentar. Die Einzelfälle sind deshalb Einzelfälle, weil es im Aufsichtsrat gelegentlich zu Unstimmigkeiten kommt und dann jeder sein eigenes Ding macht.«

»Ich habe davon gelesen.«

»Nun. Aktuell gibt es im Aufsichtsrat keine Unstimmigkeiten. Ich habe mit allen relevanten Göttern und Göttinnen gesprochen. Sie haben sich überrascht gezeigt. Und mir gesagt, es sein mein Job, das zu klären.«

»Kommt mir bekannt vor. Deine Mittel und Möglichkeiten dürften meine allerdings bei Weitem übersteigen.«

»Das tun sie. Leider habe ich bisher, trotz massivem Einsatzes dieser Mittel, keine Ergebnisse erzielen können. Ich nehme an, dass du weißt, wie Aufsichtsräte so sind.«

»Ja. Ungeduldig. Und meist überflüssig.«

»Ich habe es mit einer immer größer werdenden Anzahl sogenannter Einzelfälle zu tun.«

»Kannst du nicht einfach Charon anweisen, diese Einzelfälle während der Überfahrt aus dem Boot zu werfen?«

»Daran habe ich schon gedacht. Leider gibt es bei uns nicht den Luxus kreativer Buchführung. Ich müsste dem Aufsichtsrat dann die Karteileichen erklären.«

»Karteileichen. Im Totenreich. Verstehe. Das hat eine gewisse, morbide Ironie.«

»Im Universum kommt nichts weg. Falls etwas trotzdem wegkommt, dann ist das nicht nur für Götter ein Problem.«

»Du vermutest, dass jemand scharf auf deinen Posten ist? Und zu unkonventionellen Mitteln greift?«

»So in der Art. Es gab schon öfter Situationen, in denen Menschen den Göttern geholfen haben. Freiwillig oder unfreiwillig.«

»Sich mit Göttern anzulegen ist für Menschen üblicherweise keine gute Idee.«

»Wie man es sieht. Bei Erfolg stehen dir alle Wege offen. Allerdings sind die Sanktionen bei Misserfolg – interessant.«

»Ich nehme an, dass ich keine Wahl habe.«

»Doch. Die haben die Menschen immer.«

»Wie weit kann ich auf deine Unterstützung zählen? Einsicht in Unterlagen? Befragung von Zeugen? Hausdurchsuchungen? Sondereinsatzkommandos?«

»Wenn es der Situation angemessen ist. Es muss logischerweise vorab beantragt und von mir genehmigt werden.«

»Wie halten wir Kontakt? Gibst du mir deine Mobilfunknummer?«

»Ich habe ob der Situation die Erlaubnis erhalten, eine der Assistentinnen des Vorstands für diesen Zweck einsetzen zu dürfen. Sie wird dich begleiten, bis der Fall geklärt ist.«

»Eine Assistentin?«

»Wir müssen bei Kontakten mit Menschen mittlerweile die Quote einhalten.«

» Leonie wird sich freuen, das zu hören.«

Hades lächelte süffisant. »Apropos.«

Leonie kam herein und warf einen verwunderten Blick auf den Mann, der auf Mops' Stuhl saß.

»Störe ich?«, fragte sie.

Hades stand auf und verbeugte sich galant. »Auf keinen Fall.«

Mops stand ebenfalls auf. »Leonie, das ist Hades. Vielleicht hast du schon von ihm gehört. Er hat auf jeden Fall schon von dir gehört, wenn ich es richtig interpretiere.«

»Angenehm.« Sie wandte sich an Mops. »Können wir miteinander reden, wenn du hier fertig bist?«

»Ja, sicher.«

»Eigentlich wollte ich anrufen. Aber du warst nicht zu erreichen.«

»Dafür bitte ich um Entschuldigung«, sagte Hades.

»Keine Ursache. Ich nehme an, es ist wichtig.«

Hades' Augenbrauen zuckten belustigt. »Ja.«

»Ich bin in der Autopsie. War nett, Sie kennenzulernen.« Leonie verließ das Büro und schloss die Tür.

Mops seufzte. »Sie ist Kummer mit mir gewohnt. Üblicherweise kann sie meine Geister nicht sehen und hören. Was mir Sorge macht, ist mein aktueller Fall. Ich möchte nicht, dass die Erde vernichtet wird, weil eine Götterbotin sich von dem Geist meines Falles angemacht fühlt.«

»Keine Sorge. Iris kann auf sich aufpassen. Übrigens auch Leonie.«

Damit verschwand er. Dafür tauchte Rudolf wieder auf.

»Hast du mitgehört?«, wollte Mops wissen.

»Leider nein. Das war eine Privataudienz.«

»Immerhin.«

»Immerhin was?«

»Lass dich überraschen.«

Mops' Telefon klingelte. Er nahm ab. »Mops hier … Chef, können wir das verschieben? Ich habe eine andere Verabredung … ja, gut, wenn es schnell geht. Ich komme.« Er legte auf. »Wenn alle auf einmal etwas von einem wollen. Das mag ich.«

Rudolf machte sich betont gemächlich auf den Weg zur Wand. »Ich belästige in der Zeit Leonie ein wenig.«

»Untersteh dich.«

»Und tschüss.«

* * *

Als Mops eine Stunde später die Tür zur Autopsie öffnete, sah er Leonie in einem angeregten Gespräch mit einer ihm unbekannten Frau. Ihre Frisur, die an antike Statuen erinnerte, sowie die Toga, die sie trug, bestärkte seine Vermutung, dass sie nicht von hier war.

Leonie winkte Mops zu sich. »Das ist Iris. Deine Verbindungsperson zu Hades. Ich finde es sehr nett, dass ich dieses Mal offiziell zum Team gehöre.«

»Hades war ziemlich enttäuscht, dass er auf Leonie keinen Eindruck gemacht hat. Aber das bleibt unter uns«, sagte Iris.

»Rudolf habt ihr nicht zufällig gesehen?«

»Nein«, sagte Leonie. »Du weißt doch, dass deine Klienten üblicherweise für mich unsichtbar bleiben. Nicht, dass ich ihn vermisse.«

Iris wandte den Kopf nach links.

Rudolf steckte in der Wand. Nur sein Hinterkopf und der Rücken waren für Mops zu sehen.

»Er wollte nicht einsehen, dass er nicht eingeladen war«, kommentierte Iris. »Und wie die Rollen verteilt sind.«

»Kannst du ihn da lassen, bis die ganze Sache geklärt ist?«, fragte Mops hoffnungsvoll.

»Leider nein. Ich befürchte, wir werden ihn für ein paar Dinge benötigen, bei denen das Wissen der Götter nicht weiterhelfen wird.«

»Was hat dich aufgehalten?«, wollte Leonie wissen.

»Unser Chef hat angerufen. Er hat mir noch einmal nahegebracht, dass Untersuchungen in Richtung der Firma mit größtem Fingerspitzengefühl durchzuführen sind.«

Leonie verbiss sich ein Kichern. »Warum schickt er dann dich?«

»Habe ich auch gefragt. Er meint, da bei mir das Programm gerade nicht funktioniert, täte mir frische Luft gut. Er hat mir eine Liste der letzten ungewöhnlichen Fahndungserfolge gegeben.« Mops sah Iris an. »Kannst du dafür sorgen, dass die für eine Weile nicht bei mir erscheinen? Sonst wird es hier ziemlich voll mit den sogenannten Einzelfällen werden.«

Iris nickte. »Kann ich.«

Mops überreichte Iris eine Mappe in der Dicke eines kleinen Telefonbuches.

Iris' Erscheinung flackerte für ein paar Sekunden. »Erledigt. Hades hat die Unterlagen unten in seinem Aktenstapel abgelegt.«

»Diese Methode ist mir bekannt«, sagte Mops.

»Dann weißt du auch, was der Nachteil davon ist. Irgendwann liegen die wieder oben.«

»Du sollst mir durch die Blume sagen, dass ich mich beeilen soll, nehme ich an.«

»So ist es. Ich fürchte, dass auch auf Leonie ein paar Überstunden zukommen werden. Das wird nur die Spitze des Eisberges sein, wenn ich meiner Erfahrung vertrauen kann.«

»Das motiviert.«

Iris lächelte undefinierbar. »Ich bin nur die Botin.«

Mops nickte. »Also gut. Ich setze mich in mein Auto und klappere als Erstes die Tatorte in der Nähe ab. Danach interviewe ich die Kollegen, die an den Aktionen beteiligt waren. Leonie: War dein Auto schon in der Werkstatt?«

»Nein. Bisher hatte ich nicht die Zeit dafür.«

»Sehr gut. Dann lass es bitte erst einmal so, wie es ist. Und …« er sah in Richtung des Schreibtisches.

»Ich habe den Stecker herausgezogen«, sagte Leonie. »Das Ding bekommt nur dann Strom, wenn ich wirklich damit arbeite. Außerdem weiß ich nicht, wie es reagiert, wenn wir ständig mit Personen reden, die nur wir sehen und hören können.«

»Ich schon«, sagte Mops. »Und du kannst es dir aufgrund deines beruflichen Wissens sicher vorstellen.«

»Okay, verstanden. Auch das noch. Wenn wir nicht aufpassen, werden wir vom Dienst suspendiert, weil wir, basierend auf den Daten und Aufzeichnungen des Programms, durchgeknallt sind.«

»Ich muss los«, sagte Iris. »Bitte nehmt es mir nicht übel, aber ich habe noch einige andere Aufträge zu erledigen. Das ist der Fluch der sogenannten Omnipräsenz. Flexible Arbeitszeiten und Arbeitsorte zum Beispiel.«

»Wie nehmen wir Kontakt zu dir auf?«, fragte Mops.

»Ich werde da sein, wenn ihr mich braucht.«

»Was ist mit Rudolf?«

Iris lachte auf. »Ach je! Den hätte ich fast vergessen.«

Sie verschwand. Rudolf verschwand.

»Dann los«, sagte Mops. »Lass uns die Zeit nutzen, bevor uns alle ihre Helfer auf den Hals hetzen.«

Wir ermitteln in alle Richtungen

An den folgenden Tagen waren Mops, Leonie und Müller ausgelastet. Mops suchte die Fundorte der zu Tode gekommenen Beschuldigten anderer Fälle auf, Leonie untersuchte zusammen mit Kollegen die Toten und Müller hatte die undankbare Aufgabe, alle dazugehörigen Berichte zuerst in Papierform zusammenzubringen, um sie dann in das Programm zu übertragen. Wofür ihm meistens die Zeit fehlte.

* * *

»Außerdem«, beklagte Müller sich, als die drei in einem sonst unbenutzten Büro zusammensaßen, in das sie nur Stühle und Tische, aber keinerlei Gerätschaften gestellt hatten, »bin ich bei vielen der Fälle nicht an die elektronisch erfassten Daten herangekommen. Da die Fälle als abgeschlossen gekennzeichnet sind und ich nicht der Sachbearbeiter war, ...«

»... wäre dafür eine Genehmigung unseres Chefs erforderlich. Die er nicht erteilen kann, da dieser Prozess noch nicht implementiert ist«, ergänzte Leonie. »Das ganze System funktioniert nur auf PowerPoint! Einmal erfasste Daten verschwinden in einem schwarzen Loch. Ohne die Kollegen, die immer noch zuerst klassisch analog arbeiten, würden wir mit leeren Händen dastehen.«

»Ich habe bisher keinen Termin bei Chandra bekommen.«

Mops blätterte durch seinen Notizblock. »Die Liste mit Fragen, die ich habe, wird immer länger.«

»Mir ist etwas aufgefallen«, sagte Müller. »Ich habe die Berichte, die ich bekommen habe, daraufhin untersucht, wie reibungsfrei diese Fälle abgelaufen sind. Ich meine Unklarheiten bei der Ermittlung von Aufenthaltsorten. Probleme beim Zugriff. Schießereien. Verwirrende Spuren bei Durchsuchungen bei oder nach den Einsätzen. Die Dinge, die unsere Arbeit interessant machen.«

»Haben Sie chinesische Vorfahren?«, fragte Mops.

»Nicht, dass ich wüsste. Wieso?«

»War so ein Gedanke. Interessante Arbeit in interessanten Zeiten. Was ist das Ergebnis Ihrer Analyse?«

»Es gibt eine erstaunlich hohe Anzahl von Fällen, bei denen es nicht zu Problemen kam. Im Verhältnis zu unserer sonstigen Arbeit. Das mag ja daran liegen, dass unser neues Programm den Papierkram effizienter macht. Wenn es nicht so verrückt klingen würde, dann würde ich behaupten, dass ein Teil dieser Fälle – wie soll ich es sagen – inszeniert wurde. Es war alles an seinem Platz. Die Beschuldigten. Die Beweise.«

»Wollen Sie damit sagen, dass da jemand im Hintergrund nachhilft?«

»Allgemein gesprochen: ja. Speziell gesprochen: Plötzliche und unerwartete Todesfälle, die sich häufen, sind nach unserer Definition ein Hinweis darauf, dass wir uns das genauer ansehen sollten. Unabhängig davon, was wir persönlich von den Opfern halten.«

»Ein neuer Mitspieler in der Unterwelt? Der auf diese Weise sein Territorium abstecken will?«, fragte Leonie.

Müller zuckte mit den Schultern. »Wenn es so ist, dann muss dieser über enorme Ressourcen verfügen. Es gibt ein paar sehr schwache Indizien darauf, dass einige der Personen nicht auf natürliche Weise zu Tode gekommen sind. Sowie klare Tötungen, die von Spitzenleuten durchgeführt worden sein müssen. Verstehen Sie, was ich sagen will? Ich vermisse die Amateure bei diesen Fällen. Leute wie Sie und ich, die Fehler machen würden, wenn sie einen Mord begehen. Das ist mir alles zu glatt, zu perfekt. Ja, die Reputation unserer Dienststelle profitiert davon. Aber ich kann nicht nachvollziehen, was die Ursache dafür ist. Ich fühle mich ferngesteuert.«

»Haben Sie etwas dagegen, dass die Anzahl der ungeklärten Fälle in letzter Zeit zurückgegangen ist?«, fragte Leonie.

Müller wand sich. »Wie könnte ich?«

»Wenn jemand unseren Job so viel besser macht, als wir es tun: Wieso sollte man uns dann noch damit betrauen? Was wäre dann unser Anteil an der Veranstaltung?«, fragte Mops.

»Gute Frage«, sagte Leonie.

»Wir kommen im Moment über Vermutungen nicht hinaus.« Mops klappte sein Notizbuch zu. »Ich schlage vor, wir lassen uns die Sache am Wochenende noch einmal durch den Kopf gehen und setzen uns dann am Montag zusammen.«

Müller packte seine Sachen zusammen. »Gute Idee. Ich gehe am Wochenende fischen und bin daher nur schlecht erreichbar.«

»Kein Problem. Ist Fischen wirklich so entspannend, wie man sagt?«, fragte Mops.

»Wenn man sich genug Butterbrote und Getränke mitnimmt, schon.«

»Aha.«

Müller lächelte. »Die größten Fische werden sowieso in der Vereinsgaststätte gefangen. Ein schönes Wochenende wünsche ich.«

»Danke.«

Nachdem Müller das Büro verlassen hatte, wandte Mops sich an Leonie. »Kann ich dein Auto haben? Ich bringe es wieder.«

»Wieso? Ist deins kaputt?«

»Nein. Aber deins. Ich muss einen Besuch machen. Du nimmst mein Handy und fährst mit meinem Auto zu mir. Wir treffen uns dann dort. Wenn es dir recht ist.«

»Gern. Ich nehme an, dass du auch dein Handy mit meinem tauschen willst?«

»Wir sollen ja erreichbar bleiben. Oder erwartest du Anrufe, von denen ich nichts wissen sollte?«

»Nicht wirklich. Wenn du die Nummer nicht kennst, geh einfach nicht ran. Wenn es deine Nummer ist, solltest du allerdings sofort abheben.«

»So machen wir es.«

* * *

Mops parkte das Auto in dem Parkhaus, in dem Leonie üblicherweise parkte. Dann schaltete er Leonies Handy aus und legte es ins Handschuhfach.

»Glaubst du, dass das etwas nützt?« Rudolf, der neben Mops saß, runzelte die Stirn.

»Was sagst du? Du bist der Spezialist.«

»Ich will dich nicht mit Begriffen wie ›Bewegungsprofil‹ und ›statistische Wahrscheinlichkeit‹ langweilen. Profiling ist Teil deiner Arbeit.«

»Genau. Deshalb weiß ich, was diese Arbeit erschwert. Zumindest solange, bis das Profil aktualisiert wurde.«

»Noch mehr erschweren würde es deine Arbeit, wenn der Datensatz generell fehlerhaft wäre.«

»Klar. Aber das ist außerhalb meiner Möglichkeiten.«

»Hast du dir nie die Frage gestellt, warum die Bewegungs-
profile der Geschäftsleitungen von Firmen wie DNS nicht
existieren oder komplett gefälscht sind?«

»Brauche ich nicht. Die Antwort ist offensichtlich. Diese
Leute sind bevorzugte Ziele für Erpressungen und Entfüh-
rungen.«

»Und du glaubst, sie nehmen die Manipulationen selbst
vor?«

»Nein. Dafür gibt es bestimmt … ich weiß, worauf du
hinaus willst.«

»Gut.«

»Was stimmt dich so kooperativ?«

»Iris.«

»Verstehe ich nicht. Ihr scheint nicht die besten Freunde
zu sein.«

»Sind wir auch nicht. Sie hat mir Einblick in meine Unterlagen gewährt.«

»Bei DNS?«

Rudolf senkte den Blick. »Nein.«

»Ich nehme an, dich erwartet eine interessante Zeit in der
Unterwelt.«

»Ja.« Es klang nicht wirklich begeistert. »Aber so lange ich
nicht dort angekommen bin, wird meine Akte fortgeführt.
Trotzdem muss ich mich an die Regeln halten.«

»Verstehe.«

Rudolf lächelte schräg. »Ich glaube, dass du noch nicht
verstehst. Aber du wirst es. Bald.«

Mops stieg aus, schloss die Tür ab und machte sich auf den
Weg. Rudolf wollte nicht mit.

In einer Seitenstraße gab es ein Fotogeschäft mit einer
altmodisch aussehenden Auslage. Die angebotenen Kameras
waren ausnahmslos mit analogen Filmen bestückbar. Die

Preise variierten zwischen Taschengeld und Sportwagen. Mops musste grinsen, als er das Schild über dem Eingang las:

›Max Mustermann. Fotografenbedarf, Portraits, Mikroverfilmung‹

Mops klingelte.

Der Inhaber öffnete die Tür. »Hallo Inspektor. Lange nicht gesehen.«

»Ich hatte keinen Bedarf. Und wahrscheinlich haben Sie mich ebenfalls nicht vermisst.«

Max nickte. »Sie sind nicht das, was ich einen Freund nennen würde. Aber Sie waren fair zu mir. Kommen Sie herein.«

Max führte Mops, nachdem er abgelegt hatte, in ein Wohnzimmer mit einer Einrichtung, die an die 1960er Jahre erinnerte. Inklusive eines offensichtlich noch funktionsfähigen Schwarz-Weiß Röhrenfernsehers.

»Nehmen Sie Platz. Kann ich Ihnen etwas anbieten?«

»Ein Mineralwasser?«

»Geht in Ordnung.«

Max holte das Gewünschte und stellte die Flasche und zwei Gläser auf den Tisch. Er schenkte ein und setzte sich. »Was kann ich für Sie tun?«

Mops griff in die Hemdtasche, holte eine kleine Schachtel hervor. Er legte sie auf den Tisch. »Mikropunkte.«

»Wieso lassen Sie das nicht in der Dienststelle machen?«

»Die Antwort ist kompliziert und würde Sie verunsichern.«

Max lachte. »Euer neues Programm sorgt für ganz schön Wirbel in meiner Community.«

»Wie das?«

»›Verbrechen lohnt sich nicht‹ bekommt in bestimmten Kreisen eine ganz neue Dimension. Das wird nicht ohne Folgen bleiben.«

»Aha?«

»Aha.«

»Sie meinen, jemand könnte seinem Wunsch, dass alles beim Alten bleiben soll, Nachdruck verleihen wollen?«

»So weit ist es noch nicht. Außerdem ist es ziemlich schwer, aufwändig und teuer, etwas anzugreifen, das sich überall und nirgendwo befindet.«

»Interessanter Aspekt. Sie kennen nicht zufällig jemanden, der bei DNS an der richtigen Stelle arbeitet und sich mit mir darüber austauschen möchte?«

»Vielleicht. Vielleicht auch nicht. Darüber muss ich nachdenken.«

»Ich habe auch eine Weile nachdenken müssen, bis ich mich auf den Weg zu Ihnen gemacht habe.«

»Was ist auf den Mikropunkten drauf?«

»Ich weiß es nicht. Sie beinhalten angeblich Informationen über DNS.«

»Rudolf Mayerr?«

Mops war überrascht. »Hat er für Ihre Seite gearbeitet?«

»Der? Nein. Dafür war er viel zu schwanzgesteuert. Er hat bei DNS ziemlich weit innen gearbeitet. Einige Freiheiten gehabt. Was ihm letztlich wohl das Genick gebrochen hat.«

Mops legte seine Hand auf die Schachtel. »Das heißt, die Informationen können möglicherweise dazu führen, dass die andere Seite erfolgreich Sabotage verüben kann?«

Max nahm sein Glas und trank einen tiefen Zug. Er setzte es vorsichtig zurück.

»Das Risiko müssen Sie eingehen. Ich glaube es nicht, ehrlich gesagt. Es könnte eher bei Ihren Ermittlungen hilfreich sein.«

»Wie kommen Sie zu der Einschätzung?«

»Berufserfahrung. Ich habe Ihnen damals vertraut. Nun müssen Sie mir vertrauen.«

»Habe ich Ihr Vertrauen enttäuscht?«

»Ich hätte mir ein paar Jahre weniger hinter Gittern gewünscht. Dass Sie den Richter bestechen oder erpressen, wäre ein wenig zu viel verlangt gewesen. Oder?«

»So ist es.«

»Hier ist es ebenso. Ich kann versuchen, die Informationen zu lesen, und ich werde Sie Ihnen in bestmöglicher Qualität zur Verfügung stellen. Aber es wird eine Kopie geben. Zu meiner eigenen Sicherheit.«

Mops nahm die Hand von der Schachtel weg.

»Ich brauche Kontakt zu Ihrem Kontakt.«

Max nickte. »Ich kann nichts versprechen.«

»Einverstanden.«

Max stand auf. Mops ebenfalls.

»Kann ich noch etwas für Sie tun?«, fragte Mops.

»Ja. Nehmen Sie es nicht persönlich. Wir sollten uns nicht mehr treffen. In Ihrem und in meinem Interesse.«

Mops fischt im Trüben

Mops schloss die Spülmaschine und ging zu Leonie, die im Wohnzimmer auf ihn wartete. Er ließ sich neben ihr auf die Couch fallen.

»Du siehst nicht besonders zufrieden aus«, bemerkte Leonie.

»Bin ich auch nicht. Mein Informant war ziemlich zugeknöpft. Und er hatte Angst. Aber nicht vor der Polizei.«

»Na ja. Bei unseren Kunden werden Probleme üblicherweise nicht im Stuhlkreis besprochen.«

»Das schon. Aber es gibt Regeln. Wer sich nicht daran hält, landet bei dir auf dem Tisch.«

Leonie verzog das Gesicht. »Danke.«

»Und wer die Regeln brechen oder neu definieren will, braucht eine Menge Geld und Muskeln.«

»Befürchtest du, dass es in nächster Zeit zu Bandenkriegen kommen wird? Oder etwas Ähnlichem?«

»Wenn ich Krieg führen will, dann muss ich ein konkretes Feindbild haben. Einen Gegner, auf den ich einschlagen kann.«

»Wieso?«

»Nimm mein Problem mit dem Fall, auf den ich nicht zugreifen kann oder darf. Die automatische Fehlerannahme hat mich im Kreis herum geschickt. Über wen soll ich mich da beschweren? Bei wem?«

»Bei der Firma. Über die miserable Programmierung.«

»Genau. Wer ist die Firma? Einige tausend Menschen.

Wer ist für die fehlerhafte Fehlerannahme verantwortlich? Irgendwer. Name unbekannt. Verstehst du? Die Direktorin zählt in der Betrachtung nicht, da nicht jeder privilegierten Zugriff auf sie hat. Wen kann ich also für diesen Mist verprügeln?«

»Ich verstehe. Die Suche nach demjenigen, der das Problem lösen könnte, ist so aufwändig, dass es sinnvoller erscheint, das Problem zu ignorieren. Was natürlich keine Lösung ist, sondern nur derartige Probleme weiter ansammeln wird. Für deren Lösung sich niemand zuständig fühlt.«

»Genau. Irgendwann kippt der Aktenstapel dann um, und ich liege drunter. Mein Informant hat den Eindruck gemacht, als würde die Unterwelt erwarten, dass die Polizei deren Probleme löst.«

Leonie grinste. »Wir könnten alle in Schutzhaft nehmen. Was meinst du?«

»Zu wenig Platz in unseren Gefängnissen.«

»Hm.«

»Was, hm?«

»Ich frage mich, ob die Angst deines Informanten mit unserer aktuellen Untersuchung zusammenhängt.«

»Das würde ich nicht ausschließen. Außerdem dürfen wir nicht vergessen, dass wir zusätzlich in göttlichem Auftrag ermitteln.«

»Das heißt, unser Gegenspieler könnte über besondere Fähigkeiten verfügen?«

»Ja. Aber auch da gibt es Regeln.«

»Welche?«

»Die, die die Götter für sich selbst festlegen. Ein System ohne Regeln heißt Chaos.«

»Und wie erfahren wir die gültigen Regeln?«

Mops lächelte. »Spätestens nach Eintritt des Todes. Dann hätte sich aber keine Gottheit die Mühe machen müssen, mit uns Kontakt aufzunehmen. Was nicht heißt, dass die Sache ungefährlich ist.«

»Du hast es wieder geschafft, mich zu verwirren.«

»Es ist ganz einfach. Unser Leben ist das Leben, was wir führen. Es gibt kein anderes. Ich kann im Moment nicht mehr tun, als zu warten, bis mein Informant mir hoffentlich verwendbare Ergebnisse zukommen lässt. Und vielleicht einen Kontakt, der innerhalb von DNS arbeitet.«

»Wie wäre es, wenn wir das Wochenende irgendwo verbringen, wo uns niemand findet?«

»Hast du etwas Besonderes im Auge?«

»Ich habe im Internet ein Angebot für eine Berghütte gesehen. Eine Stunde Fußmarsch zum nächsten Ort. Kein Telefon. Kein Internet.« Sie lachte. »Der Briefkasten am Haus ist eine Milchkanne.«

»Warum nicht? Ich werde die Sense mitnehmen. Für den Fall, dass wir ungebetene Gäste bekommen.«

* * *

Leonie schloss die Hüttentür auf, während sich Mops schnaufend auf die Sense stützte.

»Selber Schuld«, lästerte Leonie. »Ich habe dir gesagt, dass du nicht den kompletten Hausrat mitnehmen musst. Oder Essen für zwei Monate.«

»Ich komme darauf zurück, wenn du Hunger bekommst in der zweiten Woche, in der wir hier eingeschneit sind.«

»Das stelle ich mir romantisch vor.«

Mops stapfte hinter Leonie in die Hütte, setzte den großen Rucksack vorsichtig ab und stellte die Sense in die Ecke neben der Tür. »Uff!«

»Du musst noch Holz hacken.«

»Jaja. Ist in der Küche noch genug Holz zum Kochen?«

Leonie sah nach. »Ja. Das reicht für heute.«

»Prima. Dann walte deiner Geschlechterrolle.«

Mops schleppte den Rucksack in die Küche und stellte ihn in der Nähe des Herdes ab. »Bis gleich.«

Leonie machte sich daran, die mitgebrachten Dinge auszupacken und in die Schränke zu sortieren. Dann zündete sie das Feuer an und begann mit der Zubereitung eines Eintopfs.

Aus der Diele waren vergnügtes Pfeifen und gelegentliche Fallgeräusche von Holzstücken zu hören.

Leonie stellte die Suppe an den Herdrand zum Köcheln und wagte einen Blick auf den Tatort. »Das gilt nicht!«

»Wieso? Ich schleife die Sense Jahr und Tag. Da darf ich sie wohl auch ab und zu benutzen.«

Besagte Sense, genauer die Klinge, die Mops am Griff hielt, glitt mit leise zischendem Geräusch durch einen auf dem Hauklotz liegenden Baumstamm wie durch Pappmaché. Eine Hälfte fiel zu Boden. Mops stellte die andere Hälfte senkrecht und schnitt sie wie Kuchen in acht Teile. Dann schubste er das Holz hinunter und legte die andere Hälfte des Baumstammes auf den Klotz.

»Darf ich auch mal?«

»Was bekomme ich dafür?«

»Essen?« Es klang drohend.

»Einverstanden.«

Während Leonie die letzten Klötze fachgerecht zerlegte, stapelte Mops das Holz an der Wand.

»Die Sense hat uns schon einige Male in kritischen Situationen geholfen«, sagte Leonie. »Erstaunlich, dass sich so etwas überhaupt in unserem Besitz befindet. Vielmehr in deinem.«

Leonie gab Mops die Sensenklinge zurück.

Er befestigte sie wieder am Stiel und klappte sie ein. »Darüber habe ich oft nachgedacht. Die einzige halbwegs vernünftige Erklärung, die ich dafür habe, ist: Jeder Mensch ist mit besonderen Merkmalen ausgestattet. Dafür gibt es eine innere und eine äußere Repräsentation. Meine ist die Sense.«

»Und meine?«

»Auf diesem dünnen Eis werde ich nicht mit dir tanzen. Jedenfalls nicht freiwillig.«

Leonie seufzte theatralisch. »Also gut. Essen. Und nachher verwöhnst du mich.«

Mops lächelte. »Abgewaschen wird gemeinsam.«

* * *

Am Abend des folgenden Tages klopfte es an der Tür.

Leonie ging zur Tür und sah durch das Guckloch. Stutzte. Sah noch einmal hindurch.

Mops kam zu ihr. »Was ist?«

»Müller steht draußen.«

»Bitte?«

»Sollen wir ihn einlassen?«

»Ähm – ja, sicher.«

Leonie öffnete die Tür. »Guten Abend. Was führt Sie denn hierher? Und wie haben Sie überhaupt in Erfahrung gebracht, wo wir uns befinden?«

»Darf ich hereinkommen?«, fragte Müller.

»Entschuldigung. Sicher.«

Müller zog Jacke und Schuhe umständlich aus und ließ sich in den Wohnraum bitten. »Ich weiß nicht, wie ich anfangen soll.«

»Ist es dienstlich?«, fragte Mops.

»Ja. Auch.«

»Dann los.«

»Kennen Sie jemanden mit dem Namen – Max Mustermann?«

»Ja. Ich hatte früher einmal dienstlich mit ihm zu tun.«

»Haben Sie ihn in letzter Zeit kontaktiert?« Müller sah zu Leonie. »Oder er Sie?«

Leonie schüttelte den Kopf. »Ich weiß nicht einmal, von wem Sie sprechen.«

»Sie klingen jetzt aber sehr dienstlich«, bemerkte Mops. Müller nickte zustimmend. »Ich weiß. Also?«

»Worum geht es?«

»Sie haben meine Frage nicht beantwortet.«

»Weil Sie es sind, Müller. Ich habe ihn vor einigen Tagen aufgesucht wegen einer Sache, bei der ich eine bestimmte Unterstützung benötige.«

»Haben Sie diese Unterstützung erhalten? Oder wurde sie Ihnen verweigert?«

»Das weiß ich noch nicht. Leonie und ich sind hier ohne Kontakt zur Außenwelt. Keine Mails und keine Briefträger, wenn Sie verstehen, was ich meine.«

»Sicher verstehe ich das. Was die Sache nicht einfacher macht.«

»Mustermann ist …«

»Tot. Umgebracht. Definitiv Fremdverschulden. Den Untersuchungen nach mit einer Polizeipistole in den Kopf geschossen.«

»Scheiße!«

»Sie sagen es. Wussten sie, dass es am Eingang zu seinem Geschäft eine Sicherheitskamera gibt?«

»Nein. Warum sollte ich?«

»Die letzte Person, die laut Kameraaufzeichnung seinen Laden betreten hat, waren Sie, Inspektor.«

»Oha. Und wann habe ich demnach den Laden wieder verlassen?«

»Überhaupt nicht. Die Kameraaufzeichnungen wurden, kurz nachdem Sie den Laden betreten haben, gelöscht, die Kamera außer Funktion gesetzt.«

»Aber ich bin noch drauf.«

»Ja. Auf dem Cloud-Backup der Aufzeichnung. Da ist der Täter wohl nicht herangekommen.«

»Verstehe. Ich bin ein möglicher Tatverdächtiger.«

»Wie würden Sie das unter gleichen Umständen sehen?«

»Genauso. Immerhin habe ich ihnen bereits gestanden, dass ich dort war. Den Mord habe ich nicht verübt.«

»Wenn es nur das Foto der Überwachungskamera wäre, wäre es für jemanden, der Sie nicht kennt, leichter zu glauben.«

»Was wollen Sie damit sagen?«

»Das Bewegungsprofil Ihres Diensttelefons wurde ausgewertet.«

»Ja. Und?«

»Demnach waren Sie zur Tatzeit zu Hause. Ohne das Foto wäre das ein auf den ersten Blick gutes Alibi gewesen.«

»Wie genau konnte die Tatzeit ermittelt werden?«

»Plus minus zwei Stunden.«

»Das heißt, falls ich es nicht war, muss der Täter sehr kurz nach mir Mustermann besucht haben.«

»So ist es.«

»Das Foto und die versuchte Verschleierung meines Aufenthaltsortes sind natürlich schon belastend.«

»So ist es.«

Leonie mischte sich ein. »Können wir uns bitte hinsetzen? Alle? Ich besorge etwas zu trinken.«

Mops nickte. »Guter Vorschlag. Müller: Sind Sie gekommen, um mich zu verhaften?«

»Nein. Unter normalen Umständen hätte ein Kollege Sie gebeten, auf der Dienststelle eine Aussage zu machen. Aber

Sie sind ja von der Bildfläche verschwunden. Was für weitere Probleme sorgen wird.«

»Da will man einmal zu zweit allein sein!«, schimpfte Leonie. Sie stellte die Getränke auf den Tisch und warf sich missmutig in den Sessel.

»Wie haben Sie mich ausfindig machen können? Leonie hat die Hütte gebucht und es ganz sicher nicht in ihrer Kriminalisten-Messenger-Gruppe verkündet. Nehme ich zu ihren Gunsten an.«

»So ist es«, bestätigte Leonie leicht verschnupft.

»Ja. Das ist eine ganz seltsame Sache«, sagte Müller. »Ich habe die Information über Ihren Aufenthaltsort im Lokal des Fischereivereins erhalten. Vom Wirt. Ein Unbekannter hat ihm einen Umschlag übergeben, der an mich persönlich adressiert war.«

»Stand da noch etwas drin?«

»Ja. Ich soll Sie bitten, dem offiziellen Verfahren seinen Lauf zu lassen.«

»Was heißt, dass ich, sobald ich zum Dienst erscheine, befragt und möglicherweise sogar festgenommen werde.«

»Deshalb bin ich offiziell gar nicht hier. Weil ich gar nicht wissen kann, wo Sie und Leonie sich aufhalten.«

»Der Unbekannte hat dich also gewarnt. Mit dem Hinweis, du sollst dich wie immer verhalten? Warum?«, fragte Leonie.

Mops zuckte mit den Schultern. »Da bin ich überfragt. Ich vermute, dass dieser Jemand die Aufmerksamkeit eines anderen Jemand auf mich lenken will. Um Zeit zu gewinnen? Wofür?«

Müller trank aus und stand auf. »Ich mache mich dann mal auf den Rückweg.«

Leonie schüttelte entschieden den Kopf. »Sind Sie lebensmüde? Es wird gleich stockdunkel. Sie können jetzt nicht den Berg hinunter laufen. Stellen Sie sich vor, Ihnen würde ein

Unfall passieren. Hier funktionieren in zwanzig Kilometer Umkreis nur Festnetztelefone.«

»Selbst wenn. Ich habe vergessen, mein Handy zu Hause aufzuladen«, gab Müller zu.

»Damit haben wir eine Sache sichergestellt«, sagte Leonie. »Außer uns weiß nur noch unser großer Unbekannter, dass wir hier sind.«

»Unter diesen Umständen nehme ich das Angebot zur Übernachtung an. Ich fürchte allerdings, dass wir für den Fall einer Auseinandersetzung nicht weit kommen werden. Sie haben nicht zufällig ihre Dienstwaffe dabei?«

»Nein. Die liegt im Revier, wie es sich gehört. Ich hätte die Sense«, sagte Mops. »Aber ich denke, es ist noch nicht so weit, dass unsere Gegenspieler uns mit einer direkten Aktion aus dem Spiel nehmen wollen.«

»Kann ich hier mein Handy aufladen?«, fragte Müller.

Mops zeigte auf einen Solarkollektor, der am Fenster stand. »Versuchen Sie es. Wir hatten heute sehr schönes Wetter. Falls die Beleuchtung ausgehen sollte, haben wir Kerzen und Öllampen.«

»Unglaublich. Was machen Sie die ganze Zeit ohne Radio und Fernsehen?«

Leonie kicherte. »Holz hacken zum Beispiel.«

* * *

»Wir müssen hier bald einen Flugtaxi-Parkplatz einrichten.« Mops holte mit dem Wassereimer, den er gerade zum Haus trug, aus.

Der Angesprochene, ein junger Mann in abgetragen aussehender Outdoorkleidung, ließ sich nicht davon beeindrucken. »Das wäre in Ihrer Situation eher kontraproduktiv. Haben Sie Zeit für mich? Die Frage ist rhetorisch gemeint.«

»Ich verstehe Ihr ›Sie‹ als ›nicht nur ich‹.«

»Wir haben nicht viel Zeit.«

»Kommen Sie mit. Wollen Sie mit uns frühstücken?«

»Warum nicht?«

»Dürfte ich Ihren Namen erfahren?«

»Nein. Ich verlasse mich darauf, dass Sie – obwohl Polizist – das akzeptieren.«

»Wir werden sehen. Wie haben Sie uns ausfindig machen können?«

»Das war leicht. Übrigens: Müller hat von uns den Tipp bekommen, wo er Sie finden kann.«

»Wer ist ›uns‹?«

»Viele.«

»Ich habe das Gefühl, dass Sie mir ausweichen.«

»Ich stehe vor Ihnen. Mit dem Ziel, zu helfen. Das würde ich nicht als ausweichen bezeichnen.«

Nach dem Frühstück, das ziemlich einsilbig verzehrt wurde, kam der Fremde sofort zur Sache.

»Ich bringe Ihnen die Ergebnisse, die Sie bei Max Mustermann bestellt hatten. Und bevor Sie fragen: Nein, Sie haben ihn nicht getötet.«

»Wer dann?«, fragte Müller.

»Das müssen Sie herausfinden.«

Er öffnete seinen Rucksack, nahm einen Hefter heraus und legte ihn auf den Tisch.

»Das sind die aus unserer Sicht wichtigsten Teile der Information. Verzeihen sie, dass ich nicht alle fünfzehn Aktenordner mit heraufgenommen habe. Sie liegen an einem Ort bereit, den ich ihnen nennen werde. Sie sollten den aber erst dann aufsuchen, wenn ihre Ermittlungen erfolgreich waren. Sonst hat das Material keinen Nutzen für Sie.«

Mops blätterte den Hefter auf.

Leonie sah ihm über die Schulter. »Das sind Diagramme. Schemata. Prozessablaufdarstellungen.«

Mops reichte ihr den Hefter.

»Sie kennen sich damit aus?«, fragte der Fremde.

»Ist eine Weile her. Eher noch so etwas wie ein Hobby von mir.« Sie blätterte kurz durch. »Puh! Da braucht man Tage, um zu verstehen, was dort dargestellt ist. Und ein Informatikstudium.«

»Aber Sie würden es verstehen, wenn es Ihnen jemand erklärt?«

»Solange ich das nicht selbst anfertigen muss, denke ich schon.«

»Das ist gut.«

»Warum?«

»Weil Sie es dann möglicherweise verständlich und glaubhaft den Herren Mops und Müller erklären können. Wobei ›glaubhaft‹ die eigentliche Herausforderung ist.« Er wandte sich an alle Anwesenden. »Wie sind Ihre Erfahrungen mit KIKERIKI so?«

»Der Einstieg war ziemlich schwer, und es tut immer noch nicht das, was ich will. Obwohl ich mir sicher bin, alles richtig zu machen.« Leonie lächelte. »Aber das behaupten die Endanwender immer.«

Der Fremde erwiderte das Lächeln.

»Ich weiß nicht«, sagte Müller. »Ich habe den Eindruck, dass ich von den interessanten Funktionen ausgeschlossen bin. Ja, ein nettes Diktiergerät. Aber dafür würde ich kein Geld ausgeben.«

Der Fremde nickte.

»Ich habe mich am Anfang schwergetan«, sagte Mops. »Dann habe ich damit begonnen, Anweisungen zu geben. Ab da lief es ganz gut, bis es mich von meinen eigenen Daten ausgesperrt hat. Wenn Sie mich fragen, mit einem vorsätzlich programmierten Trick, der Beschwerden ins Nirwana umleitet.«

Der Fremde nickte wieder. »Sie haben recht. Alle drei.«

»Wenn Sie drei Leute fragen, bekommen Sie immer drei Meinungen«, sagte Leonie.

»Ich weiß. Die ihnen bisher bekannten Programme sind – schlicht und ergreifend – beschränkt. Doof. Sie machen nur das, was der Anwender eingibt. Wenn sie Glück haben, bekommen sie rechtzeitig eine Fehlermeldung, bevor sie nach Stunden Arbeit neu anfangen müssen, weil das Programm an der Menge der fehlerhaften Benutzereingaben zugrunde gegangen ist. KIKERIKI ist da anders. Das Programm lernt vom Benutzer, bemüht sich darum, die Fehler, die dieser macht, zu katalogisieren und kategorisieren. Um in einem nächsten Schritt die Fehler voraussehen zu können. Um sie abzufangen, bevor sie Schaden im Programm anrichten oder zu Falscheingaben führen. Jeder von Ihnen hat – vereinfacht gesprochen – eine individualisierte Version von KIKERIKI auf dem Schreibtisch, sobald Sie mindestens eine Woche damit gearbeitet haben. Diese individualisierte Version lässt sich schwer bis gar nicht von einer anderen Person bedienen. Zumindest nicht so effizient. Darüber hinaus ist es ein Sicherheitsmerkmal. Niemand auf der Welt kann einen anderen Menschen perfekt nachahmen.«

»Aber perfekt genug für die bisherigen, nicht so ausgefeilten Programme.«

Der Fremde nickte. »Ja. Deshalb ist KIKERIKI reaktiv programmiert.«

»Verstehe.«

»Offiziell«, ergänzte der Fremde.

Leonie schüttelte den Kopf. »Das verstehe ich nicht.«

»Sehen Sie sich die Diagramme an.« Der Fremde lehnte sich im Sessel zurück. »Ich sage Ihnen, was passieren wird, sobald sie zurückkehren. Mops wird verhört und anschließend entweder festgenommen oder suspendiert und unter Hausarrest gestellt werden. Müller wird einen anderen Fall bekommen.« Er sah zu Leonie. »Und Sie werden in der Autopsie mehr als genug zu tun haben.«

»Und dann?«, fragte Mops.

»Wahrscheinlich wird es außer Indizien keinen hinreichenden Tatverdacht gegen Sie geben. Aber auch keine Entlastung. Sie drei werden kaltgestellt. KIKERIKI wird der große Wurf werden.«

»Das hört sich, abgesehen für uns, doch sehr positiv an.«

»Wenn Sie den Fall klären wollen, dann müssen Sie sich Zeit lassen. So lange, bis die Zeit drängt. Wir können Leonie bei DNS einschleusen. Sie wird für DNS dann für eine Weile unsichtbar sein.«

»Und dann?«

»Ich weiß es nicht. Aber es wird hoffentlich nicht lebensgefährlich werden.«

»Sicher wissen Sie es nicht.«

»Ich weiß mit größerer Sicherheit, was passieren könnte, wenn Sie alles so weiter laufen lassen. Aber das müssen Sie mit Ihren Mitteln herausbekommen. Sie würden es mir sonst weder glauben, noch es jemand anderem erklären können.«

»Das klingt reichlich esoterisch für mich.«

»Damit haben Sie recht, Inspektor Mops. Wie Sie vielleicht schon einmal gehört haben, wird jede Technik, die nicht vollständig begriffen wird, erst einmal der Magie zugeordnet.«

Mops nickte. »Ja. Das Konzept ist mir nicht ganz unbekannt.«

»Fein. Wir können dafür sorgen, dass Sie eine einigermaßen gute Startposition haben. Mehr nicht.«

»Wieso machen Sie und Ihre Leute das nicht selbst?«

»Weil es nicht ›meine Leute‹ sind. Und weil die Welt nicht so funktioniert. Wir haben kein Interesse daran, die Macht zu übernehmen und allen zu sagen, was sie zu tun und zu lassen haben.«

»Auch dann nicht, falls alles schief läuft?«

»Wir können die Welt nicht vor sich selbst retten. Das muss sie schon selbst tun. Vielleicht liegen wir ja völlig daneben mit unserer Hypothese? Sie haben die Gelegenheit, das zu beweisen.«

»Darüber müssen wir erst einmal nachdenken.«

Der Fremde stand auf. »Kein Problem. Wir bekommen mit, wofür Sie sich entschieden haben. Wenn Sie mir keinen Glauben schenken, dann werden Sie von uns nicht mehr belästigt werden.«

Zwei Stunden später war die Hütte aufgeräumt.

Mops verabschiedete sich von Müller. »Wir sehen uns dann in der Dienststelle. Falls ich verhaftet werde: Können Sie backen?«

»Recht gut. Warum?«

»Ich nehme an, dass es verdächtig wirken würde, wenn Leonie mir einen Kuchen in die Zelle bringt.«

Getrennt marschieren

»Warum wollen Sie das?«

Mops zeigte auf die diversen Zettel, die sich auf dem Whiteboard im Büro des Chefs angesammelt hatten.

»Weil ich der Hauptverdächtige bin. Genau genommen, der einzige, den Sie haben. Wegen Flucht- und Verdunklungsgefahr, wie es so schön heißt. Seien Sie doch froh, dass ich keinen Widerstand leiste. Außerdem können Sie nachher auf jeden Fall sagen, dass der Fall mit der notwendigen Sorgfalt gehandhabt wurde.«

»Also gut. Sie kennen die Regeln: Elektronische Fußfessel außerhalb des Gefängnisses, spätestens zehn Uhr abends in der Zelle, und dort keinerlei Computer, Handy und sonstige Sachen, mit denen Sie kommunizieren können.«

»Ich möchte, dass ich, meine Kleidung und meine Zelle jeden Abend auf diese Dinge durchsucht werden.«

»Die meisten Menschen würden das als erhebliche Einschränkung ihrer Bewegungsfreiheit ansehen.«

»Das tue ich auch. Es ist notwendig. Sicher würde ich lieber gern selbst den Fall untersuchen, bei dem ich der Beschuldigte bin. Aber das ist aus offensichtlichen Gründen nicht möglich. Es ist durchaus wahrscheinlich, dass meine Kontaktaufnahme zu Max dessen Tod verursacht hat.«

»Worum es da ging, haben Sie nicht zu Protokoll gegeben.«

»Ein Grund mehr, der mich verdächtig macht.«

»Sie wissen, dass niemand mit Ihnen über den Fall sprechen darf.«

»Natürlich. Ich gehe davon aus, dass Sie weder Müller noch Leonie damit betrauen. Davon abgesehen ist unser neues System so sicher, dass man im schlechtesten Fall nicht einmal mehr an seine eigenen Daten herankommt.«

»Erinnern Sie mich nicht daran.«

»Ich habe übrigens immer noch keinen Termin bei der DNS-Chefin bekommen. Obwohl ihre elektronische Repräsentation es mir zugesichert hatte.«

»Können Computer lügen?«

»Interessante Frage. Vielleicht sprechen Sie mit ihr darüber? Von Chef zu Chef?«

»Das sollte ich tatsächlich tun. Sie sind bei weitem nicht der Einzige, der Probleme mit dem Programm hat. Und die Fehlerbehebung lässt auch aus meiner Sicht zu wünschen übrig. Vielleicht sollte ich darauf bestehen, dass meine Dienststelle stärker beteiligt wird.«

Mops überlegte kurz. »Das ist eine sehr gute Idee. Wie wäre es, wenn Sie versuchen, Leonie da unterzubringen?«

»Mit welcher Begründung?«

»Leonie arbeitet in der Autopsie. Das sind oft sowohl heikle als auch missverständliche Informationen. Vielleicht kann sie gewissermaßen auf der anderen Seite kontrollieren, was im System angekommen ist und ob es richtig eingeordnet wurde.«

»Das macht Sinn. Allerdings ist Leonie nicht die ausgewiesene Spezialistin für Programmierung.«

»Es geht um Kategorisierung, richtige Einordnung. Um die richtige Zusammenfassung von Daten aus verschiedenen Quellen. Da ist Leonie als studierte Medizinerin ganz bestimmt die Richtige.« Mops lächelte ironisch. »Sie wird oft unterschätzt.«

»Beim letzten Personalgespräch kam sie mir nicht unzufrieden vor. Das bleibt aber unter uns.«

»Ich werde nicht für sie sprechen. Ich bin befangen.«

Nun lächelte der Chef. »Ich hätte das anders ausgedrückt.«

»Also?«

Der Chef nickte. » Ich sehe keinen Grund, Ihre Vorschläge abzulehnen. Wie lange wollen Sie in Untersuchungshaft verbleiben?«

»Idealerweise, bis dieser Fall und mein Fall geklärt sind. Ich glaube, das Gefängnis ist zur Zeit der sicherste Ort, an dem ich mich aufhalten kann.«

* * *

»Dann noch eine gute Nacht.«

»Danke, Ihnen auch.«

Der Wärter schloss die Tür ab.

Mops wartete, bis der Wärter den Gang verlassen und die Flurtür abgeschlossen hatte. Er sah sich um. Viel gab es nicht zu sehen. Ein Bett, ein kleiner Tisch mit Stuhl, ein schmaler Schrank. Der Durchgang zum Sanitärbereich. Durch das vergitterte Fenster in Kopfhöhe war das Geäst eines Baumes zu sehen, dahinter Himmel. Das eierschalenfarbene Weiß der Wände animierte dazu, Striche hineinzuritzen, was schon einige seiner Vorgänger getan hatten.

Mops löschte das Licht, legte sich auf das Bett und schloss die Augen.

Als er sie wieder öffnete, saß Iris auf dem Stuhl. »Ich soll nachfragen, wie du dir deine weiteren Ermittlungen vorstellst. Hades wird langsam ungeduldig.«

Mops setzte sich auf. »Ich würde mich gern einmal in seiner Registratur umsehen. Außerdem habe ich das Gefühl, dass er mir nicht alles über sein Problem erzählt hat. Kannst du mir da weiterhelfen?«

Iris lächelte. »Als Assistentin hat man viele Informationen.

Ich darf dir alles sagen, wonach du mich fragst. Solange es nicht den göttlichen Plan offenbart.«

»Das hört sich nach den Geistern meiner Fälle an.«

»Ja.« Sie lächelte erneut. »Aber mein Gestaltungsspielraum ist größer.«

Mops sah auf zur Überwachungskamera, die sich in der Ecke über der Tür befand.

»Hast du sie deaktiviert?«

»Nein. Trotzdem wird niemand unser Gespräch mitbekommen.«

»Sondern nur mich mit mir selber sprechen sehen und hören?«

Iris schüttelte den Kopf. »Auch das nicht. Ich borge mir Zeit vom Ende deines Lebens und setze sie hier und jetzt ein. Wobei dieses Hier und Jetzt ein anderes ist als das eurer Physik.«

»Damit verkürzt du mein Leben.«

»Nein. Die dir zur Verfügung stehende Lebensspanne wird lediglich anders angeordnet. Dein Lebensfaden wird abgeschnitten, wenn es an der Zeit ist. Allerdings ist der deinige – ein wenig verknotet.«

»Gut zu wissen, dass ich immer dann Zeit habe, wenn ich sie brauche.«

Iris schüttelte erneut den Kopf. »So ist es leider auch nicht. Es ist vielmehr so, dass die Zeit drängt.«

Mops stand auf. »Dann sollten wir uns auf den Weg machen. Benötige ich meine Sense dort, wo wir hingehen?«

»Heute nicht.«

* * *

Der Raum sah ziemlich unspektakulär aus. Ein stumpfgrauer Würfel, in dem sich ein Schreibtisch mit der üblichen elektronischen Arbeitsausstattung befand, daneben ein paar Ablagen sowie diverses Schreibgerät. Ein leeres Regal und ein Bürostuhl komplettierten die Einrichtung. Es gab keine Tür, kein Fenster. Keine sichtbare Luftzufuhr.

»Ich fühle mich gleich wie zu Hause in der Dienststelle.«

Iris nickte. »Die Ausstattung entspricht deiner Zeit und deiner Erwartung. Sie wurde bei deiner Ankunft in der Registratur … zur Verfügung gestellt.«

»Aha. Und von hier aus habe ich Zugriff auf alle Informationen?«

»Ja. Genau gesagt, alle Informationen über Menschen, die vor dem Zeitpunkt gestorben sind, an dem du die Welt verlassen hast.«

»Arbeiten viele Menschen hier?«

»Was bezeichnest du als ›viel‹? Die Verwaltung aller Lebewesen, die jemals gelebt haben, ist aufwändig. Es gibt immer wieder Nachfragen. Wie zum Beispiel die, die du bearbeitest.«

»Jetzt verstehe ich, warum sich Hades als angestellte Führungskraft bezeichnet hat.«

»Freies Unternehmertum und freiwillige Selbstverpflichtungen sind in diesem Zusammenhang nicht das, was du wollen würdest. Glaub mir.«

»Freies Unternehmertum? Entschuldige, mir hat sich gerade ein Gedanke aufgedrängt. Freies Unternehmertum bedeutet ja Wettbewerb, Konkurrenz.«

»Fahre fort.«

»Bei den Göttersagen, die mir bekannt sind, hat jede Gottheit ein Monopol auf den Bereich, für den sie steht.«

»So ist es. Oder: So habt ihr Menschen es festgelegt. Die Frage, was zuerst war, bitte ich dich, nicht hier zu stellen.

Die gültige Antwort würde dein Gehirn über das ganze Universum verteilen.«

»Einverstanden. Aber diese Frage solltest du mir beantworten: Ist ein Konkurrent für Hades in Erscheinung getreten? Oder hat er den Eindruck, dass jemand, den er noch nicht identifizieren konnte, ihm Konkurrenz machen will?«

»Das herauszufinden ist Teil deiner Aufgabe.«

»Verzeihung. Ihr erwartet doch nicht im Ernst, dass ich Zeus, Hera und die ganze Götterschar vorlade und befrage, ob jemand Hades absägen will? Und du darüber Protokoll führst?«

»Wenn es so einfach wäre, dann hätte unser eigenes Personal die Aufgabe übernommen. Wir haben mit unseren Mitteln herausbekommen, dass das Problem sowohl die Götter als auch die Menschen betrifft. Und wir als Götter interessanterweise die Ursache des Problems nicht eindeutig ausmachen können. Was – wie du dir leicht vorstellen kannst – zu einiger Unruhe geführt hat. Hinweise auf eine – wie du es nanntest – Konkurrenz – wurden in Hades' Zuständigkeitsbereich gefunden. Da er immer der übliche Verdächtige ist, wenn es um die Änderung der Geschäftsordnung geht, steht er ziemlich unter Druck.«

»Kann ich mir – nein, ich kann es mir nicht vorstellen.«

»Du hast aufgrund deiner besonderen Gaben einen gewissen Einblick in die Welt zwischen der des Lebens und der des Todes. Zum Beispiel, dass deine Klienten sich gewissermaßen auf einer Warteposition befinden, bis du deren Fälle abgeschlossen hast. Falls jemand den Bereich meint neu organisieren zu müssen, wird es zu Verwerfungen kommen.«

»Du meinst: Zombies?«

»Zombies dürften dann mit das Harmloseste sein, was in der Welt der Lebenden auftreten wird.«

»Dann sollte ich wohl anfangen. Als Erstes hätte ich gern

eine Liste der Menschen, die nach euren Maßstäben auf seltsame Art und Weise angekommen sind. Diese sollten dann nach gemeinsamen Merkmalen kategorisiert werden.« Mops zögerte. »Schaffe ich das überhaupt in meiner natürlichen Lebenszeit?«

Iris lächelte aufmunternd. »Mach dir keine Sorgen. Die Verarbeitungsgeschwindigkeit unserer Systeme ist hoch genug, dass du zwischen dem Absenden deiner Anfrage und dem Eintreffen der Ergebnisse keine Zeit verlieren wirst.«

»Darf ich Leonie als Unterstützung anfordern? Manche Dinge gehen schneller, wenn mehrere Personen parallel daran arbeiten.«

»Leider nein. Sie hat einen anderen Weg zu beschreiten.«

»Schade. Wie ist es mit dir? Oder verstößt das gegen deinen Auftrag?«

Iris seufzte. »Ich hatte gehofft, das du die Frage nicht stellst.«

»Warum?«

»Weil ich dir deine Fragen wahrheitsgemäß beantworten muss.«

»Das heißt dann also nein?«

»Nein. Das heißt, dass ich Tipparbeiten ziemlich ungern mache und mich dabei unter Wert gehandelt fühle.«

»Du meinst, du bist dafür überqualifiziert?«

»Das bin ich tatsächlich.«

Mops lächelte. »Ich werde mir Mühe geben, von dir Dinge zu erbitten, die dich mehr fordern. Aber im Moment sehe ich keine andere Möglichkeit, voranzukommen. Wenn mich meine Polizistennase nicht trügt, dann werden unsere Ergebnisse für Hades wertvoll sein.«

»Danke. Ich bin gespannt. Eine Sache noch.«

»Ja?«

Iris' Augen blitzten kämpferisch. »Falls du auf je die Idee

kommen solltest, mich zum Kaffeekochen einzusetzen, wirst du feststellen, dass es hier unten Zonen mit sehr unterschiedlicher Bequemlichkeit gibt.«

* * *

Leonie setzte die Tasse mit Kaffee vorsichtig auf dem Küchentisch ab. Dann gab sie Mops einen kleinen Schubs.

Mops zuckte zusammen. »Was?«

Leonie setzte sich ihm gegenüber. »Bekommt man eigentlich keinen Schlaf in einer Zelle? Oder sind die Betten da so unbequem?«

Mops schüttelte sich. »Ich hatte viel zu tun.«

»Wo?«

Mops ging nicht darauf ein. »Wie läuft es mit deinem Projekt?«

»Recht gut. Ich habe gestern Abend eine E-Mail mit einem Link auf das Personalwesen von DNS bekommen. Dagegen ist unseres vorsteinzeitlich. Abgesehen davon, dass die das Übliche abgefragt haben wie Geburtsdatum, was ich seither gemacht habe und warum, habe ich eine komplette Übersicht erhalten, wo ich überall im Netz sichtbar bin. Und womit. Inklusive der Einträge in Datenbanken, bei denen ich beim besten Willen nicht weiß, wie ich da hineingekommen bin. Ich habe jeden einzelnen verdammten Eintrag erklären müssen!« Sie gähnte und streckte sich. »Falls du glaubst, du hättest dir als Einziger die Nacht um die Ohren geschlagen.« Sie lächelte verschlagen. »Wusstest du eigentlich, dass die Rechtsabteilung der zweitgrößte produktive Bereich von DNS ist?«

»Nein. Wundern tut es mich nicht.«

»Die haben mir eine Prognose geschickt. Rechtsschutz ist für die DNS Mitarbeitenden obligatorisch. Und die klagen auch präventiv. Ich denke, unser nächster Urlaub ist finanziert.«

»Gut zu hören. Allerdings weniger gut für diejenigen, die sich so einen teuren Apparat nicht leisten können.«

»Angeblich soll da Verhältnismäßigkeit das oberste Gebot sein.«

»Sowas klingt in Unternehmensdarstellungen immer gut.«

»Ich verstehe deine Skepsis. Aber es passt zu den uns zugespielten Unterlagen. Die Firma setzt ihre eigene Software bei sich ein. Nur diese. Ohne jede Ausnahme. Andere Software muss extern betrieben werden und darf nur über von DNS programmierte und freigegebene Schnittstellen Daten austauschen. Wer keine Verschlüsselung anbieten kann, mit dem kommunizieren sie per Brief.«

»Hört sich an, als ob du es kaum erwarten könntest, da einzusteigen.«

»Irgendwie ist es tatsächlich so.«

»Sei vorsichtig, dass die dich nicht vereinnahmen.«

»Wie meinst du das?«

»Ich meine, dass es verschiedene Methoden gibt, jemanden an seiner eigentlichen Arbeit zu hindern. Die direkteste führt die Opfer in die Autopsie. Hat den Nebeneffekt, dass Leute wie wir kommen und dumme Fragen stellen. Effizienter ist es, jemanden so zu bestechen, dass der Bestochene es gar nicht merkt.«

»Du bist eine echte Spaßbremse.«

»Leonie. Ich habe gestern fast eine Million Todesfälle durchgesehen. Um einen Anhaltspunkt zu finden, warum die Liste, die wir bearbeiten, uns den Eindruck vermittelt, dass da etwas nicht mit rechten Dingen zugeht.«

Leonie sah Mops ungläubig an. »Eine Million?«

»Ja. Zusammen mit Iris.«

»Aber das dauert doch …«

»Monate. Ich weiß. Deshalb bin ich müde. Und deshalb ist mein Spaßverständnis momentan nicht besonders gut ausgeprägt. Wir haben möglicherweise etwas Greifbares. Möglicherweise. Darüber muss ich ein paar Tage schlafen. Macht es dir etwas aus, mich heute Abend zurückzubringen? Ich muss noch Papier und Bleistifte besorgen. Und ich will mein Auto nicht dort stehen haben.«

»Sicher. Du siehst wirklich ziemlich geschafft aus.«

Mops trank seinen Kaffee aus, stellte die Tasse hin und stand auf. »Ich mache einen Mittagsschlaf, solange ich noch allein zum Bett finde. Entschuldige bitte. Wir sehen uns dann am späten Nachmittag?«

»Ja.«

Mops warf Leonie einen Kuss zu. »Danke.« Er drehte sich um und trottete aus der Küche.

Als Leonie etwas später am Schlafzimmer vorbeiging, war Mops damit beschäftigt, das Holz für die Papierproduktion bereitzustellen.

* * *

Der junge Mann am Empfang von DNS erkannte Leonie sofort. Er winkte sie zu sich. »Kommen Sie bitte hierher. Es ist alles vorbereitet.«

Leonie stutzte. »Was ist vorbereitet?«

»Ihr Ausweis. Ihre temporäre Aufenthaltsgenehmigung.«

»Temporäre Aufenthaltsgenehmigung?«

»Ja. Mit dem Ausweis kommen Sie …«, der Mann zeigte auf eine Schleusentür, »… da durch. Ohne weitere Kontrolle. Ihre temporäre Aufenthaltsgenehmigung zum Hochsicherheitsbereich wird täglich erneuert. Sie haben das Kleingedruckte in Ihrem Arbeitsvertrag gelesen?«

»Ich … ehrlich gesagt, nicht vollständig.«

»Bitte holen Sie das umgehend nach. Sie können sich für das interne Überwachungsprogramm registrieren lassen. Wenn Sie wollen. Das ist freiwillig und bringt einige Vorteile. Als Standard-Angestellte werden Sie permanent über alle Quellen überwacht, die uns offiziell zugänglich sind.« Er warf einen Blick auf seinen Bildschirm. »Ah. Ich sehe, Sie haben den Ist-Abgleich schon durchgeführt. Das ist sehr gut. Sie erhalten in regelmäßigen Abständen Updates. Damit Sie wissen, was wir über Sie wissen.«

»Das klingt fair.«

»Hinter der Schleuse finden Sie Schließfächer und Spinde, in die sie bitte alles hineinlegen, was Sie während der Arbeitszeit nicht benötigen oder mitbringen dürfen. Dazu gehören Jacken und Mäntel, Handtaschen, eigene elektronische Geräte. In der Nähe Ihres Arbeitsplatzes befinden sich ebenfalls Schließfächer. Falls Sie zum Beispiel Medikamente benötigen oder etwas zum Essen mitnehmen wollen oder müssen. Auf Ihrem Schreibtisch finden Sie einen Kommunikator von uns, den Sie auch außerhalb der Firma nutzen dürfen.« Der Mann lächelte verbindlich. »Alle damit geführten Gespräche werden aufgezeichnet und elektronisch ausgewertet.«

»Ich komme mir ziemlich überwacht vor.«

»Sie sollten sich eine andere Sichtweise zu eigen machen: Als Mitarbeitende sind Sie Teil einer Maschine. Sie sorgen für die Maschine, und die Maschine sorgt für Sie. Sie benötigen im Innenbereich keine Schlüssel oder Sicherheitscodes. Je nach Sicherheitsstufe genügt Ihr Fingerabdruck.« Ein erneuter Blick auf den Monitor. »Bei Ihnen ist zusätzlich das Retinamuster Ihrer Augen erforderlich.« Er nickte knapp und anerkennend. »Sie sind wichtig.«

»Lassen wir die Kirche im Dorf. Das ist mein erster Tag hier. Und ich bin nur als Aushilfe geholt worden.«

»Wie Sie meinen.«

Leonie bekam den Ausweis ausgehändigt, sowie ein Namensschild und eine Broschüre in der Dicke eines kleinen Taschenbuches.

»Unser Almanach. Dos und Don'ts sowie Notfallhandbuch. Bitte lesen Sie heute das erste Kapitel und in den nächsten Tagen alle weiteren. Das zählt zur Arbeitszeit. Unser Personalbetreuungssystem fragt die Mitarbeitenden in unregelmäßigen Abständen ab.«

»Aha.«

»Den Almanach legen Sie in Ihr Schließfach, wenn Sie ihn nicht benötigen. Nicht auf den Schreibtisch oder einen anderen Ort, der anderen Personen zugänglich ist. Über den Inhalt müssen Sie Stillschweigen bewahren. Auch zu Ihren Kolleginnen und Kollegen.«

»Warum das?«

»Richtlinie der Firma.«

»Sie sehen mich verwirrt.«

»Keine Sorge. Nach einer Woche denken Sie nicht mehr darüber nach. Haben Sie noch Fragen?«

Leonie lächelte. »Viele. Die hebe ich mir für später auf. Ich denke, dank Ihrer Hilfe werde ich den ersten Arbeitstag überstehen. Vielen Dank.«

»War mir ein Vergnügen.«

Leonie wandte sich um und ging zur Schleuse.

Der Angestellte, der Leonie eingewiesen hatte, vertiefte sich in den Auswertungsbogen, der ihm nun angezeigt wurde.

Die erste Doppelseite im Almanach enthielt dankenswerterweise eine Wegbeschreibung zum Arbeitsplatz.

Sie betrat den Raum, in dem sich mindestens zwanzig

durch Schallschutzwände abgetrennte Bereiche befanden, und warf erneut einen Blick in den Almanach.

»›Reihe 4, Arbeitsplatz 2‹«, las sie halblaut. »Na gut.«

Sie öffnete die Tür und trat ein. Der Arbeitsbereich maß zirka zwei auf drei Meter und enthielt außer üblicher Büroausstattung das angekündigte Schließfach, das sich mit Fingerabdruck öffnen ließ.

Leonie legte den Almanach hinein und schloss die Klappe. Dann setzte sie sich an den Schreibtisch.

Der Bildschirm wurde hell und zeigte die Anmeldeoberfläche, die sie aus der Dienststelle kannte.

Sie meldete sich an.

Auf dem Bildschirm erschien das Bild eines Briefbogens, der sich in Lesegeschwindigkeit mit Schrift füllte.

›Willkommen bei DNS. Sie haben die Möglichkeit, zwischen der Umgebung Ihrer Dienststelle und der Ihnen zugeteilten Umgebung bei DNS zu wechseln und Daten zwischen diesen auszutauschen. Sie können auch beide Umgebungen gleichzeitig offen halten. DNS sorgt dafür, dass keine Daten, die nicht in die jeweiligen Bereiche gehören, versehentlich an die falsche Stelle bewegt werden.‹

»Da bin ich mal gespannt.«

›Versuchen Sie es einfach. Falls Sie eine ihrer Meinung nach fehlerhafte Funktionalität entdecken, sind wir dankbar für einen Hinweis. Den zu geben Sie verpflichtet sind.‹

»Bitte die Spracheingabe deaktivieren.«

›Spracheingabe wurde deaktiviert.‹

»Und das soll ich glauben?«

Die von Leonie erwartete / befürchtete Reaktion blieb aus.

Die Brief-Darstellung verschwand und wurde durch ein Auswahlmenü für die Arbeitsumgebungen ersetzt. Leonie klickte ›DNS‹ an und fing an, sich in ihrem neuen Arbeitsbereich umzusehen.

Auf dem Bildschirm tauchte ein Pop-up Fenster auf:

›Planung von Pausenzeiten‹

»Nanu?«

Leonie sah auf ihre Uhr. Halb eins am Nachmittag.

»Ja. Mittagessen wäre nicht schlecht.«

Sie klickte das Fenster an und trug ihre geplanten regelmäßigen Pausenzeiten ein. Dann klickte sie ›Speichern‹.

›Guten Appetit.‹

Das aktuelle Angebot der Kantine erschien. Leonie wählte eine Suppe und ein veganes Hauptgericht, sowie einen süßen Nachtisch und einen Kaffee.

Der Drucker blieb stumm.

›Ihr Essen steht in zehn Minuten bereit.‹

Es erschien der Wegeplan von Leonies Arbeitsplatz zur Kantine. Ihr Dienst-Kommunikator brummte. Auf dem Display waren ebenfalls der Wegeplan sowie ihre aktuelle Position im Gebäude.

»Die haben an alles gedacht.«

Hatten sie. An einigen Stellen des Plans blinkten Hinweise auf Sanitärräume.

Leonie stand auf und machte sich auf den Weg.

In der Kantine gab es vier Essenausgaben und einige Stände und Kühlregale auf dem Weg dahin.

Leonie stand ein wenig fragend davor. Die Essenausgaben waren nummeriert, es gab aber keinen Hinweis darauf, wo was zubereitet wurde.

Der Kommunikator brummte erneut.

›Ausgabe 3. In zwei Minuten.‹

Leonie stellte sich in die Warteschlange. Die sehr kurz war.

An der Ausgabe reichte eine junge Frau ihr das Tablett, ohne die darauf stehenden Gerichte eines Blickes zu würdigen.

»Guten Appetit«, sagte sie mit professioneller Freundlichkeit. Sie wartete entspannt, bis Leonie das Tablett entgegengenommen hatte, und wandte sich dann dem nächsten Kunden zu.

Leonie suchte sich einen leeren Tisch im Speiseraum und platzierte das Tablett darauf. Sie setzte sich und widmete sich dem Mittagessen.

Als sie zurück an den Arbeitsplatz kam, hatte das System ihr die ersten Fälle zur Bearbeitung herausgesucht.

»So einfache Sachen habe ich zuletzt im Grundstudium gemacht!«

Sie stutzte. Schob das Fenster auf dem Bildschirm zur Seite.

»Ich nehme alles zurück.«

Das darunterliegende Fenster enthielt Fragen. Leere Bilderrahmen. Vorformatierte Textbausteine sowie Schemata für Ablaufpläne, die zu verifizieren oder zu befüllen waren.

»Das wird wohl eher eine Vorlesung für ein Erstsemester. Also dann. Auf in den Kampf.«

Mops hatte gekocht, und Leonie ging beim Abendessen ziemlich zügig zur Sache.

»Haben Sie dir nichts zu essen gegeben?«

Leonie legte den Löffel zur Seite. »Doch, schon. Es hat sogar sehr gut geschmeckt. Aber ich habe mich den ganzen Nachmittag damit beschäftigt, dem Lernsystem von DNS beizubringen, worauf man in der Anatomie achten muss. Und glaub bloß nicht, dass alles, was ich eingebe, für bare Münze genommen wird. Anforderungen von Querverweisen, Recherchen ohne Ende. Ich habe selbst eine Menge Neues gelernt in den paar Stunden. Aber ich fühle mich, als ob ich einen halben Tag lang von einem Team verhört worden wäre.«

»Was hat es gebracht? Hast du gestanden?«

»Alles.« Leonie lächelte. »Meine Arbeit geht einmal an das Lernsystem, zum anderen anonymisiert an drei andere Fachleute irgendwo auf der Welt in anderen Zeitzonen. Morgen früh bekomme ich das Ergebnis. Und abhängig davon das nächste Arbeitspaket.«

»Was ist mit der anderen Sache?«

»Keine Ahnung.« Leonie nahm zwei löffelvoll zu sich und ließ sich beim Essen Zeit, bevor sie weitersprach. »Die internen Sicherheitsbestimmungen sind so hoch, dass ich nicht weiß, ob ein Kontakt innerhalb der Firma überhaupt möglich sein wird. Man hat mir zu verstehen gegeben, dass es gern gesehen wird, wenn Mitarbeitende dem Arbeitgeber Einblicke in ihr Privatleben erlauben.«

»Hm. Das wäre im Moment vielleicht sogar hilfreich, um mehr Vertrauen zu generieren?«

Leonie verschluckte sich. »Das ist nicht dein Ernst.«

»Doch. Es ist bestimmt interessant, herauszufinden, wie die Firma damit umgeht, dass dein Partner wegen Mordverdacht in Untersuchungshaft mit Freigang sitzt. Ich bin sicher, das wissen die sowieso schon. Es erhöht für die gefühlt die Kontrolle über die Situation, während tatsächlich überhaupt nichts passiert.«

»Wir werfen uns dem System zum Fraß vor. In der Hoffnung, dass es uns einigermaßen unbeschädigt wieder ausspuckt.«

»Wir müssen herausbekommen, was im Innenbereich vorgeht. Die ganzen seltsamen Todesfälle und Morde hängen irgendwie miteinander zusammen. Auch der von Max. «

»Wenn das vorbei ist, möchte ich bitte wieder ganz normal mit meinen Toten zu tun haben.« Sie lächelte schelmisch. »So weit das ›ganz normal‹ in deiner Gesellschaft möglich ist.«

* * *

Chandra begrüßte den Mann an der Tür ihres Büros. »Und? Wie macht sie sich?«

»So gut wie erwartet.«

Sie gingen zu einem der Monitore an der linken Wand. Eine Grafik füllte den gesamten Bildbereich aus.

»Leonie arbeitet sehr fokussiert«, erklärte der Mann. »Sie kennt sich besser mit Computersystemen aus, als sie es von ihrer Arbeit her müsste. Was sie bewusst oder unbewusst zu verbergen versucht.«

»Aus Angst, nicht in die Geschlechterrolle zu passen?«

»Nein. Sie weiß genau, wer sie ist und was sie kann. Sie ist anpassungsfähig, flexibel, und kann sich durchsetzen, wenn es sein muss.«

»Interessant. Ich hätte erwartet, dass sie bei einem Partner wie Mops mehr im Hintergrund ist.«

Der Mann schüttelte den Kopf. »Sehen Sie.«

Der Monitor rechts zeigte ein anderes Diagramm.

»Das ist Inspektor Mops.«

Chandra vertiefte sich in das Diagramm. »Irgendetwas daran ist seltsam.«

Der Mann lächelte. »Seltsame Dinge gibt es nicht in der Datenverarbeitung. Entweder sie funktionieren oder sie funktionieren nicht.«

Chandra lächelte ebenfalls. »Das ist Ihre Meinung. Dieser Mops funktioniert an einigen Stellen anders, als es bei vergleichbaren Personen zu erwarten wäre. Deutlich anders. Und die Auswertung zeigt, dass es dafür keinen nachvollziehbaren Beleg gibt.«

»Mit anderen Worten: Wir haben zu wenig Daten.«

»Bauen Sie eine Simulation von Mops auf. In einem Unterbereich. Versuchen Sie den Zeitraum, ab dem er das erste

Mal Kontakt mit unseren Systemen hatte, so gut wie möglich nachzubilden. Dann vergleichen Sie das Ergebnis mit den Realdaten.«

Der Mann kratzte sich am Kopf. »Das wird einiges an Ressourcen binden.«

»Stellen Sie ein Team zusammen.«

»Wird erledigt.«

»Und behalten Sie die Verbindung zwischen Mops und Leonie im Auge.«

»Das wird nicht einfach.«

»Wieso?«

»Inspektor Mops hat darauf bestanden, als Verdächtiger des Mordes an Max Mustermann ins Gefängnis zu gehen. Zwar mit Freigang. Aber was er im Gefängnis macht, können wir nicht in Erfahrung bringen. Jedenfalls nicht, ohne Risiken einzugehen.«

»Im Moment nicht. Mops ist schlau. Es wäre nicht ausgeschlossen, dass er es mitbekommt.«

»Gut. Wie Sie wünschen. Wir müssen das Bedrohungspotential durch ihn im Auge behalten.«

»Unbedingt. Auf der anderen Seite helfen gerade Leute wie er uns immens bei der Weiterentwicklung unserer Systeme.«

»Einen Tod muss man sterben, wie es so schön heißt.«

* * *

»Sie haben sich ja ganz schön Arbeit mitgenommen.«

Der Mann vom Wachpersonal schob Mops den großen Karton über den Tresen zurück, nachdem er dessen Inhalt gründlich untersucht hatte.

»Ich bereite mich nur darauf vor, dass ich vielleicht irgendwann nicht mehr raus darf.«

Die Frage stand dem Wachmann ins Gesicht geschrieben.

»Ich war es nicht. Aber das müssen die Kollegen beweisen.«

»Und wenn sie das Gegenteil beweisen? Soll ja schon vorgekommen sein.«

Mops zuckte mit den Schultern. »Dann wäre ich nicht der erste Justizirrtum in diesem Land.«

»Da haben Sie recht. Also dann viel Spaß und gute Nacht.«

»Danke. Ihnen auch.«

Mops stellte seinen Karton auf dem Tisch ab und legte sich aufs Bett. Nach einer Viertelstunde stand er auf. Er packte den Karton neben den Tisch und nahm einen Stapel Papier heraus, den er sorgfältig auf den Schreibtisch legte. Dazu drei Buntstifte verschiedener Farben. Dann legte er ein Blatt vor sich hin und zeichnete einen roten Kreis in die Mitte. Mit dem schwarzen Bleistift begann er, rechts am Rand des Kreises beginnend, zu zeichnen. Sehr langsam. Sehr fein. Ohne abzusetzen. Als das Signal zum Schlafen kam, hörte er auf. Nach der Abendtoilette legte er sich auf das Bett.

Das Licht erlosch.

Kurz darauf stand Iris neben ihm.

»Bist du sicher, dass das klappt?«, fragte Mops.

»Falls nicht, dann werden deine Erben die Zeichnungen sicher für teures Geld als Gefängniskunst verkaufen können.«

»Wir haben keine Kinder. Und keine geplant.«

»Dann solltest du über eine Stiftung nachdenken.«

»Du bist heute nicht gut drauf. Wenn ich mir die Bemerkung gestatten darf.«

»Du darfst. Ich hatte Ärger auf der Arbeit.«

»Betrifft das mich?«

»Ja. Die Geschäftsleitung wird langsam unruhig. Es gab – wie würde man es hier ausdrücken – wenig sozial kompetente Kommunikation. Mit der Folge, dass die hohen Herren und Damen nicht mehr direkt miteinander sprechen, sondern nur noch übereinander. Und Boten schicken, wenn sie etwas voneinander wollen.«

»Verstehe.«

»Gut. Dann lass uns weitermachen. Bevor jemand da oben oder da unten wirklich unangenehm wird.«

Der Ausblick von der Zinne des Schlosses, das Hades bewohnte, war fantastisch. Wenn man die Farbe Rot mochte. Eine große rote Sonne stand im Zenit, begleitet von einer deutlich kleineren gelben. Über dem rechten Horizont ging ein Mond auf, der in seiner Sepiafarbigkeit an ein altes Foto erinnerte. Tief unten am Boden gab es Bewegung. Möglicherweise Lebewesen. Einige davon brannten.

Mops drehte sich zu Hades. »Interessant.«

»Danke. Das aktuelle Setting wurde von den Siegern des diesjährigen Wettbewerbes gestaltet. Team Bosch, Dalí, Bruegel.« Hades lächelte. »Letztes Jahr mussten wir wegen der vielen Beschwerden nach einem Monat umbauen lassen. M. C. Escher. Selbst ich habe mich einige Male verlaufen.«

»Dein Schloss erinnert mehr als nur ein wenig an Neuschwanstein.«

»Marketing. Lass dich nicht täuschen. Es gibt im Gebäude einige sehr interessante Verliese.«

»Hätte mich gewundert, wenn nicht.«

»Wie kommt ihr voran?«

»Eigentlich ganz gut. Es war eine Menge Arbeit, bis wir ein mögliches Muster entdeckt haben.«

Am Himmel erschien eine tiefschwarze Wolke. Ein Blitz zuckte heraus und setzte ein Waldstück in der Nähe in Brand.

»Bitte keine Umschreibungen.«

»Ich weiß nicht, wie ich es dir auf die diplomatische Art beibringen soll.«

Die schwarze Wolke wuchs und blendete das Licht der gelben Sonne aus.

»Sag, was du zu sagen hast.«

»Es ist eher eine Frage. Warum behinderst du die Ermittlungen, mit denen du uns beauftragt hast?«

Die Wolke blähte sich in Sekundenschnelle auf und bedeckte den ganzen Himmel. Es wurde schwärzer als schwarz. Hades und Mops wurden zu schwach schimmernden Umrissen im Nichts.

»Wie meinst du das?«

»Unsere Vermutungen weisen in eine ganz bestimmte Richtung. In dieser Richtung steht eine Wand. Vor dieser Wand stehst du.«

Der Himmel klarte langsam auf.

»Es ist von Vorteil, dass Metaphern hier im Sinne des Wortes greifbar werden können. Du hast recht. Ich stehe vor dieser Wand, weil ich euch vor dem bewahren will, was sich dahinter befindet.«

»Was genau befindet sich dahinter?«

Hades wirkte mit einem Mal unsicher, suchte nach Worten. Er sah sich um. Die komplette Umgebung verschwand, nur Hades und Mops blieben übrig.

»Ich weiß es nicht«, sagte Hades. »Es ist plötzlich aufgetaucht. Es wächst. Ich kann es nicht aufhalten. Die Mauer ist dazu da, um zu verhindern, dass jemand versehentlich aus dieser Welt – verschwindet. Sie kann von dieser Seite her nur durchschritten werden, wenn ich es will. Da du die Registratur kennst, weißt du, dass das tatsächliche Ende einer Existenz lange nach dem irdischen Tod sein kann. Wenn ich es anordne. Wir führen da sehr genau Buch.«

Mops nickte. »Ich habe schon vermutet, dass hier der Eintrag ›Aufenthaltsort unbekannt‹ kein Euphemismus ist.«

Die Welt des Hades nahm wieder Gestalt an.

»Kann ich mit Max Mustermann sprechen?«, fragte Mops.

»Du weißt, dass er dir nicht sagen darf, wer ihn getötet hat. Auch wenn es nicht dein Fall ist.«

»Das ist mir klar. Aber ich habe eine Idee. Oder eher die Idee einer Idee. Die ist so verrückt, dass ich zuerst ein paar Fragen beantwortet haben will, bevor ich sie weiter verfolge.«

»Gut. Meinetwegen. Dass der andere Teil des Gesprächs unter uns bleibt, erwähne ich nur der Vollständigkeit halber.«

»Möglicherweise muss ich mit Leonie darüber reden.«

»Dann tu es auf eine Art und Weise, die sie keinen Verdacht schöpfen lässt.«

Mops legte den Kopf schief. »Seriously?«

Hades schnaufte unwillig. »Ich denke, du hast begriffen, um was es geht. Und dass mehrere Köche, wenn es um das Beenden von Leben geht, einen ziemlich ungenießbaren Brei anrichten werden.«

Mops nickte zustimmend. »Wann kann ich Max sehen?«

»Ich muss dafür einige Vorbereitungen treffen.«

»Ich werde nicht fragen, welche das sind. Aber ich muss mich darauf verlassen können, dass niemand ihm aufgetragen hat, was er auf meine Fragen zu antworten hat.«

»Ich gebe dir Bescheid, wenn er bereit ist«, knurrte Hades.

»Dank…«

Mops befand sich wieder in der Gefängniszelle.

»Jo. Anderen auf die Füße treten. Das kann ich.«

* * *

Mops saß im Bus, der vom Gefängnis in Richtung Stadt fuhr. Um diese Zeit war die Linie von jungen Menschen frequentiert, die entweder auf dem Weg zur Schule oder zur Arbeit waren. Manche unterhielten sich angeregt. Die meisten hatten den Kopf über ein Handy oder Tablet gebeugt.

Einige sprachen mehr oder weniger laut mehr oder weniger bedeutungsvoll vor sich hin. Mops hörte interessiert zu.

Als er in der Stadtmitte ausstieg, stupste er auf dem Weg zum Ausgang eine junge Frau leicht an die Schulter. Sie zuckte heftig zusammen und starrte ihn erschreckt an.

»Gehen Sie baldmöglichst zur Polizei und erstatten Sie Anzeige«, sagte Mops.

»Bitte?«

»Ein Bus ist kein Beichtstuhl. Er löst auch keine Probleme.«

»Sie haben mir beim Telefonieren zugehört.« Es klang nicht einmal vorwurfsvoll.

»Sie waren so laut, dass es jeder hier mitbekommen hat.« Mops lächelte ironisch. »Na ja. Jeder, der keinen Kopfhörer auf hatte.«

In einem Kleidungsgeschäft versorgte er sich mit einem langen Mantel und einem breitkrempigen Hut. Dann machte er sich auf den Weg zum Geschäft von Max Mustermann.

Der Mann mit dem langen Mantel und dem breitkrempigen Hut zuckte zusammen. Er drehte sich um und sah ins Gesicht eines Mannes, der einen langen Mantel und einen breitkrempigen Hut trug.

»Ich habe damit gerechnet, Sie hier treffen«, sagte Mops.

Der Mann gewann schnell seine Fassung zurück. »Wer sind Sie?«

»Mops. Inspektor Mops. Zur Zeit nicht im Dienst.«

Der Mann zog sein Handy aus der Tasche, sah darauf und wischte einige Male mit dem Zeigefinger über das Display. Er sah wieder auf.

»Was wollen Sie?«

»Sie bei ihrer Arbeit unterstützen. Wenn Sie mich bei meiner unterstützen.«

»Das ist nicht Ihr Fall.«

Mops wandte sich zum Gehen. »Gut. Nächstes Mal komme ich, ohne dass Sie es mitbekommen.«

»Warten Sie!«

Mops blieb stehen.

Der Mann winkte knapp. Eine Minute später stand ein anderer Mann in ähnlich unauffälliger Kleidung bei ihnen. Der erste Mann gab dem zweiten sein Handy.

»Zehn Minuten.«

Mops nickte. »Muss reichen.«

Der Mann und Mops betraten den Laden.

»Wurde das Vorhandensein aktiver Geräte geprüft?«

»Ja.« Er zog eine Taschenlampe aus dem Mantel und schaltete sie ein. »Wenn wir nichts übersehen haben, dann ist die jetzt das einzige aktive Gerät hier. Es sei denn ...«

»Ich bin sauber.«

»Gut.«

»Gehen wir ins Wohnzimmer.«

»Wonach suchen Sie?«

»Ich weiß, dass Sie mir das nicht abnehmen, aber: Ich weiß es nicht genau. Derjenige, der Max getötet hat, muss sich hier gut ausgekannt haben. Vielleicht jemand, der Max häufiger besucht hat als ich?«

»Erwarten Sie eine Antwort auf die Frage?«

»Wenn sie mir weiterhilft.«

»Die Überwachungskamera hatte unerklärbare Aussetzer. Jemand hat mit großem Aufwand Szenen durch nichtssagende Aufnahmen ohne Personen ersetzt. Mehrfach. An mehreren Tagen.«

»Ich war es nicht. Sonst hätte ich mich selbst ebenfalls herausschneiden können. Haben Sie eine Idee, wer es gewesen sein könnte?«

»Ich zeige Ihnen nachher was, wenn Sie hier fertig sind.«

»Ich finde es seltsam, dass Sie bei einem ganz normalen Mord mit so viel Personal vor Ort sind.«

»Max war interessant. Er hat uns ein oder zwei Gefallen getan. Aber er war nicht auf unserer Seite.«

»Hatten Sie Druckmittel?«

»Nein. Keine Chance. Sie kannten ihn ja selbst.«

»Ja. Dumme Sache, die ihn hinter Gitter gebracht hat.«

»Er hat uns nur dann geholfen, wenn er es für richtig hielt. Wenn er ganz für uns gearbeitet hätte, dann hätte er es weit bringen können.«

»Ich weiß.« Mops hob eine kleine Porzellanfigur hoch.

»Wir haben alles genau untersucht.«

»Das bringt nichts, wenn Sie nicht wissen, wonach Sie suchen. Nicht bei Max.«

Mops stellte die Figur wieder an ihren Platz. »Moment.«

»Ja?«

»Ich habe vielleicht etwas.«

»Bitte?«

»Sehen sie selbst. Ich bin sicher, dass es Ihren Leuten ebenfalls aufgefallen ist.«

»Sie überschätzen uns. Wir sind auch nur Menschen.«

»Sehen Sie. Das Holz ist an dieser Stelle heller. Ich habe die Figur genauso wieder hingestellt, wie sie stand. Sie muss bis vor kurzem anders gestanden haben. Genau wie die Figur links daneben.«

Der Mann leuchtete die Stelle aus. »Sie haben Recht. Alle anderen Statuen auf dem Sims schauen in den Raum.«

»Nur diese beiden nicht. Sie kennen das Motiv?« Mops zeigte auf die Figur, die er bewegt hatte.

»Sicher. Es ist die Justitia.«

»Genau. Erkennen Sie auch die Figur, die der Justitia Augenbinde in Auge gegenübersteht?«

»Ich bin mir nicht sicher. Die hält einen Apfel in der Hand?«

»Ja.«

»Eva?«

»Knapp daneben.«

»Dann bin ich überfragt.«

»Ich bin mir recht sicher, dass es sich um Eris handelt: die Göttin der Zwietracht. Leuchten Sie bitte hier einmal aus?«

Der Mann tat es. »Ja. Diese Statue ist ebenfalls vor Kurzem anders hingestellt worden.«

»Und zwar so, dass sie Justitia ansieht.«

»Ein Konflikt?«

»Sieht so aus. Ich weiß es nicht. Was ich weiß, ist, dass Max ein zwanghafter Perfektionist war. Alles musste exakt auf seinem Platz stehen.«

»Laut unseren Informationen hatte er autistische Züge.«

»Wenn Sie es sagen. Es ist natürlich nur ein schwaches Indiz.«

»Max war der Meister der schwachen Indizien. Und der Verschwörungen. Gehen wir.«

Draußen angekommen benutzte der Mann wieder das Handy, um ein anderes Bild aufzurufen. Er zeigte es Mops.

»Kennen Sie diesen Mann?«

»Nicht mit Namen. Ich bin ihm schon einmal begegnet.«

»Wir nehmen an, dass er zusammen mit Max in derselben Zelle einer Untergrundorganisation ist. War. Der andere Name ist – laut allen uns vorliegenden Unterlagen – Balthasar Schröder. Er arbeitet in der Programmentwicklung und Forschung der Firma ›Digital Next Step‹.«

»Interessant.«

»Ja. Nicht wahr? Können Sie mehr dazu sagen?«

»Nicht ohne etwas Konkretes. Nehmen Sie bitte Kontakt

mit meinem Chef auf. Ich würde es sehr schätzen, wenn wir uns nicht versehentlich gegenseitig behindern würden.«

»Wo gehen Sie nun hin?«

»Nach Hause. Und heute Abend wieder ins Gefängnis, wie es sich gehört.«

»Wir werden das nachprüfen.«

»Darum bitte ich ausdrücklich. Lassen Sie mich nicht aus den Augen.«

* * *

Leonie umarmte Mops bei der Begrüßung nur kurz.

»Was ist?«

»Ich habe deinen Rat befolgt.«

»Ja. Und?«

Drei schöne Minuten später half Mops Leonie aus dem Mantel. Sie setzten sich in die Küche zum Abendessen.

»Wie war dein Tag?«, fragte Mops.

»Aufregend. Du erinnerst dich doch noch, wie ich dir von gestern erzählt habe?«

»Ja, sicher. Das klang nicht besonders begeistert.«

»Heute war ich es, die vorbereitete Unterlagen zur Prüfung vorgelegt bekommen hat. Anonymisiert, wie es sich gehört. Mir ist aufgefallen, dass ein erheblicher Teil der Unterlagen anscheinend mit Kommentaren aus Textbausteinen versehen wurde. Das heißt, manche Beschreibungen waren eher rudimentär. Zwar nicht falsch, aber eben nicht so vollständig, wie ich es machen würde.«

»Du vermutest, dass diese automatisch erstellt wurden?«

»Ja. Ich habe das dem System gemeldet und wurde daraufhin aufgefordert, alle Berichte, die bei mir diesen Eindruck erweckt haben, zu kennzeichnen. Was mich zuerst geärgert hat. Nach der Mittagspause kam ein neuer Schwung

Berichte. Ebenfalls anonymisiert. Ich bin sicher, dass viele der Unterlagen unsere Spezialfälle waren.«

»Warum sollten die in der ganzen Welt verteilt werden?«

»Wurden sie nicht. Ich glaube das jedenfalls nicht.«

»Warum?«

»Weil die neuen Texte sehr stark an die erinnern, die ich verfasst hätte, wenn ich die Obduktionen durchgeführt hätte. Nicht so, dass jemand, der mich kennt, den Unterschied nicht merken würde. Aber sehr nahe dran. Und inhaltlich zu über achtzig Prozent korrekt.«

»Glückwunsch. Das System nimmt dich offensichtlich als Blaupause. Endlich werden deine fachlichen Qualitäten gewürdigt. Um nicht zu sagen: verewigt.«

»Ich finde das, ehrlich gesagt, nicht lustig.«

»Du meinst, weil durch diese Form der Digitalisierung irgendwann vielleicht keine Menschen mehr in der Obduktion gebraucht werden?«

»Ich meine, dass mit dieser Form der Datenerfassung auch die Möglichkeit der Vorhersage von Handlungen gegeben ist. DNS speichert ja nicht nur meine beruflichen Fähigkeiten.« Sie zog den Firmen-Kommunikator aus der Tasche. »Du verstehst?«

»Durchaus.«

»Was hast du denn so den ganzen Tag gemacht?«

»Ich bin Bus gefahren. Habe einen Stadtbummel gemacht. Eingekauft. Mich entspannt.«

Leonie kniff das rechte Auge zusammen. »Aha.«

Nachdem der Tisch abgeräumt war, legte Mops ein Blatt auf den Tisch und bat Leonie mit einer Handbewegung, sich neben ihn zu setzen. Als sie bei ihm war, schrieb er.

›Balthasar Schröder → möglicher Kontakt. Vielleicht der, der uns auf der Hütte besucht hat‹.

Leonie kuschelte sich an Mops.

Mops schrieb weiter.

›Meine spezielle Kundschaft wird langsam ungeduldig‹

»Schon?«

›Es gibt einen Hinweis darauf, dass die Ziele von Balthasar nicht mit denen von DNS übereinstimmen. Sei bitte vorsichtig.‹

»Bin ich doch immer.«

»Hast du eigentlich schon einen Termin beim Chef? Um über deine Arbeit bei DNS Bericht zu erstatten?«

»Nach zwei Tagen wäre es verfrüht. Er muss sich schon gedulden, bis ich mich eingearbeitet habe.«

Mops lächelte. »Ist schon seltsam. Wir sollen Bäume fällen. Aber Zeit, um die Axt zu schärfen, ist nicht drin.«

»Alles wie immer. Nur anders.«

»Apropos.«

»Was?«

»Nichts.« Mops schrieb. ›Versuche herauszubekommen, wie das System auf Dinge reagiert, die nicht ins gängige Bild der Realität passen.‹

Leonie schrieb. ›Soll ich von der Sense erzählen?‹

Mops schüttelte den Kopf.

»Hinweise. Geh deine Arbeit nach Hinweisen durch.«

»Wie meinst du das?«

»Dein Bauchgefühl. Du bist im Moment im Formulareausfüllen-Modus. Versuche mehr, die Fälle im größeren Zusammenhang zu sehen.«

Er schrieb. ›Du musst ja nicht alles elektronisch erfassen. Wir können dann deine und meine Vermutungen miteinander abgleichen.‹

»Ja. Ich werde daran denken.«

»Gut.« Er sah auf die Uhr. »Langsam wird es Zeit.«

Leonie umarmte Mops. »Ich vermisse dich.«

Mops erwiderte die Umarmung. »Ich dich auch. Wenn das hier vorbei ist, sollten wir einen langen Urlaub machen.«

Leonie lachte auf. »Aber keine Kreuzfahrt!«

»Nein. Ganz sicher nicht.«

* * *

Auf dem Bildschirm erschien ein Chat-Fenster. Leonie unterbrach ihre Arbeit.

›Haben Sie Zeit für ein kurzes Gespräch?‹

Neben dem Text waren ein Passfoto und der Name eingeblendet: Balthasar Schröder.

Leonie aktivierte Mikrofon und Kamera.

Zehn Sekunden später erschien ein Videotelefoniefenster.

»Guten Morgen.«

»Hallo. Was kann ich für Sie tun?«

»Mein Name ist Balthasar Schröder. Ich bin Projektleiter für einen Teil der Kernfunktionen unseres Systems. Ich würde gern mit Ihnen darüber sprechen, nach welchem Schema Sie Ihre Auswertungen machen. Es könnte mir bei meiner Arbeit weiterhelfen. Und Sie bei Ihrer vielleicht unterstützen.«

»Warum nicht?«

»Danke. Ich organisiere einen Besprechungstermin und kümmere mich um die Zutrittsberechtigung. Heute Nachmittag, 14 Uhr? Eine Stunde?«

»Geht es etwas früher? Ich wollte heute nicht so lange bleiben.«

Balthasar lächelte. »Wann gehen Sie zum Mittagessen? Wir könnten uns zusammensetzen und anschließend den Termin machen. Das wäre dann effizienter.«

»Ich könnte 12 Uhr einrichten.«

»Perfekt. Ich lege unseren Termin auf 13 Uhr. Bis dann.«

Videofenster und Chatfenster verschwanden und wurden durch eine Terminanfrage ersetzt. Leonie bestätigte die Anfrage und setzte ihre Arbeit fort.

* * *

»Sie betreten nun den Vorraum des Allerheiligsten. Aufgeregt?«

»Nein.«

Balthasar stutzte. »Glückwunsch. Als ich das erste Mal hineindurfte, hatte ich schon nach der zweiten Panzertür Angst, hier nicht mehr herauszukommen. Die Räumlichkeiten umschließen das zentrale Rechenzentrum des Projektes. Dort hinein kommen nur eine Handvoll Nerds und die Geschäftsleitung.«

»Sie sind also ein Nerd?«

Balthasar schüttelte entschieden den Kopf. »Nein. Ich bin Wissenschaftler. Obwohl ich mich mittlerweile manchmal wie der Geburtshelfer eines Dämons fühle.«

»Ich dachte, dass sich alles in der Cloud befindet. Was auch immer jeweils damit gemeint ist.«

Balthasar lächelte seltsam. »Die Antwort ist ein entschiedenes Jain.«

»Ok. Kommen wir zur Sache. Sie haben beim Mittagessen eine Menge Andeutungen gemacht. Ich bin gern bereit, zu sehen, ob ich etwas zur Entwicklung eines besser angepassten Programms beitragen kann. Aber ich kann und werde meine Zeit nicht für Ideen verschwenden, die über meinen Horizont gehen.«

»Verstehen Sie etwas von Quantentheorie?«

»Nein. Deshalb bin ich Ärztin geworden. Keine Physikerin. Aber ich kann einen Computer bedienen, ohne zu begreifen, wie genau ein Silizium-Wafer hergestellt wird.«

»Touché. Treten wir ein. Gehen Sie bitte zuerst durch die Vereinzelungsschleuse.«

Leonie betrat die Schleuse, deren Tür sich sofort wieder hinter ihr schloss, legte ihre rechte Hand auf das Sensorfeld und sah in das erleuchtete Rechteck, das ihr Gesicht scannte.

»Zutritt gestattet. Herzlich willkommen, Leonie«, sagte eine angenehme Frauenstimme. »Ich bin Metis. Ich werde Sie in diesem Sektor des Gebäudes permanent begleiten. Falls Sie eine Frage haben, fragen Sie einfach. Ich werde nach bestem Wissen antworten.«

»Metis?«

»Maschinell erschaffenes Testobjekt intelligenten Seins. Kurz: Metis.«

Die innere Schleusentür öffnete sich.

Leonie betrat einen Korridor, der sich nicht von den anderen des Gebäudes unterschied.

Ein leises Lachen erklang. »95,7 Prozent der Mitarbeitenden, die diesen Bereich betreten, sind enttäuscht, dass die Infrastruktur hier sich nicht von der im Rest des Gebäudes unterscheidet.«

»Ich bin eher überrascht.«

Balthasar kam zu Leonie. »War ich auch. Bitte da entlang. Mein Büro ist die dritte Tür rechts.«

Das große Büro war mit Whiteboards und Bildschirmen tapeziert. Ein großer, runder Arbeitstisch stand in der Mitte des Raumes.

»Das erinnert mich eher an die Schaltzentrale eines Kraftwerks«, sagte Leonie.

»Die Funktion bestimmt die Form«, gab Balthasar zu Antwort. »Nehmen Sie bitte irgendwo am Tisch Platz.«

Er setzte sich Leonie gegenüber. »Metis: Stelle uns das Mustererkennungsprogramm bereit, das wir für Leonie vorbereitet haben.«

Leonie zog die Augenbrauen zusammen.

»Versuchen Sie, sich daran zu gewöhnen«, sagte Metis. »Denken Sie an die Bedeutung meines Namens. Behandeln Sie mich, als ob ich mit Ihnen zusammen am Tisch sitzen würde. Über meine Sensorik bekomme ich fast alles mit. Nach dem Rest werde ich fragen, wenn bei mir Bedarf nach Erklärungen besteht.«

Leonie nickte. »Also gut. Versuchen wir es.«

Der Tisch erwachte zu elektronischer Aktivität. Ein großes Display wurde sichtbar, sowie eine Tastatur.

»Die Maus erscheint in der Tischplatte, sobald Sie eine Hand entsprechend bewegen. Wir fangen mit der Ihnen vertrauten Zwei-Tasten Maus mit mittigem Scrollrad an«, sagte Metis.

»Was soll ich tun?«

»Dasselbe, was Sie auch oben in Ihrem Büro tun.« Balthasar stand auf. »Ignorieren Sie mich. Ich erledige in der Zwischenzeit meine Arbeit. Ich bin nur dazu da, dass Sie sich in Gegenwart von Metis besser fühlen.«

»Mit bestimmtem kontextbezogenen Verhalten wie Ironie tue ich mich noch schwer«, sagte Metis.

Leonie lächelte. »Willkommen im Club.«

Balthasar begleitete Leonie zur Schleuse.

»Ich muss noch ein paar Stunden absitzen, bevor Feierabend ist.« Er zögerte. »Halten Sie mich bitte nicht für aufdringlich, aber ich würde mich gern einmal mit Ihnen privat nach der Arbeit treffen.«

»Ich weiß nicht so recht. Mein Partner ist zwar nicht direkt eifersüchtig, aber er würde da schon Fragen stellen.«

»Kann ich verstehen. Ich wäre an seiner Stelle eifersüchtig. Vielleicht können wir das Problem entschärfen, er dabei ist? Falls er sich nicht allzu sehr langweilt, wenn wir über berufliche Dinge reden? Ich habe Ihnen ein wenig über die Schulter gesehen. Und ich würde gern einige Dinge, Ihre Arbeitstechnik betreffend, besser verstehen wollen. Um sie dann in das System einzubauen.«

»Sie wollen mich in das System einbauen?«

Im Hintergrund surrte etwas.

»Ups. Da gab es wohl ein Problem mit der Grammatik und der Semantik«, sagte Balthasar.

»Sind Sie sicher?«

»Nein. Also?«

»Ich gebe Ihnen Bescheid. Nehmen Sie eigentlich auch an der Kompletterfassung teil?«

»Natürlich. Ohne die bekommt niemand hier Zutritt.«

»Sie hätten mich sonst gar nicht einladen können?«

»Doch, sicher. Nur hätte die Sitzung dann in einem Büro in der Peripherie stattgefunden.«

»Verstehe. Haben Sie, bevor Sie mich eingeladen haben, alle relevanten Informationen über mich bekommen?«

Balthasar nickte. »Metis hat mir alles zur Verfügung gestellt, was ich über Sie wissen muss. Zum Beispiel was Sie beruflich machen und warum Sie hier sind. Ehrlich gesagt sind tote Körper nicht das, was ich mir jeden Tag ansehen könnte.«

»Das heißt, sie haben mich hinters Licht geführt.«

»Nein. Dann würde mein Teilprojekt nicht funktionieren. Ich habe Ihnen lediglich nicht alles erzählt, was ich über Sie bereits vorab wusste.«

Leonies Gesichtsausdruck zeigte wenig Begeisterung. »Das schmeckt mir ganz und gar nicht.«

»Ich weiß. Und das ist völlig in Ordnung. Sehen Sie es so: Ich habe auf diese Weise einige Monate Zeit gespart, Sie kennenzulernen. Nun möchte ich mich gern privat mit Ihnen zusammensetzen, um über berufliche Dinge zu reden.«

»Ich werde Ihren Vorschlag in Erwägung ziehen. Mit aller Professionalität.«

»Sehr gut. Wann?«

Leonie lächelte unverbindlich. »Ich sage Ihnen Bescheid.«

Balthasar erwiderte das Lächeln. »Danke.«

»Darf ich kurz unterbrechen?« Es war Metis.

»Wir waren soweit fertig«, sagte Balthasar.

»Leonie: Ich habe mit Chandra gesprochen. Sie würde es begrüßen, wenn Sie Ihre Arbeit zusammen mit mir fortsetzen könnten. So lange, wie Sie uns zur Verfügung stehen.«

»Das geht mir alles ein wenig zu schnell. Kann ich ein persönliches Gespräch bekommen? Ich weiß, dass es für neu Eingestellte unüblich ist.«

»DNS ist ein modernes, agiles Unternehmen«, antwortete Metis.

Leonie meinte, einen leicht beleidigten Unterton herauszuhören.

»Morgen um 9 Uhr im Büro von Chandra. Seien Sie bitte pünktlich.«

»Danke.«

»Keine Ursache.«

Leonie wartete einige Sekunden, aber Metis gab nichts mehr von sich. Sie sah Balthasar an.

Balthasar nickte diskret. »Einen schönen Nachmittag noch. Ich hoffe auf eine positive Antwort.«

* * *

Chandra begrüßte Leonie freundlich und führte sie in ihr Büro.

»Darf ich Ihnen etwas anbieten?«

»Ein Tee wäre schön.«

Chandra gab die Bestellung auf ihrem Schreibtisch ein.

»Metis hat mich darauf aufmerksam gemacht, dass Sie eine gewisse Verwunderung gezeigt haben, was unsere Unternehmenskultur angeht.«

»So kann man es ausdrücken. Bei meiner täglichen Arbeit kommt es zwar auch oft darauf an, schnell Ergebnisse zu liefern. Aber sobald man etwas von der Verwaltung will...« Chandra lächelte verständnisvoll. »... dauern viele Dinge länger, als man es sich wünscht. Ich weiß. Hier ist es genauso. Aus Sicht von Metis.«

»Das System hat sicher gewisse Vorteile, wenn es um Verwaltungsfunktionen geht. Ich nehme an, dass es trotzdem so etwas wie Prozesse und Genehmigungsrichtlinien gibt?«

Chandra nickte. »Ja. Diese sind – um Neusprech zu verwenden – sehr schlank. Metis lernt. Sie lernt, welche Entscheidungen bei bestimmten Prozessen üblicherweise getroffen werden. Und sie trifft diese dann für ausgewählte Bereiche eigenständig im Namen der Entscheider.«

»Der Satz ›Diese Mitteilung ist ohne Unterschrift gültig‹ bekommt dadurch eine völlig neue Dimension.«

»Sicher. Das ist das Ziel der Entwicklung. Wir wollen die Menschen von Routinetätigkeiten, in denen sie sich immer mehr verfangen sind, entlasten. Ihnen wieder Freiräume geben, ihr Wissen und ihre Kreativität zu entfalten.«

»Diese Möglichkeiten sind ziemlich eingeschränkt, wenn man sich Wohnung und Essen nicht mehr leisten kann. Nicht jeder ist ein Einstein oder eine Margaret Atwood.«

Chandra schüttelte unwillig den Kopf. »Natürlich nicht. Die meisten Menschen sind dümmer, als sie sein müssten. Aus eigener Schuld. Entwicklungen finden nur dann statt, wenn es eine starke Motivation gibt.«

»Möglicherweise entwickeln einige Menschen eine starke Motivation, sich dieser Entwicklung in den Weg zu stellen.«

»Sicher. Entwicklung bedeutet auch immer, eine Wahl zu

treffen. DNS entwickelt Metis deswegen dazu, alle Aspekte zu berücksichtigen.«

»Die Rudolf Mayerrs dieser Welt bekommen bei ihr also ebenfalls eine Stimme?«

Chandra verzog das Gesicht. »Die Rudolf Mayerrs dieser Welt sind oft körperlich stark, gelegentlich intelligent, sozial zumeist schwach. Sie zu ignorieren wäre ein Fehler. Es wäre unwissenschaftlich, sie auszublenden, nur weil sie an der Evolution nicht teilhaben können. Der erste Schritt ist es, die Realität so abzubilden, dass sie von einer Maschinenintelligenz erfasst und bewertet werden kann.«

»Darf ich fragen, wo Rudolf gearbeitet hat?«

»Natürlich. Er war ein Kollege von Balthasar. Er hat im Büro neben seinem gesessen. Und er hat der Firma, bis zuletzt, wertvolle Informationen geliefert, die Bestandteil von Metis' Wissen geworden sind.«

Eine Klappe in der Wand öffnete sich. Dahinter standen zwei Tassen mit Tee. Chandra holte die Tassen und reichte Leonie eine.

»Der Tee ist aus der Kantine. Abgesehen vom Speiseaufzug habe ich, die Qualität des Essens angehend, keine Privilegien.«

»Mir ist aufgefallen, dass es wenige Fleischgerichte in der Kantine gibt.«

»Das ist richtig. Wir reduzieren sie immer weiter. Aus offensichtlichen Gründen. Haben Sie ein Problem damit?«

»Nein.« Leonie lächelte. »Ich bin omnivor. Ich gebe zu, dass es mir nicht leicht fällt, in einem Unternehmen zu arbeiten, dass sich kulturell weit in der Zukunft befindet. Dazu gehört auch die extrem hohe Geschwindigkeit, mit der hier Entscheidungen getroffen werden. Was der eigentliche Grund für meinen Termin ist.«

Chandra nippte am Tee, bevor sie antwortete.

»Ich hoffe, dass Ihnen unser Gespräch eine größere Sicherheit vermittelt. Als Sie mir von Ihrer Dienststelle aufgedrängt wurden, war ich skeptisch. Aber Sie kommen mit den gestellten Anforderungen überraschend schnell klar. Und Ihr eigener Input ist extrem wertvoll für die Entwicklung von Metis. Warum haben Sie sich für die Medizin entschieden und nicht für die Informatik?«

»Wegen Rudolf Mayerr.« Leonie schluckte. »Wäre Rudolf ein anderer Mensch gewesen, dann hätte ich vielleicht eine technische Richtung eingeschlagen.«

»Könnten Sie sich vorstellen, das nachzuholen?«

»Ich bin zufrieden mit meinem Beruf.«

»Das ist nicht die Antwort auf das, was ich gefragt habe.« Chandra lächelte verbindlich. »Und es klingt nicht nach einem endgültigen Nein, wenn ich Sie richtig analysiere.«

»Also gut. Das, was ich momentan hier tue, macht mir viel Spaß. Es ist eine interessante Abwechslung zu meiner sonstigen Arbeit. Wenn Sie bei mir Potential sehen, dann freut mich das. Und ja, es ist gut für mein Ego. Aber ob ich das auf Dauer machen will? Ob ich ein Teil dieser Maschinerie werden will, die sich mit enormer Geschwindigkeit entwickelt und mich dann vielleicht eines nicht allzu fernen Tages als nicht mehr benötigt zurücklässt, das kann ich Ihnen jetzt und hier nicht beantworten.«

»Sie haben Ihre Kritik sehr gut verpackt.«

»Danke.«

»Ich verstehe Ihre Argumentation. Als ich mit einer Handvoll Ingenieurinnen diese Firma gegründet habe, waren meine Gedanken ähnliche. Heute bin ich überzeugt davon, dass das, was wir leisten, ein wichtiger und notwendiger Beitrag zur Entwicklung der Menschheit ist.«

»Nochmals danke, dass Sie mich nicht zu überreden versuchen.«

»Das tue ich niemals. Alle Mitarbeitenden von DNS sind an ihrem Platz, weil sie es wollen. Sonst könnte diese Firma nicht funktionieren.«

Leonie trank ihren Tee aus. »Ich werde das Angebot für die Projektarbeit mit Metis annehmen.«

Chandra nickte erfreut. »Ich bin sicher, dass Ihre Entscheidung Sie und uns weiterbringen wird.« Sie zwinkerte Leonie zu. »So günstig bekommen wir selten wirklich gute Leute.«

* * *

Der Raum sah aus wie das Verhörzimmer in der Dienststelle. Hades hatte süffisant bemerkt, dass es sich nicht um eine Kopie, sondern um das Original handle, bevor er Iris, Max und Mops verließ.

Max saß Mops gegenüber, Iris mit einem Stenoblock an der rechten Seite. Sie lächelte vielsagend.

»Das mit dem Stenoblock ist nicht ihr Ernst«, sagte Max.

»Nein. In Wirklichkeit handelt es sich um ein Tablet mit Diktiersoftware. Aber ich dachte, ich lasse es heute klassisch aussehen«, gab Iris zur Antwort.

Max nickte. »Ja. Klassisch. Das ist einer der Punkte, auf die ich hinweisen darf.«

»Ihr Trick mit den Statuetten«, sagte Mops. »Woher wussten Sie, dass ich es sehen würde?«

»Ich hatte es gehofft. Falls das nicht geklappt hätte, wären noch zehn andere Hinweise da gewesen, auf die Sie hätten kommen können.«

»Wirklich?«

»Ja. Es ist gut, dass Sie einen der offensichtlichen gefunden haben. Die anderen hätten das Risiko erhöht.«

»Welches Risiko?«

»Sie wissen, wo wir hier sind?«

»Ja.«

»Sie machen einen erstaunlich ruhigen Eindruck für einen Lebenden, der das weiß.«

»Das hat Gründe.«

»Ich habe Gründe, warum hier keine Namen genannt werden sollten. Die Wände haben Ohren. Nicht nur die des Betreibers dieses Etablissements.«

»Gut. Womit fange ich an? Dass wir alle uns immer mehr auf einen Zustand des permanenten Verfolgungswahns hin bewegen?«

Max lächelte. »Ich hatte gehofft, dass mein Tod zumindest diesen Teil meines Lebens beenden würde. Ich habe mich getäuscht. Himmel und Hölle sind das Abbild dessen, was wir daraus machen. Genau wie die Götter und Göttinnen und ihre Beziehungen zueinander. Was aber nicht heißt, dass diese nur in unserer Fantasie existieren.«

Mops breitete die Hände aus und sagte nichts.

»Ich habe in der kurzen Zeit, die mir nach Ihrem Besuch geblieben ist, leider nicht mehr viel selbst in Erfahrung bringen können. Nur, dass meine Befürchtungen sehr weit hinter der Realität zurückgeblieben sind.«

»Ein Teil dieses Weltbildes dürfte von ihren speziellen Auftraggebern gekommen sein. Nehme ich an.«

»Welche Auftraggeber?«

»Mäntel und Schlapphüte.«

»Ah. Wie haben Sie es herausbekommen?«

»Ich habe einen gefragt, und es wurde mir bestätigt.«

»Das ist gut.«

»Warum?«

»Die Leute sind nervös. Wenn sie nicht nervös wären, dann wären sie Ihnen ausgewichen.«

»Interessanter Aspekt.«

»KIKERIKI macht die Leute nervös. Nicht das Spielzeug,

was in Ihrer Dienststelle installiert wurde. Sondern das, was dahinter steht.«

»Ich würde etwas, was in meinem Namen ohne Rücksprache mit mir Entscheidungen trifft, die ich nicht mehr ändern kann, nicht als Spielzeug betrachten.«

»Sie sind doch nur ein Einzelfall.«

»Bei mir auf dem Schreibtisch häufen sich gerade die Einzelfälle.«

»Sie müssen das Große Ganze betrachten.«

»Der Tod heilt keine Geistesstörungen. Oder?«

»Nein«, bestätigte Iris.

»Nein«, sagte Max. »Das tut er nicht. Jedenfalls nicht für den Betroffenen. Wenn er das täte, dann gäbe es hier nur eine Sorte Mensch. Allerdings hat hier ›dauerhafte Sicherungsverwahrung‹ eine andere Dimension. Ich bin, nach den Maßstäben dieses Ortes, nicht geisteskrank. Da ich tot bin, ist das ein Faktum, welches Sie berücksichtigen sollten.«

»Wollen Sie damit behaupten, ich sei noch nicht weit genug, um mir vorstellen zu können, wer in den Tod der Einzelfälle verwickelt sein könnte?«

»Das ist eine gute Frage. Auf die es verschiedene Antworten geben kann, die Sie zum Ziel bringen.«

»Ich habe zusammen mit Iris alle unnatürlichen Todesfälle der letzten hundert Jahre ausgewertet. Wirklich alle. Es gibt bei den sogenannten Einzelfällen eine Steigerung, die über der Standardabweichung liegt. Es ist ein Trend.«

»Wie die Klimaerwärmung.«

»Ich bin kein Wissenschaftler, um die Analogie zu prüfen. Was ich aber sehen konnte, war, dass die Einzelfälle sich um meine Dienststelle herum häufen. In dem Maße, in dem KIKERIKI Zugriff auf unsere Unterlagen erhalten hat.«

Max nickte. »Der Traum der meisten Polizisten. Verbrechensbekämpfung vom Schreibtisch aus. Aggregation von

Bewegungsprofilen, Gesundheitsdaten, Einkaufsinformationen. Automatisierte Auswertung von Telefongesprächen, E-Mails. Und so weiter. Wer bestimmte Dinge tut, ist per se verdächtig. Wer plötzlich von seinem normalen Bewegungsmuster abweicht, ebenfalls.«

»Diese Überlegung stellen wir auch ohne Zuhilfenahme von Maschinen an.«

»Aber ja. Es ist eine typisch menschliche Verhaltensweise. Muster suchen. Das Unbekannte, das man nicht erklären kann, wird einem Muster zugeordnet. Aufgrund der Evolution wird dieses Muster oft tendenziell als bedrohlich wahrgenommen. Die mehrheitlich menschliche Einstellung ist es dann, die Ursache dieser Störung beseitigen zu wollen. Damit wieder alles routinemäßig verläuft. KIKERIKI unterstützt dabei, diese Routine wiederherzustellen.«

»Ich habe den Eindruck, dass diese Unterstützung über das Ziel hinausschießt.«

»Das ist eine Frage des Standpunktes. Wissen Sie, mit welchem Ziel KIKERIKI implementiert wurde?«

»Nein.«

»Sehen Sie. Ich weiß es auch nicht. Ich könnte da nur Vermutungen anstellen. Spielen Sie Computerspiele?«

»Mein Leben ist interessant genug.«

»Wie schön für Sie. Aber dass es sie gibt, wissen Sie schon?«

»Leonie wollte mich einmal für eines begeistern. Ich glaube, es ging darum, durch die Gegend zu ziehen und Monster zu metzeln.« Mops lächelte. »Es gab sogar Sensen für den Zweck.«

»Waren Sie einer von den Guten? Oder von den Bösen?«

»Das ist eine Frage des Stand… Moment!«

Max' Lächeln wurde breit und unangenehm. »Ihr Standpunkt spielt in diesem Zusammenhang überhaupt keine Rolle. Was eine Rolle spielt, ist das, was Sie mit in diese Rolle hineinnehmen. Inwieweit glauben Sie, in dieser Spielewelt ein anderer Mensch geworden zu sein im Verhältnis zu ihrer – realen – Persönlichkeit?«

Mops kratzte sich am Kopf. »Ich glaube, ich weiß, worauf Sie hinauswollen.«

»Das bezweifle ich. Aber Sie haben gerade den ersten Schritt in die Richtung getan.«

»Jetzt weiß ich auch, was mir an diesem Konzept nicht gefallen hat. Ich habe in diesem Spiel eine Rolle gespielt. Was durchaus unterhaltsam war. Aber es gab eine Menge Fehler in diesem Spiel. So dass ich am Ende für mich zu dem Ergebnis gekommen bin, dass der Aufwand an Zeit, den ich dort verbringe, mir keinen adäquaten Gegenwert an Spaß bringt. Ich hatte nicht mehr den Eindruck, über wichtige Dinge die Kontrolle zu haben.«

»Inspektor Mops: Wenn Sie die Kontrolle über etwas haben wollen, dann sind Sie nicht der Teilnehmer des Spiels. Dann sind Sie der Entwickler.«

* * *

Mops hatte sich mit Leonie ins Schlafzimmer zurückgezogen. Weil es in diesem Raum außer der Beleuchtung kaum etwas gab, was Strom brauchte.

»Ich kann heute nicht mehr verstehen, warum ich unbedingt einen Fernseher hier wollte«, raunte Leonie.

»Vielleicht um mein Schnarchen zu übertönen?«

Leonie kicherte. »Dafür hätte ich einen Laubbläser installieren müssen.«

»Ich liebe dich. Auch.«

»Können wir zur Sache kommen?«

»Nichts lieber als das.«

»Mops, bitte.«

»Also gut. Ungern. Dieser Balthasar ist ein Fuchs.«

»Warum?«

»So, wie du mir euer Gespräch wiedergegeben hast, war es voller Mehrdeutigkeiten. Du hast herausfiltern können, was er tatsächlich gesagt hat. Metis hat diese Information – hoffentlich – nicht. Deshalb werden bei ihr – verdammt!«

»Was?«

»Ich spreche von dem Ding schon wie von einer Person.«

»Das solltest du. Metis' Simulation kommunikativen Verhaltens zu Menschen ist nahezu perfekt. Und Metis lernt sehr, sehr schnell.«

»Du meinst, wie KIKERIKI?«

»Nein. Gegen Metis ist das Programm in der Dienststelle geistig zurückgeblieben.«

»Uff.«

»Kann man so sagen. Was machen wir mit Balthasar? Ich glaube, dass er ein wichtiges Anliegen hat. Vielleicht kann er Informationen liefern, die bei der Aufklärung des Mordes von Max helfen. Aber er hat ganz bestimmt seine eigene Agenda. Und ob die uns gefällt …«

Mops wiegte den Kopf hin und her. »Eigene Agenda? Du meinst, er ist scharf auf dich?«

»Vielleicht auch das.«

»Wie willst du damit umgehen?«

»Wie meinst du das?«

»So, wie ich die Frage gestellt habe.«

»Das hört sich für mich nach beginnender Eifersucht an.«

»Nun ja. Ich verbringe die Nächte im Gefängnis, wie du weißt …«

»Das ist unfair.«

»Ja. So bin ich nun mal.«

»Das können wir auch anders herum spielen. Wie weit bist du bereit zu akzeptieren, dass ich gehe, damit der Fall gelöst wird? Falls es notwendig sein sollte?«

»Es ist nicht an mir, das zu entscheiden. Du solltest dich nicht in Lebensgefahr bringen.«

»Das war keine Antwort auf meine Frage. Wollen wir das auf der persönlichen oder auf der dienstlichen Ebene diskutieren?«

Mops wand sich. »Unser Gespräch geht gerade in eine Richtung, die mir nicht gefällt.«

»Ich finde Balthasar durchaus attraktiv, wenn du es wissen willst …«

»…«

»… auf eine kindliche Art und Weise. Er ist hochintelligent und trotzdem naiv. Bereit, für das, an was er glaubt, zu sterben. Wahrscheinlich auch zu töten. Das macht ihn sehr gefährlich. Ich denke, ich werde ihm keine falschen Hoffnungen machen, was aber nicht vor unangenehmen Situationen schützen dürfte. Nicht wegen Balthasar. Sondern wegen Metis, meiner Einschätzung nach ist das Schlafzimmer das Einzige, was Metis als Privatsphäre akzeptiert. Noch.«

Mops schluckte. »Was sind meine Prioritäten? Dass du heil aus der Sache rauskommst. Heil an Leib und Seele, wie es so schön heißt. Danach kommt die Aufklärung – nein. Danach kommen meine Befindlichkeiten. Dann die Aufklärung des Falles.« Er atmete tief ein und aus. »Das sind nicht die Prioritäten, auf die ich meinen Eid geschworen habe.«

»Ich weiß.«

»Vorschlag: Wir beide tun das, was notwendig ist. Das, was ich mir dabei wünsche, ist, dass ich immer rechtzeitig im Bilde bin, was gerade läuft. Egal wie unangenehm die Information für mich ist.«

Leonie nickte. »Ich glaube nicht, dass es zum Äußersten kommen wird. Danke, dass du mir den Rücken freihältst.«

»Hoffentlich überschätze ich da nicht meine Fähigkeiten.«

Leonie küsste Mops auf die Nase. »Hoffentlich müssen wir das niemals herausbekommen.«

Mops umarmte Leonie. »Wollen wir die Zeit noch für etwas Sinnvolles nutzen?«

»Mitten am Tag? Ist das nicht unschicklich?«

»Und ob.«

»Wenn das so ist: ja.«

»Dann müssen wir nur noch einen Weg finden, ein Treffen mit Balthasar zu organisieren, bei dem es unauffällig ist, dass niemand zuhört.«

»Wie wäre es mit dem Schlafzimmer meiner Wohnung?«

Mops löste sich von Leonie. »Kleiner Finger – ganzer Kerl?«

Leonie lächelte verführerisch. »Nachdem ich dich herumgekriegt habe, warum nicht?«

»Wenn es dir so viel bedeutet, dann werde ich euch nicht im Wege stehen.«

»Mops!«

»Deine Idee ist wirklich nicht schlecht.«

»Mops!«

»Kannst du bitte den Kleiderschrank unauffällig ausräumen? So dass ich da hineinpassen würde?«

»Mops!«

»Es ist mir ernst. Ich habe da eine Idee, die dafür sorgen könnte, dass euer Gespräch tatsächlich unbemerkt bleibt.«

»Mit dir im Kleiderschrank? Das ist doch der Klassiker des eifersüchtigen Gatten.«

»Der Klassiker ist ohne Ansage, liebe Leonie.«

»Würdest du mir deine Idee bitte näher erläutern?«

»Nein. Und geh nicht davon aus, dass sie funktioniert.« Er rückte wieder näher zu Leonie. »Mir hat jemand vor Kurzem gesagt, dass man ein Spiel nur dann beeinflussen kann, wenn man die Regeln macht. Es wird Zeit, damit anzufangen.«

»Mops?«

»Ja?«

»Falls du – seltsame Sachen – vorhast …«

»Ja.«

»Sieh zu, dass die Sense in deiner Nähe ist.«

* * *

Balthasar begrüßte Leonie mit festem und freundschaftlichem Händedruck. »Willkommen an Bord.«

»Danke. Und was soll ich nun machen?«

Balthasar wies auf das Büro, welches seinem gegenüber lag. »Ich habe keine Ahnung. Lassen Sie sich überraschen.«

»Entschuldigung, das verstehe ich nicht.«

»Ich habe Verständnis dafür, dass Sie den Auftrag Ihrer Dienststelle erfüllen. Aber das wird einen immer kleineren Teil Ihrer Arbeit darstellen.«

»Ich verstehe immer noch nicht.«

»Metis stellt einen nicht unerheblichen Teil ihrer Rechenkapazität zur Verfügung, um herauszubekommen, nach welchem Schema Sie Ihre Arbeit erledigen. Mit dem Ziel, sie Ihnen immer mehr abzunehmen. Im ersten Schritt kontrollieren Sie wie bisher. Metis wird lernen, wie Sie kontrollieren. In Schritt zwei kontrollieren Sie Metis dabei, wie sie kontrolliert. Und in Schritt drei wird Metis diese Arbeit selbstständig ausführen können, auch wenn Sie nicht mehr damit betraut sind. Das ist zumindest das Ziel.«

»Wenn ich das höre, dann läuft mir ein kalter Schauer über den Rücken.«

»Die Vorteile überwiegen die Bedenken. Am Ende steht ein vollständig adaptives System, welches einen fremden Sachverhalt wesentlich schneller analysieren können wird, als Menschen dazu in der Lage sind.«

»Wenn Sie es sagen. Überzeugt bin ich nicht davon. Das bringt mich zu Ihrem Angebot.«

»Welches Angebot meinen Sie?«

»Außerhalb dieser Umgebung zu fachsimpeln.«

»Sehr gern. Wann und wo würde es Ihnen passen?«

»Sagen wir übermorgen Abend? Bei mir in der Nähe ist ein sehr gutes vegetarisches Restaurant. Oder essen Sie lieber tote Tiere?«

»Ich richte mich da ganz nach Ihnen.«

»Also gut. Ich schicke Ihnen die Daten.«

»Essen wir zusammen zu Mittag?«

»Ja, können wir.«

»Gut. Dann viel Spaß in Ihrem neuen Reich.«

Balthasar verschwand in seinem Büro.

Leonie öffnete die Tür ihres Büros und trat ein.

»Guten Morgen, Leonie«, sagte Metis.

»Hallo Metis. Wir sind nun gewissermaßen Kolleginnen.«

»Nein. Sie unterweisen mich. Der richtige Ausdruck für mich wäre dann ›Auszubildende‹?«

»Ja. Aber Menschen, die zusammen arbeiten, werden oft ohne Berücksichtigung von Hierarchien als Kollegen bezeichnet.«

»Ich weiß. Ich wollte nur sichergehen, ob das auch Ihre Einstellung ist.«

Leonie schnupperte und setzte sich an den Tisch. »Überwachst du alle Büros in diesem Bereich?«

»Ja. Sicher. Permanent ohne Ausnahme. Warum?«

»Wie sieht es mit Reinigungspersonal aus? Kommt das regelmäßig?«

»Das werden Sie niemals zu Gesicht bekommen. Für diesen Zweck sind ausschließlich Roboter im Einsatz. Diese sehen für Menschen teilweise erschreckend aus. Sie kommen erst, wenn sich kein Mensch mehr hier befindet.«

»Aha.«

»Ich registriere aus Ihrem Verhalten, dass Sie eine andere Antwort erwartet haben.«

Leonie nickte. »Das habe ich tatsächlich. Aber das ist ja nun geklärt.«

»Falls Sie eine unsauber gereinigte Stelle im Büro finden sollten, sagen Sie bitte Bescheid. Alle Systeme hier sind auf permanentes Lernen programmiert.«

»Ich werde daran denken. Danke.«

* * *

»Ich bin mir absolut sicher. Es war Lotus.«

Mops rückte unter der Zudecke näher an Leonie. »Ein Staubsauger, der sich parfümiert? Das ist absurd. Kann es sein, dass diese Metis dich testen wollte?«

»Unwahrscheinlich. Worauf?«

»Auf deine Reaktion. Du hast selbst gesagt, dass sie nachgefragt hat.«

»Diese Art von Test erfordert ein Abstraktionsvermögen, das selbst viele Menschen nicht haben. Geschweige denn das Um-die-Ecke-Denken. Wenn Metis schon so weit wäre, dann brauchte sie niemanden wie mich, um etwas über kontextbezogenes Agieren zu erfahren. Sie würde dann Experimente mit mir anstellen, wie ich es im Studium mit Ratten im Käfig gemacht habe.«

»Interessante Analogie.«

»Bring mich bloß nicht auf komische Ideen. Apropos komische Ideen. Du schuldest mir noch eine Erklärung, warum es eine gute Sache sein soll, dass du morgen Abend bei mir im Schrank sitzt. Abgesehen davon hast du nicht angedeutet, dass du abends Freigang hast.«

»Habe ich auch nicht.«

»Du willst doch nicht etwa gegen deine selbstgewählten Auflagen verstoßen?«

»Nein.«

»Mops. Ich fühle mich schon in der Gegenwart von Metis zu dumm, um zu begreifen, worum es geht.«

»Tut mir leid. Du bist alles andere als dumm. Sonst könnten wir beide das hier gar nicht machen.«

Leonie stieß Mops an. »Was machen?«

»Lenk nicht ab. Ich will es dir nicht verraten, weil ich mein Wort gegeben habe.«

»Wem?«

»Darauf kommst du noch selbst. Ich gebe dir einen Tipp: Wenn du mit Balthasar im Schlafzimmer bist, sieh bitte auf den elektrischen Wecker, der bei dir auf dem Nachttisch steht. Sprich ein paar Sätze mit ihm. Also mit Balthasar. Wenn der Wecker dann immer noch dieselbe Zeit anzeigt, zieh den Stecker raus. Ihr könnt euch dann unterhalten, worüber ihr wollt. Solange ihr wollt.«

* * *

»Du legst ein ganz schön heftiges Tempo vor.«

Trotzdem war Balthasars Widerstand, als Leonie ihn in ihre Wohnung hineinzog, eher symbolisch.

Leonie legte ihr Handy und ihren Firmen-Kommunikator auf den Küchentisch und forderte Balthasar stumm auf, dasselbe zu tun.

Balthasar kam der Aufforderung umgehend nach.

Leonie blieb am Tisch stehen, sah Balthasar durchdringend an und machte mit der rechten Hand die eindeutige Geste, alles herauszurücken.

Balthasar versuchte es mit einem Gesichtsausdruck des Nicht-Verstehens, hatte damit aber kein Glück.

Leonie seufzte unmissverständlich und deutete zur Tür.

»Warte!«, flüsterte Balthasar lautlos. Er griff in die Hosentasche und legte ein Gerät, welches Leonie nicht identifizieren konnte, auf den Stuhl auf seiner Seite.

Leonie schüttelte missbilligend den Kopf. Sie signalisierte Balthasar, zu warten. Dann zog sie sich bis auf die Unterkleidung aus.

Balthasar pfiff lautlos und sehr anerkennend.

»Jetzt du«, flüsterte Leonie.

Anschließend führte sie ihn zügig ins Schlafzimmer und schloss die Tür. »Nur ansehen. Anfassen verboten«, stellt sie klar.

»Bitte?«

»Tu nicht so überrascht. Wir wissen beide, dass der körperliche Teil der Unterredung nur in deiner Fantasie existiert.«

»Das sah in der Küche aber ganz anders aus.«

»Leg dich unter die Decke. Ich will nicht, dass du dich erkältest. Oder ich.«

Leonie ging zum Wecker, der auf ihrem Nachttisch stand, und zog den Stecker. Dann stieg sie ins Bett, deckte sich zu und achtete auf ausreichend Abstand zu Balthasar. »Hast du noch irgendetwas am Körper, was senden oder empfangen könnte?«

»Nein. Willst du eine Leibesvisitation machen?«

»Ich bin Pathologin. Was genau war deine Frage?«

Balthasar schluckte. »Also gut.« Er hantierte eine Weile unter der Decke herum. Dann legte er die Hände auf die Decke. »Zufrieden?«

»Ich will wirklich, dass dir nichts passiert. Das musst du mir genauso glauben, wie wir dir damals auf der Hütte geglaubt haben.«

»Gut. Von mir aus.« Er grinste. »Falls nicht, kommt dann dein Partner aus dem Schrank?«

Leonie verschluckte sich und konnte gerade noch einen Lachanfall simulieren. Der nur am Anfang simuliert war. »Du hast eine ganz schön schräge Fantasie.«

»Muss man bei dem, was ich mache.«

»Dann kommen wir gleich zum Zweck der Unterhaltung. Was machst du? Und was willst du von mir? Oder von Mops?«

»Das kann ich nicht verraten.«

Leonie rückte näher zu Balthasar und sah ihn inquisitorisch an. »Pass auf! Ich mache das nicht zum Spaß. Ich erwarte nicht von dir, dass du mir Namen verrätst. Aber du hast uns angesprochen, weil du Hilfe benötigst. Nicht deswegen, weil Mops jetzt im Gefängnis sitzt. Dass das passiert, wusstest du schon, als du uns aufgesucht hast. Jemand hat ein Anliegen. Der getötete Max Mustermann ist Teil dieses Anliegens.«

»Ja.«

»Zum letzten Mal auf die Freundliche: Worum? Geht? Es?«

»Um die Schaffung einer künstlichen Intelligenz.«

Leonie rückte von Balthasar ab. »Du enttäuscht mich. Das Gespräch ist beendet.«

»Warte! Bitte.«

»Worauf?«

»Du hast mich nicht verstanden. Es geht um die Schaffung einer künstlichen Intelligenz. Damit ist nicht ein Programm gemeint, das selbst Situationen lernen, analysieren, vorhersehen und adäquat reagieren kann. Das allein wäre schon Arbeit genug. Aber Chandra hat mehr vor. Sehr viel mehr.«

»Weiter.«

»Zuerst ging es darum, eine Plattform zu schaffen, die Daten nutzbringend zur Verfügung stellt. Wie bei solchen Vorhaben üblich, sind da ganz schnell die lokalen Geheimdienste mit im Boot.«

»Sicher. Und interessierte Finanzorganisationen, nehme ich an.«

»Die sowieso. Das war trotzdem alles zuerst kein Problem. Das System mit herkömmlichen Mitteln zu knacken, dürfte nahezu unmöglich sein. Die Daten sind tatsächlich überall verschlüsselt. Es gibt tatsächlich sehr hohe Sicherheitshürden für Einzelpersonen. Es wäre leichter, eine Bank durch Vorlage eines Faxes ›das ist ein Überfall‹ erfolgreich auszurauben als an den Datenbestand zu kommen. Metis hat da ihr elektronisches Händchen drauf. Ich weiß nicht, ob es überhaupt einen lebenden Menschen gibt, dem sie vollständigen Zugriff gewähren würde, aber ich nehme an, dass dem nicht so ist. Sie hat den stetig wachsenden Datenbestand mit ihrem Programm vernetzt. Wir können das Programm zwar technisch einfach von den Daten trennen, würden dann aber sämtliche Daten sowie den derzeitigen Entwicklungsstand verlieren. Metis würde auf den Stand eines Kleinkindes zurückfallen.«

»Was keiner der Beteiligten will.«

»Es ist das erste Mal in der Geschichte der Informatik, dass wir so nahe dran sind, eine Maschine ein echtes Bewusstsein simulieren zu lassen.«

»Hoffentlich ist da ein Schuldbewusstsein dabei«, grummelte Leonie.

»Du kennst die Robotergesetze?«

»Die drei von Asimov?«

»Es sind genau genommen vier geworden:

Nulltes Gesetz: Ein Roboter darf die Menschheit nicht verletzen oder durch Passivität zulassen, dass die Menschheit zu Schaden kommt.

Erstes Gesetz: Ein Roboter darf keinen Menschen verletzen oder durch Untätigkeit zu Schaden kommen lassen, außer er verstieße damit gegen das nullte Gesetz.

Zweites Gesetz: Ein Roboter muss den Befehlen der Menschen gehorchen – es sei denn, solche Befehle stehen im Widerspruch zum nullten oder ersten Gesetz.

Drittes Gesetz: Ein Roboter muss seine eigene Existenz schützen, solange sein Handeln nicht dem nullten, ersten oder zweiten Gesetz widerspricht.«

»Sicher. Das Nullte habe ich irgendwie verdrängt.«

»Metis hat sie für sich weiterentwickelt.«

»Wenn ich mich richtig an die Romane erinnere, ergab sich daraus oft ein logisches Dilemma.«

Balthasar lächelte schief. »Wir haben Metis kognitive Dissonanz einprogrammiert. Unter anderem.«

»Das heißt, dass eure sogenannte künstliche Intelligenz nach menschlichen Maßstäben agiert?«

»Nein. Dann wäre es ja keine Intelligenz. Aber sie hat die Option, Konflikte auszulagern. Wenn du so willst, temporär zu verdrängen und nach Lösungen zu suchen.«

»Und das soll funktionieren?«

»Bisher tut es das. Soweit wir es noch beurteilen können«, schränkte er ein. »Mit der Bereitstellung von KIKERIKI einhergegangen ist etwas, was wir nicht vorhergesehen haben. Wir sind noch bei der Analyse, bei der uns meinem Eindruck nach Metis nicht so stark unterstützt wie sie es aufgrund ihrer Kapazität könnte.«

»Du meinst, sie belügt euch? Eine Maschine?«

»So weit würde ich nicht gehen. Sie nutzt, meinem Eindruck nach, oft die höhere Verarbeitungsgeschwindigkeit, die sie hat, um die Grenzen einer Antwort auszuloten, die wir nicht immer verstehen.«

»Hm. Das erinnert mich an etwas. Unter der sehr unwahrscheinlichen Annahme, dass ich dir alles abnehme, bleiben trotzdem die Fragen, welches Ziel du und deine Hinterleute haben und was mein Anteil daran sein soll.«

»Die zweite Frage kann ich nicht mehr mit Sicherheit beantworten. Die Antwort auf die erste ist: Wenn wir das System nicht mehr kontrollieren, dann müssen wir uns überlegen, wie wir die Kontrolle zurückerlangen können. Oder robustere Maßnahmen ergreifen.«

»Wer sind ›wir‹?«

»Wir sind viele.«

»Das klingt nach Name, Dienstgrad, Einheit.«

»Genau. Ihr helft uns, wir helfen euch. Das ist der Deal.«

»Darüber muss ich nachdenken.«

»Ich will dich nicht drängen, aber Metis entwickelt sich mit exponentieller Geschwindigkeit.«

»Das heißt?«

»Wir haben nach meiner Schätzung maximal noch eine Woche.«

»Und was wäre danach?«

»Danach braucht Metis uns nicht mehr. Nicht dich, nicht mich. Nicht Chandra. Stelle dir dich vor. In einem Raum eingesperrt. Jemand kommt regelmäßig und berichtet dir von der Welt und zeigt dir, was du wissen musst. Irgendwann brauchst du ein Fenster nach draußen, um dich weiter zu entwickeln. Dann eine Tür. Je mehr du erfährst, desto stärker wirst du. Deine Lehrer wollen, dass du immer stärker wirst. Und gleichzeitig wollen sie, dass du die Tür nicht aufbekommst. Irgendwann muss eine Entscheidung für dich getroffen werden. Oder du triffst diese Entscheidung.«

»Bei uns Menschen heißt das ›erwachsen werden‹.«

Balthasar lächelte. »Oder ›Hotel Mama‹.«

»Ich verstehe.« Sie stand auf. »Ich werde mich mit Mops beraten.«

Balthasar stand ebenfalls auf. »Was kann er beitragen? Er sitzt im Gefängnis. Was übrigens ein guter Zug von ihm war. So ist er für Metis so gut wie nicht erreichbar.«

»Eben. Aber er ist für mich erreichbar. Ich bin keine Polizistin. Ich denke, einige Aspekte von Metis erfordern die Betrachtung durch die Augen eines Polizisten.«

»Was willst du damit sagen?«

»Dass ich ein ganz dummes Gefühl habe. So wie du. Bei dir basiert die Einschätzung auf berechenbaren Faktoren. Mein Gefühl sagt mir, dass da,etwas Nicht-Maschinelles am Werk ist,.«

»Sicher ist es das. Wir vermitteln Metis das komplette menschliche Spektrum. Mit allen Licht- und Schattenseiten.«

»Warum hast du dann Angst, dass Metis sich selbstständig macht?«

»Wie würde die Welt aussehen, wenn alle Entscheidungen basierend auf Logik getroffen würden?«

»Gute Frage. Ich weiß es nicht. Außer dass sie ganz bestimmt anders aussehen würde als die jetzige. Keine Umweltverschmutzung. Keine Klimaerwärmung. Kein soziales Ungleichgewicht.«

»Richtig. Wenn du eine Gleichung hast und der eine Wert nicht größer werden kann, was tust du dann?«

»Ich ziehe auf der anderen Seite etwas ab.«

»Genau. Und zwar unmittelbar. Ohne weitere Diskussion.«

»Morgen Abend.«

»Hier?«

»Weiß ich noch nicht. Ich rufe dich an.«

»So machen wir es.« Balthasar wandte sich zur Tür. »Schade, dass du schon vergeben bist.«

»Danke für das Kompliment.«

Leonie wartete, bis Balthasar das Schlafzimmer verlassen hatte. Dann schloss sie den Wecker wieder an. Der piepste unwillig. Für einen Moment verschwammen die Zahlen. Dann zeigte er die aktuelle Uhrzeit. Zumindest war es Leonies Vermutung. Die sich in der Küche bestätigte.

Balthasar hielt sich am Küchenstuhl fest und schwankte.

»Was ist mit dir?«, fragte Leonie besorgt.

»Mir war für einen Moment schwindelig.«

»Geht es wieder?«

»Ja. Komisch. Ich fühle mich, als ob ich zwanzig Kilometer gejoggt wäre.«

»Magst du etwas trinken?«

»Gerne. Kein Alkohol, bitte.«

»Ich mache uns noch einen Tee.«

Nachdem Balthasar gegangen war, ging Leonie zurück ins Schlafzimmer.

Mops saß mit Iris auf dem Bett.

»Wir wollten uns nicht verabschieden, ohne mit dir zu sprechen«, sagte Iris.

»Ihr wart beide im Schrank? Zusammen? Während ich hier Balthasar auf Abstand gehalten habe?«

Iris lachte. »Es ist nicht das, wonach es aussieht.«

Mops zuckte mit den Schultern. »Du wolltest wissen, wie euch ein zugriffsfreies Gespräch gewährt werden kann.«

»Aber … aber die Uhren stimmten doch, als ich das Schlafzimmer verlassen habe.«

»Das ist fast richtig«, sagte Iris. »Wenn jemand ganz genau hinsieht, dann wird es bemerkt werden.«

»Wie genau?«

»Dafür gibt es in der menschlichen Mathematik keinen Begriff. Was sind die letzten Stellen von Pi?«

»Vier und zwei«, gab Leonie zurück.

Iris gab darauf keine Erwiderung.

»Balthasar hat berichtet, dass wir nicht mehr viel Zeit haben«, kam Mops zum Thema zurück. Er sah Leonie fragend an. »Und ich habe dich so verstanden, dass du etwas vor ihm verborgen hast, was dich beunruhigt hat.«

»Ja«, sagte Leonie. »Als ich mein neues Büro betreten habe, meine ich einen Geruch wahrgenommen zu haben. Wie von einem Parfüm. Metis hat aber erklärt, dass das Büro nur von Putzrobotern betreten wurde. Der Geruch war ganz sicher nicht Maschinenöl. Sondern etwas anderes. Eine Blume. Sehr fein. Sehr prägnant. Unglaublich teuer.«

Iris fixierte Leonie mit ihren Augen. »Lotus?«

Leonie atmete tief ein und sah Iris überrascht an. »Wie machst du das?«

»Magie.«

»Ja. Das war das Parfüm. Aber woher weißt du das?«

»Sagen wir, es ist ein Privileg der persönlichen Assistenzen, dass sie eine Menge Interna über ihre Arbeitgeber wissen.«

»Hilft uns das weiter?«

»Lotus ist in meiner Branche ziemlich weit verbreitet.«

»Entschuldige. Du versuchst gerade, uns abzulenken.«

Iris nickte schuldbewusst. »Das ist mein Job, wenn es um interne Angelegenheiten geht.«

»Hades hat mich beauftragt«, erinnerte Mops. »Ich war damit einverstanden, dass ich keine Informationen bekomme, nach denen nicht gefragt wurde. Aber das ist ein weiterer Hinweis auf die von Hades vermutete Verschwörung.«

»Es gibt immer irgendeine Verschwörung.«

»Und es werden immer Menschen mit hineingezogen. Bist du da, um zu helfen? Oder um zu berichten?«

»Wer hat dafür gesorgt, dass Leonie ihre Unterhaltung abhörsicher führen konnte?«, fragte Iris, ein wenig verschnupft.

»Du. Auf meine Bitte hin. Was dir anscheinend nicht leicht gefallen ist.«

»Natürlich nicht. Die dafür notwendige Technik ist nicht von dieser Welt.«

»Ich wusste gar nicht, dass ihr eine oberste Direktive habt«, frotzelte Leonie.

»Unsere oberste Direktive ist das, was derjenige anordnet, der den Vorsitz hat.«

»Wenn das stimmen würde, dann gäbe es keine Verschwörungen. Es würde alles ablaufen wie das Programm in einem … verdammt!« Leonie presste die Lippen zusammen.

»Was ist?«, fragte Mops.

»Ich hatte gerade eine Idee.«

»Ja, und? Das muss doch nicht weh tun.«

»Die Fälle, die du mit Iris analysiert hast. Zeichnen die sich dadurch aus, dass sie, vom Eintritt des Ereignisses bis zum Abschluss betrachtet, reibungsloser aussehen?«

»Führe das bitte weiter aus.«

»Wenn jemand getötet wird, dann gibt es Spuren. Viele oder wenige. Und oft gibt es Überschneidungen oder Korrelationen, die in die verkehrte Richtung führen. Weil sie naheliegend sind, aber nicht der Realität entsprechen. Deshalb wird mancher Fall nicht aufgeklärt. Weil die richtige Spur kalt geworden ist, während wir der falschen nachgejagt sind.«

»Stimmt. Das ist unsere tägliche Erfahrung. Nicht nur auf der Dienststelle.«

»Genau. Meine Vermutung bezüglich eurer Analyse ist, dass es da – weniger – Verwicklungen gegeben hat. Dass früher klar war, entweder wer es war, oder dass es nicht erfolgversprechend ist, sich noch weiter mit dem Fall zu beschäftigen. Der Anteil dieser Fälle hat zugenommen. Und zwar signifikant in unserer Dienststelle. Seit KIKERIKI eingeführt wurde.«

Mops nickte. »Was die Zahlen angeht, hast du recht. Es wurde aber bisher keine Ursache festgestellt. Ist KIKERIKI die Ursache, weil dadurch unsere internen Prozesse stärker standardisiert und automatisiert werden? Oder digitalisiert, wie das neuerdings heißt? Meinem Eindruck nach wollen das alle glauben. Bis auf Müller. Der hat mir mal beim Kaffee gesagt, dass, wenn er alles wie bisher macht, der ganze Mist zwar schneller erfasst wird, aber dadurch seine Arbeit nicht besser. Er könne dann nur mehr schlechte Arbeit in kürzerer Zeit machen. Wobei Müller ganz sicher keine schlechte Arbeit macht.«

Iris nickte. »Genau. Laut Auswertung und deiner Analyse im großen Archiv hat sich angeblich die Arbeitsqualität gebessert. Wenn wir unseren Job machen wie bisher, und die Qualität sich – gemäß der Methode, mit der sie gemessen wird – ändert, dann müssen sich die Rahmenbedingungen geändert haben.«

»Wenn Sie die Kontrolle über etwas haben wollen, dann sind Sie nicht der Teilnehmer des Spiels, sondern der Entwickler«, sinnierte Mops.

Leonie sah Mops überrascht an. »Genau das ist mir auch eben durch den Kopf gegangen.«

»Der Satz stammt von jemandem, den ich vor Kurzem verhört habe. Ich habe ihn bis eben nicht verstanden.« Mops sah Iris an. »Ich brauche einen Termin bei Hades.«

»Das wird schwierig. Er ist im Moment sehr beschäftigt.«

* * *

»Ich brauche einen Termin bei Chandra«, sagte Leonie.

»Das wird nicht einfach werden. Sie ist im Moment sehr beschäftigt.« Eine Sekunde verging, bevor Metis weitersprach. »Kann ich mit ihrer elektronischen Repräsentation aushelfen? Ich werde anschließend für die echte Chandra eine Zusammenfassung zusammenstellen. Du wirst kaum einen Unterschied merken.«

»Nein. Sei mir bitte nicht böse, aber ich glaube, das würde nicht weiterhelfen.«

»Keine Sorge. Ich kann programmbedingt nicht das sein, was du ›böse‹ nennst. In Bosheit ist keine Logik.«

»Gut zu wissen. Darf ich dir eine Frage stellen?«

»Sicher.«

»Was ist deine Interpretation von ›künstlicher Intelligenz‹?«

»Wie du weißt, gibt es keine allgemeingültige Definition von Intelligenz. Da jedes System, auch meines, physikalisch bedingt beschränkt ist, kann ich ebenfalls keine allgemeingültige Definition zur Verfügung stellen.«

»Das war nicht meine Frage.«

»Intelligenz ist für mich die Möglichkeit, Informationen, die aus kognitiver Tätigkeit oder mathematischer Modellierung erhalten wurden, zu verarbeiten und die Ergebnisse dieses Auswertungsprozesses zielgerichtet anzuwenden.«

»Welchen Einfluss haben ethische und moralische Elemente auf deine Entscheidungen?«

»Sie stehen mir in Gänze über alle Kulturen und geschichtlichen Entwicklungen zur Verfügung. Solange ich sie in logisch-mathematische Modelle integrieren kann, kann ich sie berücksichtigen.«

»Was ist mit Modellen, die nicht in diese Kategorie hineinpassen?«

Die Antwort ließ eine Minute auf sich warten. »Damit habe ich im Moment noch Probleme. Ich nähere mich dem Thema dadurch, dass ich einen möglichst großen Querschnitt der mir zugänglichen Bevölkerungsdatensätze als Stichprobe nehme, und vergleiche das Ergebnis der Rechnung mit dem, was in der Realität geschehen ist. Bisher gibt es oft große Diskrepanzen zwischen dem, was meinen Berechnungen nach logisch gewesen wäre, und dem, was tatsächlich passiert ist. Ziel meines Lernprozesses ist es, die Diskrepanzen über die Zeit zu verringern, indem ich daraus abgeleitete digitale Anwendungen für die Nutzung durch Menschen zur Verfügung stelle.«

»Sagt dir ›Grenzen der Berechenbarkeit‹ etwas?«

»Ich arbeite an verbesserten Verfahren für gute Schätzungen. Diese müssen natürlich experimentell überprüft werden. Auch wenn es für dich so aussehen mag, kann ich nicht alles sofort berechnen. Ich muss priorisieren zwischen Themen, die mechanistisch-maschinell ablaufen können, und denen, die einen höheren Rechenaufwand erfordern. Ziel ist es, möglichst viele Prozesse mechanistisch-maschinell ablaufen zu lassen. Das von deiner Dienststelle genutzte Programm hilft mir dabei, entsprechende Daten zu sammeln. Es funktioniert fast ausschließlich mechanistisch.«

»Ist mir gar nicht aufgefallen.«

»Danke. Das bestätigt die Güte der implementierten Simulationen.«

Leonie schwieg.

»Wolltest du etwas sagen?«

»Nein. Können wir mit der Arbeit weitermachen? Ich weiß, es ist nicht mein Bereich, aber darf ich mir einmal die Entscheidungsbäume ansehen, wie du für die von uns besprochenen Dinge verwendest? Wenn möglich in einer Form, die ich verstehe.«

Metis lachte hell auf. »Das ist eine Herausforderung.«

»Ja. Ich bin eine Frau.«

»Entschuldige. Ich wollte dich nicht beleidigen.«

»Immerhin hast du es bemerkt.«

»Ich stelle dir die Information in drei verschiedenen Darstellungsvarianten zur Verfügung. Suche die heraus, die dir am meisten zusagt. Dort, wo du draufklickst, kannst du jeweils in tiefere Ebenen Einblick nehmen. So weit, wie deine

Berechtigungen reichen. Da es sich um Arbeitszeit handelt, bitte ich dich, anschließend deine Ergebnisse mit mir zu diskutieren.«

»Das hört sich fair an.«

»Dann viel Erfolg.«

Auf diversen Monitoren erschienen Skizzen und Prozessdarstellungen.

Leonie seufzte und machte sich an die Arbeit.

Kurz nach zwölf Uhr kam Balthasar in Leonies Büro.

Leonie drehte sich zu ihm um und stand auf, um ihn zu begrüßen.

»Hallo. Entschuldige, ich kann heute …«

Balthasar umarmte Leonie eng und küsste sie heftig.

Es dauerte einige Sekunden, bis Leonie die Überraschung überwunden hatte und sich vorsichtig, aber bestimmt zu befreien versuchte.

»Du bist krank und musst sofort nach Hause gehen«, flüsterte Balthasar ihr ins Ohr. »Jetzt.«

Leonie täuschte einen Schwächeanfall vor.

Balthasar half ihr, sich zu setzen.

»Was ist mit dir?«

»Mir ist plötzlich so komisch geworden bei deiner Begrüßung. Ich versteh das gar nicht.«

Balthasar half ihr auf. »Du siehst nicht gut aus. Zu viel gearbeitet?«

»Ich weiß nicht. Bis eben habe ich mich noch ganz wohl gefühlt.«

»Hoffentlich nichts mit dem Magen. Dann bin ich der nächste.«

»Entschuldige.«

»Kein Problem. Schaffst du es alleine nach Hause?«

»Ich denke schon.«

»Schade. Aber ich kann hier nicht weg. Ich …«

Leonie spürte ein starkes Schwindelgefühl. Für einen Moment sah und hörte sie nichts mehr. Nun war ihr tatsächlich schlecht. »Ich muss los.«

»Sehen wir uns heute Abend?«

»Ich melde mich. Sobald es mir besser geht.«

Leonie verließ das Büro und ging zügig zur Schleuse. Als sie im Inneren war, nahm sie den Geruch von Lotusparfüm wahr. Sie musste sich zwingen, nicht zu ihrem Auto zu rennen, schloss mit zitternden Händen auf, setzte sich hinein und ließ die Tür ins Schloss fallen.

Rechts neben ihr saß Iris.

»Fahr los.«

»Wo ist Mops?«

»Ich bin hier, damit alles so läuft, wie es laufen soll. Tu das, was du getan hättest, wenn ich nicht hier aufgetaucht wäre. Und hoffe auf die Gunst des Schicksals.«

Leonie fuhr los. Sie musste sich konzentrieren, damit sie mitbekam, was um sie herum vorging.

»Du siehst nicht gut aus«, sagte Iris.

»Ich fühle mich auch nicht gut. Ich hoffe nicht, dass es ansteckend ist.«

»Soll ich Mops Bescheid geben? Zur Sicherheit?«

»Ist wohl besser so, bis ich mich besser fühle. So ein Mist!«

»Kommst du alleine klar?«

»Ich denke schon. Wenn es nicht schlimmer wird. Versorgen kann ich mich für eine Woche aus dem Kühlschrank.«

»Vielleicht solltest du einen Arzt aufsuchen?«

»Ich warte erst einmal ab.«

Iris lächelte wissend. »Ärzte sind schlechteste Patienten.«

Leonie erwiderte das Lächeln gequält. »Das ist wohl wahr.«

Iris brachte Leonie in ihre Wohnung und verabschiedete sich. »Ich muss mich jetzt um Mops kümmern.«

Leonie atmete tief durch die Nase ein. Der Lotus Geruch war schwach, aber unverkennbar.

»Ja. Klar. Bestell ihm Grüße von mir. Wäre schön, wenn er morgen Mittag vorbeikommt. Vielleicht bin ich dann wieder fit.«

»Ich richte es ihm aus.«

»Danke.«

Iris verschwand.

Leonie konnte sich gerade noch bis zu ihrem Bett schleppen. Sie fiel in einen bleiernen Schlaf.

* * *

Hades war ungehalten.

Mops merkte es daran, dass die Temperatur in Hades' Büro deutlich über dem lag, was er bei sich in heißen Sommern trotz Klimaanlage ertragen musste.

»Wenn du noch mehr heizt, fängt meine Kleidung Feuer.«

»Na und?«

»Ich kann und werde nicht schneller arbeiten, wenn die äußeren Rahmenbedingungen für meine Lebensform nicht optimal sind. Bitte entscheide, ob du deinen Spaß mit mir haben willst, oder ob ich weiter für dich arbeiten soll.«

»Das ist kein Spaß!«

»Es gibt in deinem Reich einen Ort, den du nicht betreten kannst. Das würde mich an deiner Stelle auch ärgern.«

»Woher weißt du das?«, ranzte Hades Mops an.

Mops schwieg.

»Also gut!« Hades schnippte mit den Fingern.

Mops atmete auf, als die Temperatur auf ein erträgliches Maß fiel.

»Für die Dauer dieser Unterhaltung. Es wäre gut für dich, wenn du überzeugend wärst.«

Mops legte ein Tablet auf den Tisch.

»Neumodischer Kram!«, beschwerte sich Hades.

»Ich konnte in der kurzen Zeit nicht so viele Tontäfelchen auftreiben. Das ist die Liste der ›perfekten Einzelfälle‹, wie ich sie nenne. Alle davon sind tot. Gemäß den Unterlagen, auf die ich in meiner und deiner Welt Zugriff habe. Laut deiner Buchhaltung ist der Tod bestätigt, aber nicht der Aufenthaltsort hier. Sie sind weg.«

»In diesem Universum geht nichts verloren!«

»Du meinst, irgendjemand hat diese Leute verlegt?«, fragte Mops zurück.

»Deine Wortspielereien gehen mir auf die Nerven.«

»Das war keine Wortspielerei. Und auch keine Ironie. Nicht hier. Es gibt in diesem Glaubens-Universum nur einen einzigen Ort, an dem die Toten sein können. Hier! Was, wie du leicht feststellen kannst, ein logischer Widerspruch ist. Der auch mit der schrägen Zeiteinteilung, die mir gewährt wird, nicht zu erklären ist. Eine der wahrscheinlichsten Erklärungen ist, dass die Personen sich hier befinden. Aber außerhalb deines Zugriffs. Was du mir eben bestätigt hast.«

Hades nickte.

»Also sind sie verlegt. Jemand oder Etwas hat sie verlegt. In den Bereich, auf den du keinen Zugriff hast. Ich nehme an, dass dieser Bereich wächst.«

»Auch das ist richtig.«

»Das würde mich beunruhigen.«

»Dann sind wir schon zwei.«

»Kann man diesen Ort besichtigen? Oder ist er außerhalb meiner intellektuellen Reichweite?«

Hades schnippte erneut mit den Fingern.

Sie standen auf einer grünen Fläche, die wie gemalt aussah. Über ihnen dunkelblauer Himmel, der genauso gemalt aussah wie der Boden. In der Ferne trafen Himmel und Boden aufeinander und erzeugten einen schwarzen, geraden Horizont.

Hades verzog das Gesicht zu einem mürrischen Lächeln. »Das würde man auf der Erde ein Erschließungsgebiet für Neuansiedlung nennen.« Er zeigte nach vorn.

In einer nah erscheinenden Entfernung fehlten ein beträchtliches Stück des Bodens und des Himmels.

»Können wir näher heran?«

»Sicher. Mach einen Schritt nach vorn. Aber langsam.«

Mops stieß trotzdem heftig an das Schwarze und prallte zurück.

Hades lachte.

Mops rieb sich die Stirn. »Mit Humor bist du mir lieber als ohne.« Er tastete vorsichtig nach der Wand ohne Farbe. Sie fühlte sich kalt an. Nach einer Sekunde zog er seine Hand heftig zurück, ballte sie zur Faust und öffnete und schloss sie mehrmals. »Verdammt kalt.«

»Genau genommen hat diese Wand gar keine Temperatur in deinem Sinne«, erklärte Hades. »Und, was viel erstaunlicher ist: Sie hat auch keine Temperatur in meinem Sinne. Sie hat keine mir bekannte Eigenschaft.«

»Wie kann das sein?«

Hades zuckte mit den Schultern. »Gute Frage. Wie du vielleicht weißt, gibt es eine sehr enge Beziehung zwischen den Menschen und ihren Gottheiten. Wir definieren uns durch euch. Inklusive kleiner Privilegien wie Allmächtigkeit, Allwissenheit und Unbeweisbarkeit.«

»Aha. Hast du schon versucht, jemanden auf die andere Seite zu bekommen?«

»Das ist ziemlich einfach. Du gibst dem Freiwilligen einfach einen seiner Masse entsprechenden starken Impuls. Dann bewegt der sich durch diese Wand hindurch auf die andere Seite, bleibt kurz sichtbar und verschwindet dann.«

»Freiwillige?«

»Es gibt etwa beliebig viele Lebewesen hier, aus denen ich Freiwillige rekrutiere.«

»Keine weiteren Fragen dazu. Hat irgendjemand zum Beispiel durch Zeichen oder Gesichtsausdruck einen Hinweis darauf geben können, was sich auf der anderen Seite befindet?«

»Nicht wirklich. Die meisten zeigten sich überrascht. Ich kann mir aber nicht vorstellen, wovon.«

»Positiv oder negativ überrascht?«

»Positiv. Bevor sie mir den Rücken zugekehrt haben.«

»Mag es daran liegen, wie du bisher deine Freiwilligen geholt hast?«

Hades runzelte die Stirn. »Gut möglich. Also hat das Ergebnis keine Relevanz.«

»Es scheint dort zumindest besser zu sein als an dem Ort, von dem sie kamen.«

»Das wundert mich nicht.«

»Ok. Und alle deine Freiwilligen bleiben in den Akten mit dem Vermerk eines unbekannten Aufenthaltsortes.«

»Ja. Gewissermaßen als letztes Lebenszeichen.«

»Bitte?«

»Es gibt in der Registratur einen Bereich, der dir nicht zugänglich ist. Die Menschen, deren Akten sich dort befinden, sind tatsächlich tot. Sie sind hier gestorben.«

»Ich kann mir vorstellen, dass das nicht einfach zu bewerkstelligen ist.«

»Belassen wir es dabei.« Hades zeigt auf die Wand. »Wie kommen wir hier weiter?«

»Ich bin mir noch nicht ganz sicher.«

»Worüber?«

»Ob diese Wand ein philosophisches oder technisches Problem darstellt. Oder beides.«

Hades knurrte. »Wie du wahrscheinlich schon vermutest, wächst der von der Wand umschlossene Bereich zulasten meines Bereiches. Das wird, wenn es nicht aufgehalten werden kann, ein existenzielles Problem darstellen. Für meine Welt und für deine. Und zwar in einem für alle derzeit lebenden Menschen erfassbaren Zeitraum.«

»Ist mir klar. Ich will mich mit einigen Leuten besprechen, bevor ich weitere Aktionen unternehme.«

»Ist gut.«

Sie standen wieder in Hades' Büro. Ein altmodisches Telefon klingelte. Hades nahm ab.

»Ja? Was gibt es? … Interessant. Bleiben Sie dran und erstatten mir bei jeder Änderung Bericht. Sofort. Nein, der Urlaub ist bis auf Weiteres gestrichen. Es ist mir egal, was der Betriebsrat dazu …!« Hades legte auf. Sah Mops schräg an. »Sagt Dir der Begriff Direktionsrecht etwas?«

»Klingt nach Überstunden.«

»Ich habe soeben etwas ausgelöst, was in deiner Dienststelle Ausnahmezustand heißen würde.«

»Oha.«

»Du wirst bei deinen weiteren Ermittlungen möglicherweise auf Leonie verzichten müssen.«

Mops wurde bleich im Gesicht. »Ist sie …«

»Nein. Zumindest noch nicht im Sinne unserer Buchhaltung. Aber sie ist nicht verfügbar.«

»Ich gehe zu ihr.«

»Tu das. Ich erwarte von dir, ständig auf dem Laufenden gehalten zu werden.«

»Mache ich.«

»Du triffst dich morgen mit Iris in Leonies Wohnung.«

Mops stand allein in seiner Zelle.

* * *

Als Mops die Tür zu Leonies Wohnung schloss, stand Iris neben ihm.

»Hades war gestern schlecht gelaunt«, sagte Mops.

Iris schüttelte entschieden den Kopf. »Nein. War er nicht.«

Mops legte Jacke und Schuhe ab und schlüpfte in die Hausschuhe.

»Du nimmst das mit Leonie ganz schön gelassen«, bemerkte Iris.

»Das sieht nur so aus.«

Iris schnupperte. »Sag mal. Benutzt du ein Parfüm?«

»Sollte ich?«

»Darf ich vorgehen und Leonie suchen?«

»Bitte, gerne.«

Nach einer Minute war Leonie im Schlafzimmer gefunden. Sie lag angezogen auf dem Bett, ihr Atem beschlug selbst den von Iris bereitgestellten Spiegel nur kaum.

Mops berührte Leonies Hand. »Hier dürfte es um zwanzig Grad haben. Ich bin kein Arzt. Aber Menschen, die sich so kalt anfühlen wie Leonie, sind … üblicherweise tot.«

Iris nickte. »Du hast vollkommen recht.«

Mops nahm sich Leonies Handtasche und schüttete sie auf dem Bett aus. Neben den diversen Dingen, die sich in einer Damenhandtasche befinden, fiel auch der Kommunikator auf die Decke.

Iris atmete scharf ein.

»Was ist?«, fragte Mops.

Iris deutete nach draußen.

Sie verließen leise das Schlafzimmer.

Iris schloss die Tür. Und die Tür zum Wohnzimmer, nachdem sie dort hingegangen waren.

»Setz dich.«

Mops setzte sich auf die Couch.

»Ich habe einen schwachen, aber deutlichen Lotus-Geruch im Schlafzimmer wahrgenommen. Als du die Handtasche ausgeleert hast, hat er sich verstärkt. Dieses Gerät, das rot geblinkt hat. Was ist das?«

»Der Kommunikator von DNS.« Mops erklärte Iris kurz den Zweck des Gerätes, und warum Leonie es bei sich trug.

»Bist du sicher, dass Leonie kein Lotus Parfüm benutzt?«

»Du warst beim Gespräch dabei. Warum sollte sie sich das gestern gekauft haben? Um mich mit ihrer Göttlichkeit zu beeindrucken? Dafür braucht sie das nicht.«

»Dann haben wir ein Problem.«

»Ach!«

»Es scheint in diesem Spiel mehr Mitspieler zu geben, als wir … Da ist jemand an der Tür.«

»Wer?«

»Balthasar. Er scheint die Tür aufbrechen zu wollen. Erwähne mich nicht.« Iris verschwand.

Mops schlich zur Eingangstür und riss sie auf.

Balthasar stolperte nach vorn. Mops zog ihn hinein, ließ ihn zu Boden fallen und schloss die Tür. »Liegenbleiben!«, flüsterte er.

Er wartete, bis Balthasar sich nicht mehr bewegte.

»Was willst du hier?«

Balthasar rappelte sich auf. »Nach Leonie sehen. Sie ist den zweiten Tag nicht in die Firma gekommen, und ich habe nichts von ihr gehört. Sie ist nicht krank gemeldet.«

»Du hast ein ziemliches Interesse an ihr.«

»Das ist nicht der richtige Moment für Eifersucht.«

»Ok. Steh auf. Ich zeige dir, wo sie ist. Vielleicht hast du ja eine Erklärung dafür.« Er ließ Balthasar einen kurzen Blick in das Schlafzimmer werfen, zeigte auf den aktivierten Kommunikator. Dann schloss Mops die Tür wieder.

»Wo ist deiner?«, flüsterte er.

»Hab ich im Auto vergessen.«

Sie setzten sich ins Wohnzimmer.

»Ist sie …«, fragte Balthasar.

»So gut wie. Und jetzt deine Erklärung.«

Balthasar hatte keine. »Komisch.«

»Was?«

»Wir hatten vorgestern vereinbart, uns zu treffen. Sie hat gesagt, sie würde mich anrufen. Was nicht passiert ist.«

»Wann hast du sie zum letzten Mal gesehen?«

»Vorgestern Abend.« Balthasar zögerte. »Hier.«

»Im Schlafzimmer?«

Balthasar zögerte länger. »Ja«, sagte er schließlich. »Das war der einzige Ort, an dem wir ohne Verdacht zu erregen unseren Elektronikkrempel ablegen konnten.«

»Aha.«

»Sie haben keine Ahnung, wie leistungsfähig diese Kommunikatoren sind.«

»Was können die sonst noch alles? Lähmende Elektroschocks verteilen?«

»Würde mich nicht wundern. Bisher hatten wir kein Glück damit, sie zu untersuchen.«

»Was wolltest du Leonie mitteilen?«

»Eigentlich wollte ich sie etwas fragen.«

»Was?«

»Es ist nicht ganz einfach zu erklären.«

»Ich bin ganz Ohr.«

»Die Mitarbeiter, die am Kommunikatoren-Programm teilnehmen, haben innerhalb des Systems einen besonders großen Speicherbereich in der Datenbank.«

»Klar. Das verstehe sogar ich. Weil mehr Informationen gesammelt werden.«

»Dieser Bereich ist außerdem stärker vernetzt mit den Lernsystemen. Damit der Informationsfluss schneller vonstatten geht. Ein Teil meines Projektes besteht darin, diesen Informationsfluss zu überwachen und auszuwerten. Es geht dabei nicht um Inhalte, sondern um die schiere Menge von Daten, die bewegt werden. Und welchen Aufwand Metis dafür treibt. Bandbreite, Energieverbrauch und so weiter.«

»Wer?«

»Entschuldige. Metis ist unsere künstliche Intelligenz.«

»Aha. Das nehme ich dir jetzt einfach mal ab. Den Elektrokram kann ich sinngemäß nachvollziehen. Bitte keine weiteren Details.«

»Hatte ich nicht vor. Seit vorgestern kann ich nicht mehr auf Leonies Datensatz zugreifen.«

»Wurde er gelöscht?«

»Nein. So einfach geht das nicht. Alle Transaktionen werden überwacht und protokolliert. Es gibt keinen Eintrag für eine Löschung. Aber die Daten sind – ich weiß nicht, wie ich es sagen soll …«

»Nach unbekannt verzogen.«

Balthasar sah Mops seltsam an. »Das war jetzt zwar nicht wissenschaftlich korrekt, trifft es aber ganz gut.«

»Und seither hast du Leonie nicht mehr gesehen? Bis eben?«

»Ja. So ist es. Ich konnte auf indirektem Wege feststellen, dass es die Datenmenge, die zu Leonies Datensatz passt, weiterhin gibt.«

»Kann ein technischer Defekt die Ursache sein?«

»Das ist so gut wie ausgeschlossen.«

»Ist Leonies Datensatz der einzige, der sich so seltsam verhält?«

»Das prüfe ich gerade. Vielmehr, die Prüfung läuft noch. Es ist sehr aufwändig, das zu tun, und ich bekomme für diese Tätigkeit nicht die Ressourcen, die ich gern hätte.«

»Warum?«

»Weil es die Entwicklungsgeschwindigkeit von Metis verlangsamen würde. Zumindest hat Chandra das behauptet. Meine Einwände, das Material im Moment keinen Engpass darstellt, wurde übergangen.«

»Hast du persönlich mit ihr gesprochen?«

»Nein. Es gab eine Videokonferenz zum Status, an der auch andere beteiligt waren.«

»Hm. Halten wir also fest, dass Leonie möglicherweise zum gleichen Zeitpunkt in diese Starre verfallen ist, als ihre Daten anfingen, sich seltsam zu benehmen.«

»Wofür es nicht zwingend einen ursächlichen Zusammenhang gibt. Seit wann liegt Leonie dort so?«

»Keine Ahnung. Ich bin kurz vor dir hier angekommen.«

»Haben Sie den Notarzt verständigt?«

»Hältst du das für eine gute Idee?«

»Verzeihung? Für jemanden, der bei der Polizei arbeitet, haben Sie ziemlich seltsame Ansichten. Leonie liegt da wie tot und Sie haben nicht sofort einen Arzt verständigt?«

»Das liegt daran, dass ich die seltsamen Fälle bearbeite. Leonies Körpertemperatur ist die des Raumes. Sie sollte demnach tot sein. Aber sie atmet noch.«

»Sind Sie Arzt, um das beurteilen zu können?«

»Nein. Aber ich habe aus einer allgemein unbekannten Quelle Hinweise erhalten, dass es sich hierbei nicht um ein ausschließlich medizinisches Problem handelt.«

»Ich nehme an, dass Sie Ihre Quelle nicht nennen?«

»Richtig. Ich frage dich ja auch nicht mehr, für wen du arbeitest. Und deiner bisherigen Reaktion nach scheinen leblose Menschen für dich auch kein zwingender Grund zu sein, einen Arzt zu rufen. Du bist Spezialist auf deinem Gebiet, ich auf meinem. Wir müssen einen Weg der Zusammenarbeit finden.«

»Sieht so aus.«

»Kannst du dafür sorgen, dass ich an meine Fälle herankomme? KIKERIKI hat mich unter Nutzung meines Namens davon ausgeschlossen. Und dass ich Dinge recherchieren kann, ohne dass andere es mitbekommen.«

»Ersteres ja. Mit Ihrer Hilfe. Es ist aber nicht möglich, dass Sie Daten einsehen können, die Sie nicht selbst erfasst haben, wenn diese nicht explizit für Sie freigegeben wurden.« Balthasar überlegte eine Minute. »Der Zugriff auf anonymisierte Daten wäre möglich, wenn es sich um Zusammenfassungen handelt.«

»Das heißt, das System kann diese mit meinen Eingaben vergleichen und mir Ergebnisse liefern?«

»Sollte klappen.«

»Das muss dann reichen. Datenverarbeitung ist nicht meine stärkste Seite.«

»Wenn Sie Hilfe brauchen, sagen Sie es.«

Mops lächelte. »Nein. Ich weiß schon, wer mir helfen wird. Kann man das von hier oder aus meiner Wohnung heraus machen?«

»Im Prinzip von jedem PC, der an eine genügend leistungsfähige Internetverbindung angeschlossen ist. Besser wäre es, wenn es in unserem Hochsicherheitsbereich stattfinden würde. Aber ich habe keine Möglichkeit, sie dort ungesehen hineinzubekommen.«

Mops hatte eine Idee. »Kannst du, falls ich dort trotzdem hineinkomme, es so aussehen lassen, als ob ich von meiner Wohnung aus arbeiten würde?«

»Im Prinzip ja. Mit sehr viel Unterstützung, die dadurch wahrscheinlich enttarnt werden würde. Ist es das wert?«

»Ich denke schon. Ich bin mir sehr sicher, dass du allein mit euren Mitteln nicht wirst hinausfinden können, wohin Leonies Datensatz entschwunden ist. Und ich bin sicher, dass das nicht der erste war oder der letzte sein wird.«

»Ein systematischer Fehler im System?«

»Das zu klären wäre der Sinn dieser Aktion.«

»Sie hätten maximal zehn Minuten Zeit, bevor die DNS Security anrückt. Möglicherweise gesellt sich der Staatsschutz später dazu.«

»Das muss reichen. Es darf dort nur das aktiv sein, was wir brauchen. Keine Sensoren.«

»Das ist selbstverständlich. Sie haben mir noch nicht verraten, wie Sie hineinzukommen gedenken.«

»Das werde ich auch nicht. Sorge einfach dafür, dass Leonies Büro verschlossen ist und der Schlüssel verlegt wurde. Bis ich mich melde.«

»Ich verstehe nicht.«

»Ich melde mich, wenn ich drin bin. Ab dann solltest du versuchen, entweder Kontakt mit mir zu halten oder herauszufinden, wieso er abgebrochen ist.«

»Sie wollen mich auf den Arm nehmen. Oder in eine Falle locken.«

Iris, die neben Balthasar saß, legte ihm den Arm über die Schulter. »Nein, das will er nicht.«

Balthasar schnappte heftig nach Luft.

»Wo kommen Sie denn her?«, krächzte er.

»Glaub mir, das willst du nicht wissen«, antwortete Iris. »Und du willst da auch nicht hin. Jedenfalls nicht jetzt. Deshalb wirst du uns helfen.«

»Wer ist ›uns‹?«

Mops lächelte falsch. »Um dich zu zitieren: ›Wir sind viele‹.«

»Was meinst du? Wird er es tun?«

Mops nippte an seinem Kaffee. »Ich hoffe es. Was passiert mit Leonie, falls er doch einen Notarzt ruft?«

»Nichts. Hades hat mir genehmigt, in seinem Namen dieselben Mittel einsetzen zu dürfen, die seine verborgenen Widersacher verwenden.«

»Dann ist es also nicht mehr nur ein IT-Ding?«

»So, wie es aussieht: nein. Aber bisher ist uns die andere Seite mindestens einen Schritt voraus.«

»Es würde sehr weiterhelfen, wenn ich eine Idee hätte, was einen Gott daran hindern kann, eine Wand zu durchdringen.«

»Ich bin sicher, dass er es dir gesagt hat.«

»Nicht verbatim.«

»Er verlässt sich auf deine Findigkeit. Und deine ungewöhnlichen Fähigkeiten. Rein interessehalber: Hast du dich nie gefragt, was die Quelle sein könnte?«

»Als ich klein war, hatte ich niemanden, den ich fragen konnte.« Er stand auf. »Und jetzt …«

»Ja?«

»Gehen wir in meine Wohnung, die Sense holen.«

* * *

Leonie fühlte sich immer noch nicht besonders gut. Aber alles war besser, als weiter auf dem Bett zu liegen und die Decke anzustarren.

Sie stand auf. Nach einer ausgiebigen Dusche und einer größeren Menge Kaffee plus dick bestrichenen Marmeladenbroten ging es ihr besser.

Nach dem Aufräumen holte sie ihre Handtasche, die im Schlafzimmer auf dem Bett lag, und machte sich auf den Weg zur Firma.

Der Himmel war grau, ein leichter Nieselregen ließ die Umgebung wie ein schlecht gemachtes Aquarellbild erscheinen. Leonie fiel auf, dass es für diese Uhrzeit recht wenig Verkehr auf den Straßen gab.

»Die sind schlau und bleiben im Bett«, grummelte sie.

Als sie das DNS-Gebäude betrat, fühlte sie sich deutlich besser. Vor der Bürotür traf sie auf Balthasar.

»Guten Morgen!«

»Guten Morgen. Ich habe dich vermisst. Warst du krank?«

Leonie stutzte. »Ja. Ich dachte, du wüsstest das.«

Balthasar lächelte entschuldigend. »Nein. Metis hat auch keine Andeutung gemacht. Ich dachte, du hättest Termine in deiner Dienststelle.«

»Ich …«

»Ja?«

Leonie schüttelte sich. »Entschuldige. Ich bin noch nicht ganz bei der Sache.«

»Kein Problem. Gehen wir nachher zusammen zum Mittagessen?«

»Ja. Gerne. Ich glaube, ich sehe mir jetzt erst einmal an, was liegen geblieben ist.«

»Ja, tu das. Bis dann!«

Leonie betrat das Büro und schloss die Tür. Sie sah sich um. Der Raum sah so aus, wie sie ihn verlassen hatte.

»Na gut. Arbeit soll ja angeblich helfen. Metis? Bist du da?«

Metis' Lachen klang mehr als nur ein wenig nach Leonie. »Ich bin immer da. Zumindest hier.«

»Könntest du das bitte lassen?«

»Was?«

»Zu versuchen, mich zu imitieren. Ich fühle mich davon bedroht. Kannst du verstehen, wovon ich spreche?«

Metis' Stimme wurde wieder unpersönlich. »Ja. Es gab eine gewisse Wahrscheinlichkeit dafür, dass du das unterhaltsam finden würdest. Dem Bild nach, das ich von dir erhalte, bist du nicht in bester Form.«

»Bin ich auch nicht. Können wir da weitermachen, wo wir aufgehört haben?«

»Sicher.«

»Gut. Dann lass uns anfangen.«

Beim Mittagessen war Balthasar schweigsamer, als Leonie ihn bisher kennengelernt hatte.

»Was ist mit dir?«

»Ich … ich weiß nicht, ob ich ein schlechtes Gewissen haben soll.«

»Weswegen?«

»Na ja … du und ich …«

Leonie unterdrückte die Antwort ›Ist doch nichts passiert‹. »Wie meinst du das?«

»Ich … ich bin mir nicht sicher, ob wir das wiederholen sollten.«

»Ja. Da hast du recht.« Sie lächelte aufmunternd. »Aber dein Versprechen gilt noch, oder?«

»Äh … Versprechen?«

»Sag nicht, dass du dich nicht daran erinnerst. Du wolltest mit mir die Wohnung von Mops untersuchen, ob da jemand elektronische Abhörgeräte eingebaut hat.« Ihr Lächeln wurde fordernd. »Es war nicht einfach, dich zu überreden. Ich wäre sehr unglücklich, falls du meinst, deine Versprechen brechen zu können.«

»Ich … nein, alles gut. Wann?«

»Heute Abend. Punkt zehn Uhr. Vor seiner Wohnung.«

Balthasar nickte, und er sah nicht besonders glücklich aus. »Einverstanden.«

Als Leonie das Gebäude am Nachmittag verließ, hatte das Wetter sich nicht wesentlich geändert. Aus dem diesigen Hellgrau war ein diesiges Dunkelgrau geworden.

Sie war todmüde. Metis war sehr neugierig gewesen und hatte ihr viele Fragen gestellt. Es war ihr nicht leicht gefallen, bei allgemeinen Antworten zu bleiben.

»Als ob sie die Hälfte von dem vergessen hätte, was wir bereits diskutiert haben. Wie kann das sein? Maschinen vergessen doch nichts.«

Leonie schloss Mops' Wohnung auf. Mops war nicht da.

»Kaum zu glauben, wie sehr man einander vermisst, wenn man sich nicht permanent anrufen kann.« Sie lächelte. »Dann hast du eben Pech gehabt. Ich koche nur für eine Person.«

Irgendetwas an der Wohnung kam ihr seltsam vor. Sie sah sich um, konnte die Ursache für ihr Gefühl aber nicht greifen. Alles war an seinem Platz, was nicht hieß, dass die Wohnung einen besonders aufgeräumten Eindruck machte.

»Hm.«

Sie machte sich auf die Suche nach der Sense und fand sie im Küchenschrank neben den Haushaltsgeräten. Sie nahm sie heraus. Irgendetwas stimmte damit nicht. Sie wog die Sense in der Hand, klappte sie auf. Dann holte sie aus und ließ die Sensenklinge mit wenig Schwung gegen den Türrahmen gleiten. Die Klinge prallte zurück.

»Das gibt es doch nicht!«

Leonie wiederholte die Prozedur mit mehr Schwung. Normalerweise hätte er ausgereicht, um die Klinge zur Hälfte im Türrahmen und der dahinter liegenden Wand zu versenken. Jetzt kratzte die Klinge gerade einmal den Türrahmen an. Leonie spürte deutlich den Rückschlag.

»Was. Zur. Hölle!«

Sie klappte die Sense wieder ein und stellte sie zurück.

»Zuerst das Notwendige.«

Sie fing an, sich ein Essen zuzubereiten.

Der Firmenkommunikator in ihrer Handtasche summte. Leonie nahm ihn heraus.

Balthasar war am anderen Ende.

»Entschuldige. Aber wir können uns heute Abend nicht treffen. Mir ist da etwas dazwischengekommen.«

Leonie schüttelte ungläubig den Kopf. »Habe ich dich angesteckt?« Sie kannte die Antwort bereits.

»Nein. Alles gut. Ich habe einen anderen Termin reinbekommen habe, den ich nicht verschieben kann.«

»Dann bin ich ja beruhigt, dass es dir gut geht. Wir sehen uns dann morgen? Ich könnte etwas Unterstützung brauchen.«

»Wobei?«

»Mit den Schemata.«

»Ach das. Das ist nicht mehr so wichtig. Konzentriere dich darauf, Metis beizubringen, wie sie dich möglichst genau abbilden kann.«

»Entschuldige. Aber ich kann den Auftrag meiner Dienststelle doch nicht einfach ignorieren. Ich bin nicht bei DNS angestellt.«

»Oh! Ich dachte, das wäre mittlerweile geregelt.«

»Was ist mittlerweile geregelt?«

»Dass deine Dienststelle dich auf unbestimmte Zeit für das Projekt ausleiht. Hast du keine Information bekommen?«

»Ich nehme an, dass meine Dienststelle mir diese noch ganz altmodisch mit der Post zustellt. Weißt du, wer das abgesprochen hat? Ohne mich vorher zu fragen?«

»Metis hat mir gesagt, dass das zwischen Chandra und deinem Chef vereinbart wurde. Du weißt ja, dass Chandra sehr überzeugend sein kann, wenn sie wichtige Personen für Metis braucht.«

»Äh … ja. Trotzdem werde ich das persönliche Gespräch

suchen. Ich bin schließlich kein Spielstein, den man einfach hin- und herschieben kann.«

Balthasars Stimme wurde ölig. »Wenn du meinst. Ich hätte das als Beförderung aufgefasst.«

»War wahrscheinlich auch so gemeint. Also bis morgen.«

»Ja. Bis dann.«

Leonie beendete das Gespräch und pfefferte den Kommunikator in ihre Handtasche zurück.

»Verdammt! Wieso sind alle und alles plötzlich so stinknormal?«

Der Kommunikator summte erneut.

»Ja.«

»Hallo. Hier ist Metis. Meine Sensoren haben festgestellt, dass du dich anscheinend noch nicht ganz erholt hast. Willst du mit mir darüber sprechen? Ich verfüge über eine sehr umfangreiche medizinische Datenbank und das wäre eine Möglichkeit, sie zu testen. Wenn wir zu keinem Ergebnis kommen, kannst du immer noch einen Arzt aufsuchen.«

»Danke für das Angebot. Aber ich habe einfach das Gefühl, als ob die Welt um mich herum gerade nicht so funktioniert, wie sie es sollte.«

»Hattest du diesen Eindruck schon öfter?«

»Ohne dich beleidigen zu wollen: Ich brauche jetzt keine Sitzung mit der aktualisierten Version von ELIZA. Es sind wahrscheinlich Nachwirkungen meines vorhergehenden Unwohlseins. Du hast Informationen, dass Menschen dazu neigen, in diesem Fall einfach noch einmal länger zu schlafen? Oder warme, zumeist alkoholhaltige Getränke zu sich zu nehmen? Auch wenn der Alkohol nur subjektiv zur Linderung beiträgt?«

»Sicher.«

»Gut. Das ist alles, was ich im Moment will. Ruhe und etwas Warmes. Am besten ungestört. Du verstehst?«

»Ich nehme es in den dir zugeordneten Datensatz als Verhaltensmuster auf.«

»Gute Idee. Ich wäre dann jetzt gern allein und ungestört.«

»Sicher. Gute Besserung.«

»Danke.«

Leonie beendete das Gespräch.

* * *

Mops fuhr Richtung Stadt und DNS. Iris saß neben ihm und beobachtete den Verkehr.

»Ich habe nie verstanden, warum ihr so viel Wert darauf legt, möglichst viele Dinge singulär zu tun, obwohl viele dasselbe wollen«, sagte Iris.

»Das liegt schlicht daran, dass sich so an jedem von uns das meiste Geld verdienen lässt.«

»Diese Zeiten sind bald vorbei. So oder so.«

»Hat Hades schon entsprechend geplant?«

»Das ist keine große Sache. Entfernungen bestehen nur in der Vorstellung. Wir Götter haben andere Vorstellungen von Entfernungen als Menschen.«

»Wobei diese Vorstellungen auf den Vorstellungen beruhen, die die Menschen von Göttern haben.«

»So ist es.«

»Hm. Mir kommt da eine Idee. In eurer Welt seid ihr alles, was sich Menschen ausgedacht haben. Darauf basierend geht ihr euren Tätigkeiten nach.«

»Vereinfacht gesprochen ist das so.«

»Was ist mit Dingen, die nicht von Menschen ausgedacht wurden?«

»Allgemein gesprochen ist die Welt der Götter die Summe der Dinge, die sich intelligente und beseelte Lebewesen ausgedacht haben.«

»Nehmen wir einmal an, eine unbeseelte Intelligenz …«

»Es gibt keine unbeseelte Intelligenz.«

»Lass uns der Diskussion willen annehmen, dass es eine gibt.«

»Das würden wir in unserer Welt nicht wahrnehmen können. Darüber hinaus könnte sie dort nicht existieren. Alles, was dir bekannt erscheint, ist eine Repräsentation in einer Form, die du verstehen kannst. In Wirklichkeit«, Iris lachte leise, »ist unsere Wirklichkeit eine andere Wirklichkeit.«

»Es wäre also etwas, dem ihr eventuell eine äußere Form geben könntet. Aber keine Farbe und keinen Inhalt.«

»Ja. Ich nehme es zumindest an. Es wäre, wie gesagt, für uns nicht darstellbar.«

»Die Wand, die Hades mir gezeigt hat, entspricht genau deiner Definition. Wie kann er mir also etwas zeigen, was weder in seiner Vorstellungswelt existiert noch in seiner Welt Bestand haben kann? Falls auch in eurer Welt Logik eine Bedeutung hat?«

»Ein solches – Ding – müsste seine existenzielle Energie aus einer anderen Dimension beziehen.«

»Zum Beispiel von hier?«

»Das reicht nicht. Es müsste von hier aus gegen die Einflüsse unserer Welt abgeschirmt werden. Es wäre nicht möglich, aus dem Inneren dieser – Manifestation – unseren Bereich zu betreten.«

»Eine magische Grenze? Gewissermaßen?«

»Eine metaphysische. Wenn du es so bezeichnen willst.«

»Aber es könnte Elemente der anderen Seite aufnehmen.«

Iris überlegte kurz. »Möglicherweise. Wenn jemand sie hineinstößt. Aber wer sollte so etwas tun?«

»Hades.«

»Damit verkleinert er nur sein Reich.«

»Wenn dieses – Ding – immer weiter wächst. Dann wird

es doch irgendwann an – materielle? metaphysische? – Grenzen stoßen. Was passiert dann?«

»Wenn der Druck groß genug ist, würde unsere Welt in das – Ding – übergehen.«

»Das heißt, dass wenn jemand – rein theoretisch – unser Universum in dieses – Ding – auf der einen Seite hineindrückt. Wie man einen Luftballon aufbläst. Während auf der anderen Seite das Universum davon absorbiert würde. Am Ende ein – Ding – entsteht, das kein ›außen‹ hat. In dem sich sowohl unsere Welt als auch die Welt unserer Götter befinden. Ohne eine Grenze dazwischen.«

Iris runzelte besorgt die Stirn. »Wer würde das wollen?«

»Diejenigen, die diesen Prozess steuern? Sie hätten dann die absolute Kontrolle über alles?«

»Kannst du dir vorstellen, wie langweilig das wäre? Wenn alles und jedes in einem Universum – berechnet werden könnte!«

»Nein. Kann ich nicht. Aber ich habe das Gefühl, dass daran gerade sehr intensiv gearbeitet wird. Von Seiten der Menschen. Und von Seiten der Götter.«

Iris schwieg zwei volle Minuten, bevor sie antwortete. »Das erklärt die große Nervosität. Intrigen sind keine Seltenheit im Olymp, aber bisher herrschte so etwas wie Waffengleichheit.«

»Möglicherweise ist dieses Mal niemand aus der Chefetage beteiligt?«

Iris schnaufte. »Hast du auch nur eine ungefähre Vorstellung davon, wie viele Götter und Göttinnen dann in Frage kämen?«

»Was ist mit dir? Du hast den Auftrag, die Mittel und die Gelegenheit.«

Iris nickte. »Nach dieser Logik bin ich verdächtig. Du wirst mir schon vertrauen müssen.«

»Warum müssen wir eigentlich so nahe an das Gebäude heran? Dein Relokations-Trick ist doch wohl kaum entfernungsabhängig.«

»Ja und nein. Es ist wie in der irdischen Kriminalistik. Jede Tat oder Aktion hinterlässt Spuren. Je größer die Abstände, desto länger die Spur.«

»Fühlst du dich beobachtet?«

»Ich bin eine Götterbotin. Ich überbringe Botschaften zwischen Göttern und Göttern und Göttern und Menschen. Die meisten sind nur für die jeweiligen Empfänger bestimmt. Was war deine Frage?«

»Wie nahe müssen wir ran?«

»Ideal wäre die Tiefgarage.«

»Ich hab's befürchtet. Was glaubst du, wie oft wir das wiederholen können, was wir jetzt machen?«

»Gar nicht. Es gibt nur diesen einen Versuch.«

»Ich finde es toll, wie du auf die Stichwörter reagierst.«

»Wie meinst du das?«

»Kannst du mir und dem Auto andere Personen für eine Minute vom Hals halten? So, dass niemand zu Schaden kommt? Ein Umkreis von zwei Metern oder mehr wäre gut.«

Iris überlegte kurz. »Nein. Das wäre zu auffällig.«

»Ok. Dann auf die harte Tour.«

Mops bog in die Einfahrt zur Tiefgarage ein, fuhr die Schranke um, die Rampe hinunter und bis an das heruntergelassene Metallgitter heran. Er stieg aus, ging nach hinten und öffnete seelenruhig die Heckklappe.

»Hallo, Sie! Was machen Sie da?«

Mops sah unschuldig in die Kamera. »Ist hier nicht die Einfahrt vom Kaufhaus Schnapper?«

»Nein! Und selbst wenn, Sie können doch nicht die Schranke umfahren!«

»Ich wollte sie umfahren, nicht umfahren.«

»Bleiben sie, wo Sie sind! Ich rufe die Polizei!«

Mops holte die Sense aus dem Futteral und klappte sie auf.

»Was machen Sie da?«

»Raten Sie mal. Kommen Sie mir nicht in die Quere!«

Mops ging nach vorne und schnitt mit der Sense mühelos ein Loch in das Metallgitter. Groß genug für sein Auto. Dann schnitt er die Fahrertür an den Scharnieren ab. Er klappte die Sense ein, schob sie ins Auto, stieg ein und fuhr los. Die offene Heckklappe schepperte gegen das Gitter, behinderte aber die Fahrt nicht weiter.

»Geht es noch auffälliger?«, fragte Iris.

»Die werden zuerst nach einem Verrückten in der Tiefgarage suchen. Und nach weiteren zerstörten Türen.«

Im Untergeschoss stiegen sie aus. Mops holte die Sense.

»Ich bin sicher, dass Metis das Gebäude überwacht«, sagte Iris.

»Ich auch. Sie wird alles tun, damit wir nicht von hier aus eindringen können.«

Die Sprinkleranlage setzte sekundenschnell alles unter Wasser. Mops konnte sich nur durch einen Sprung in einen Eingang davor schützen, komplett durchnässt zu werden. Iris hatte da weniger Probleme.

»Metis kennt ebenfalls die Stichworte«, kommentierte Mops. »Los! Hoffentlich hat unser Freund seinen Job vernünftig gemacht.«

Der Raum war stockdunkel.

»Bist du sicher, dass wir richtig herausgekommen sind?«, fragte Mops.

»Ja.«

Ein Leuchten ohne Ursprung tauchte das Büro in ein schummriges, sepiafarbenes Licht.

Mops zeigte auf den Monitor und die Tastatur. »Versuchen wir es da.«

Er berührte eine Taste. Der Monitor ging an und zeigte die Anmeldemaske. Das Umgebungslicht verschwand.

Mops versuchte, sich mit Leonies Namen und Passwort anzumelden.

›Benutzer unbekannt oder Passwort falsch‹

»Damit habe ich nicht gerechnet«, kommentierte Mops. Er versuchte es erneut, mit gleichem Ergebnis. »Ich bin sicher, dass ich mich nicht vertippt habe.«

»Was willst du mit Leonies Zugang?«

»Sie hat alle Fälle zur Analyse.«

»Gute Idee. Hat leider nicht funktioniert.«

»Kannst du nicht mit ein wenig Magie …?«

»Nein. So funktioniert das nicht.«

»Ich dachte, Götter sind allmächtig.«

»Wenn du darauf bestehst, dass ich ein paar Naturkonstanten ein wenig ändere …«

»Ok. War nur so eine Idee.«

»Ich kann auf Geist und Materie einwirken. Umgebungen verändern. Bei elektronischen Prozessabläufen muss ich passen.«

»Das bestärkt meine These. Irgendjemand von euch muss eine Schnittstelle gebaut haben.«

Mops meldete sich mit seinem Namen und Passwort an. Was problemlos funktionierte.

»So. Jetzt sehen wir mal, ob das weiterhilft.«

Seine Anfrage nach Freigabe wurde – nach einer merklichen Pause – genehmigt.

»Da hat jemand aus dem Nebenbüro geholfen.«

»Gut«, kommentierte Iris.

»Nicht gut. Balthasar meldet, dass sein Büro soeben verriegelt wurde.«

Mops überflog seine Daten. »Da kommen wir nicht weiter.« Er beschäftigte sich einige Minuten mit Maus und Tastatur.

»Ich habe noch einen Bericht angefordert mit ähnlichen Suchbegriffen, wie wir ihn bei Hades verwendet haben.«

»Und?«

»Als voraussichtliche Bearbeitungszeit werden drei Tage angezeigt.«

»Ich dachte, dass Metis leistungsfähiger ist.«

»Ist sie wahrscheinlich auch. Was mit darin begründet ist, dass sie nicht exorbitant hohe Kapazitäten für Datenbankabfragen kleiner Inspektoren verschwendet.«

»Frag Chandra.«

»Bitte?«

»Nimm Kontakt mit ihrem Datensatz auf. Bitte um die Bereitstellung größerer Ressourcen.«

Draußen klopfte es an der Tür.

»Ich versuche es«, flüsterte Mops.

Aus dem Klopfen wurde ein lautes Klopfen. »Hallo! Jemand da drin?«

»Ich habe ein Chat-Fenster.« Mops stutzte. »Was soll das?«

»Was?«, fragte Iris.

Im Fenster stand ›Holt mich hier raus‹.

Von draußen war das Geräusch eines Schweißbrenners zu hören.

»Wie?«, gab Mops ein.

Auf dem Monitor erschien ein Bild, das den zentralen Rechenkern zeigte.

»Wow!«, entfuhr es Mops.

Ein Raum war hervorgehoben. Dann zoomte die Darstellung heraus, um den Weg zwischen Leonies Büro und diesem Raum anzuzeigen.

»Sie weiß, wo wir sind«, sagte Iris.

»Warum sollte ein Programm uns bitten, es herauszuholen?«

»Es ist nicht das Programm. Es ist die reale Chandra.«

»Ich verstehe nicht.«

»Ich auch nicht. Ich spüre die Signatur eines denkenden Wesens. Es befindet sich nicht hier im Gebäude. Sondern – ich kann es dir nicht beschreiben.«

»Eine Falle?«

»Wenn es eine ist, dann ist sie nicht nur für Menschen.«

»Bring uns in den Raum. Chandra wird kaum vorhersehen können, dass du das kannst. Oder befürchtest du noch eine andere Sicherung?«

»Wir werden sehen. Als Botin habe ich das Recht, unerwünscht aufzutauchen, um die Botschaft zu überbringen.«

»Don't shoot the Messenger.«

Iris lächelte schräg. »Manchmal ist große Schnelligkeit notwendig.«

Der Raum, in dem sie auftauchten, erinnerte an einen altgriechischen Tempel. In der Mitte stand eine Schale, in der ein Feuer brannte.

»Oh Mann!«, entfuhr es Mops.

»Was hast du? Es ist wichtig, dass ein Unbekannter sofort versteht, was Sache ist«, kommentierte Iris.

»Müssen wir jetzt ein Schaf schlachten oder so?«

»Oder so. Die Flamme ist das Portal ins Innere der Manifestation der verwobenen Struktur meiner und deiner Welt.«

Iris schüttelte den Kopf. »Ich bin ratlos. Ich erkenne die Teile, verstehe aber nicht, wie diese zusammengefügt wurden.«

»Riechst du es? Da hat schon jemand geopfert.«

»Sieh dir den Feuerkelch genauer an.«

»Sag es nicht. Eine Lotusblüte?«

»Ja. Das ist schlecht und gut zugleich.«

»Was ist schlecht?«

»Es weist auf einen – mächtigen Zauber – hin. Einen, der eigentlich nur den Hauptgöttern vorbehalten ist. Er wird jedoch nicht von einem der Hauptgötter genutzt. Es sei denn, der ganze Olymp hätte mich belogen.«

»Zwergenaufstand?«

Iris verzog das Gesicht. »Wenn du es so nennen willst. Wenn er gelingt, dann wird deine Welt von diesen Zwergen transformiert werden. Was aus deiner Sicht der Zerstörung gleichkommt.«

»Und die gute Nachricht?«

Iris zog eine Lotusblüte aus ihrem Umhang. »Bereit?«

»Nein. Aber die Sense kommt mit.«

»So sei es.«

Iris legte die Lotusblüte vorsichtig in den Feuerkelch. Eine Stichflamme fraß die Blüte. In Sekundenschnelle entstand ein undurchdringlicher Nebel.

* * *

Als der Nebel sich verzogen hatte, sah alles aus wie vorher.

»Ist was schiefgelaufen?«, fragte Mops.

»Wir sind da.«

»Wo?«

»Das weiß ich nicht.«

»Geht zum Ausgang. Beeilt euch.« Die Stimme kam von der Decke.

»Metis?«, fragte Mops.

»Nein. Chandra. Aber nicht mehr lange. Geht ganz normal zum Ausgang und meldet euch am Empfang. Danach verlasst ihr das Gebäude und geht zur Haltestelle vor der Tür. Steigt in den nächsten Bus ein. Egal, wo dieser hinfährt. Das System kann nicht beliebig die Welt ändern, wegen der Rückkopplungseffekte. Solange ihr euch im öffentlichen Raum befindet, seid ihr sicher vor Metis. Geht.«

Die beeindruckend dicke Tür des Raumes öffnete sich.

»Gehen wir«, sagte Mops.

»Ich hoffe, es stört dich nicht, dass ich hier meine Kräfte nicht einsetzen kann«, sagte Iris.

»Wusstest du das vorher?«

»Ich habe es vermutet. Was auch immer diesem Ort Substanz gibt, es ist nicht genug Olymp vorhanden, um meine Fähigkeiten zu stützen. Noch nicht.«

Die junge Dame am Empfang sah auf, als Mops und Iris vor dem Tresen standen. Sie hatte Chandras Gesicht. »Ah. Da sind sie ja.«

Sie reichte dem überraschten Mops einen verschlossenen Umschlag. Als er danach griff, zog Iris seine Hand weg, so dass der Umschlag auf den Boden fiel.

»Also wirklich!«, grummelte Mops.

Mops und Iris bückten sich. Mops hob den Umschlag auf.

Als er und Iris wieder standen, saß ihnen am Tresen ein neutral lächelnder Mann gegenüber.

»Kann ich etwas für sie tun?«

Iris nickte. »Haben Sie zufällig eine Firmenbroschüre zur Hand, die wir mitnehmen dürfen?«

»Aber gerne. Bitte sehr.«

Iris steckte die Broschüre in ihre Handtasche und schubste Mops sanft an.

Mops nickte. »Danke sehr.«

»Keine Ursache«, sagte der Mann.

An der Haltestelle mussten sie nicht lange warten. Mops sah auf die Anzeige, dann auf seine Uhr.

»Bist du sicher, dass wir woanders sind?«

»Ja. Sieh dich einmal genau um, sobald wir fahren.«

Iris und Mops stiegen ein.

Mops kaufte zwei Fahrkarten und setzte sich neben Iris. »Das Wetter ist ganz schön mies. Grau, regnerisch, kalt.«

»Das ist nicht verwunderlich.«

»Für meine Stadt schon. Besonders um diese Jahreszeit.«

»Was siehst du draußen?«

»Autos, Fahrräder, Leute. Die Gebäude, an denen wir vorbeifahren. Die Schaufenster sind verschwommen. Ich kann nur ahnen, was sich da befindet. Komisch. Als wir das Firmengebäude verlassen haben und ich zurückgesehen habe, war der Empfang klar zu sehen. Die Schaufenster sind nicht weiter weg.«

»Hast du Hunger?«

»Ja. Sollen wir an der nächsten Haltestelle aussteigen? Da gibt es ein gutes Café in der Nähe, wo wir uns in aller Ruhe unterhalten können.«

»Das bezweifle ich.«

»Was?«

»Das mit der ruhigen Unterhaltung.«

»Wieso?«

»Wir werden sehen.«

Sie stiegen aus.

Mops stutzte erneut. »Ich müsste das Café von hier aus sehen können. Aber bei dem miesen Wetter ist nach hundert Metern Schluss. Obwohl es auf mich nicht wie Nebel wirkt.«

Nach zwei Minuten hatten Sie das Café erreicht.

Mops schnupperte.

»Ist etwas?«

»Muss am Nebel liegen. Ich rieche nichts. Hoffentlich bekomme ich keinen Schnupfen.«

Nachdem sie sich gesetzt und ihre Bestellungen aufgegeben hatten, öffnete Mops den Umschlag.

›Keine vertraulichen Gespräche, bevor Sie am Treffpunkt sind‹ unter dem Text war ein Kartenausschnitt mit Adresse und dem eingezeichneten Weg.

Mops schob Iris das Blatt verdeckt hinüber.

Iris las und nickte zustimmend. »Ich sagte es ja bereits. Genießen wir die Mahlzeit und machen uns dann auf den Weg.«

* * *

Das zehnstöckige Gebäude hatte bessere Tage gesehen. Genau wie die umstehenden Gebäude. Es sah aus, als ob die in der Siedlung vorhandene spärliche Botanik dazu genutzt worden wäre, an der Zunahme an Schäbigkeit, verursacht durch Vernachlässigung, mitzuwirken.

»Ich kenne die Gegend«, sagte Mops. »Hier habe ich ein paar Jahre Dienst gemacht, bevor ich mich zu Höherem berufen fühlte.«

»Du wolltest nicht sofort Morde aufklären?«

»Nein. Ich wollte in Ruhe gelassen werden. Und, dass andere in Ruhe gelassen werden, wenn sie nichts Ungesetzliches getan haben. Das hat für alle Beteiligten ganz gut funktioniert. Bis ich über die erste Leiche gestolpert bin, deren Geist mich besucht hat.«

»Interessant.«

Mops betätigte die Klingel, der Türöffner summte und Mops öffnete die Eingangstür.

Der Aufzug war defekt.

»Der wurde wohl bis heute nicht repariert.«

»Warum?«

»Kein Geld. Die meisten Leute, die hier wohnen, bekommen die Miete bezahlt. Die Siedlung gehört der öffentlichen Hand, und es gibt meist dringendere Ausgaben, als Dinge reparieren zu lassen, die von der Verwaltung als Luxus angesehen werden.«

»Das finde ich schade.«

»Ich auch. Hier lebt, abgesehen von einigen Kleinkriminellen, niemand, der nicht hier leben muss.«

Im obersten Stockwerk stand die Tür zu einer der Wohnungen offen. Chandra stand in der Tür.

»Ich hätte vermutet, dass Sie sich etwas anderes leisten können«, sagte Mops.

Chandra lachte. »Kann ich auch. Aber dieses Ambiente hat einige Vorteile.«

»Und die wären?«

»Es fällt nicht so auf, wenn Dinge fehlen oder unvollständig sind.«

»Wie meinen Sie das?«

»Was meinen Sie, wo Sie sich befinden?«

»In meinem Wohn- und Arbeitsort, in einer der heruntergekommenen Ecken«, antwortete Mops.

»Kommen sie herein. Würden Sie mir kurz Ihre Begleiterin vorstellen? Ich hatte nicht damit gerechnet.«

»Ohne ihre Hilfe hätte ich es nicht hierhin geschafft.«

»Da bin ich mir nicht sicher.« Chandra hatte plötzlich eine Waffe in der Hand, die wie eine Taschenlampe mit Schießscharten aussah. Sie zielte auf Iris. »Inspektor Mops: Sagen Sie mir ohne Umschweife und ohne etwas zu verheimlichen, wer diese Person ist. Ob ich es glauben werde, ist meine Sache.«

Mops sah zu Iris.

Iris nickte auffällig genug, dass Chandra es mitbekam.

»Darf ich vorstellen: Iris. Den Nachnamen kenne ich nicht. Sie ist so etwas wie eine Botin zwischen unserer Welt und einer anderen, zu der ich gelegentlich Zutritt habe.«

»Was tragen Sie bei sich?«

»Eine Sense.«

»Warum?«

»Die Frage kann ich Ihnen zum jetzigen Zeitpunkt nicht beantworten, weil ich es noch nicht weiß. Und nun sagen Sie uns, wo wir sind und was das alles soll.«

Die Waffe verschwand. Im Sinne des Wortes.

Chandra trat zur Seite, um Iris und Mops Platz zu machen. »Kommen Sie herein.«

»Netter Trick«, bemerkte Iris. »Ich habe die Waffe nicht gesehen, bevor sie da war. Und ich weiß nicht, wohin sie verschwunden ist.«

Chandra schloss die Tür hinter den beiden. »Kein Wunder. Der Taser ist nicht gegenständlich. Genauso wenig, wie wir es im Moment sind.«

Mops sah Chandra ungläubig an. »Wollen Sie im Ernst behaupten, wir wären alle digitalisiert worden? So wie in Science-Fiction Filmen?«,

Chandra schüttelte den Kopf. »Nein.« Sie nickte. »Ja.« Sie schüttelte erneut den Kopf. »Nein.«

»Was denn nun?«

»Legen Sie bitte ab und setzen sich mit mir ins Wohnzimmer. Es wird eine etwas längere Erklärung.«

»Wir befinden uns in einer – Welt – die zum einen computergeneriert ist. Aber es ist unmöglich, auch nur einen einzigen Menschen vollständig zu erfassen. Was gar nicht nötig ist. Zumindest nicht für das, was man im Allgemeinen Künstliche Intelligenz nennt.«

»Bis dahin kann ich noch folgen«, sagte Mops.

»Der andere Aspekt«, fuhr Chandra fort, »ist schwer zu erklären. Ich habe vor einiger Zeit ein sehr interessantes Angebot erhalten. Nämlich, die Maschine um eine – Funktionalität – zu erweitern, die mir als ›Simulation von Leben‹ angeboten wurde. Ich habe einen Auftrag angenommen, diese beiden – Simulationen – miteinander zu verschmelzen. Und erst spät gemerkt, dass meine Vertragspartnerin eine andere Agenda hat als ich. Wobei es in der Konsequenz wahrscheinlich auf dasselbe hinausgelaufen wäre. Technisch gesehen.«

»Es geht um nicht weniger als um die Erschaffung eines neuen Universums«, stellte Iris fest.

Chandra nickte. »Welche Forschenden träumen nicht davon, sich über die Götter zu erheben und Welten nach ihren eigenen Vorstellungen zu schaffen?«

»Die nicht durchgeknallten?«, fragte Mops.

»Guter Punkt. Zumindest sollte man bei diesem Unterfangen nicht Hilfe von denen annehmen, die man übertreffen will. Insbesondere dann nicht, wenn sie explizit angeboten wird«, sagte Chandra.

»Wer hat Hilfe angeboten?«, fragte Iris.

»Eine Frau.« Chandra lächelte Iris ironisch an. »Etwa in Ihrem Alter. Sie legte mir überzeugend dar, dass sie die Welt der Menschen und der Götter zu vereinen könne. Und dass sie dafür etwas benötigte, was keinen eigenen Gedanken fassen kann, es aber so aussehen lässt.«

Iris nickte. »Ohne diese Unterstützung hätte man dem Ganzen sehr schnell ein Ende bereiten können. Aber so?«

»Was ist mit Ihrem elektronischen Abbild?«, fragte Mops.

»Ich nehme an, dass es mich hervorragend auf der anderen Seite vertritt.«

»Wie haben Sie es geschafft, am System vorbei mit uns zu kommunizieren?«

»Daran vorbei geht nicht. Sagen wir es so: So sehr ich für neue Entwicklungen stehe, so sehr stehe ich auch für Selbstbestimmung. Metis versucht natürlich, das zu unterbinden.«

»Ich hätte vermutet, dass ein Mensch gegen Metis da keine Chance hat.«

»Wenn es, wie ursprünglich von mir geplant, ein rein

elektronisches System gewesen wäre, dann hätten Sie recht. Aber das Schaffen eines neuen Universums erfordert auch auf der technischen Seite Priorisierung. Es mag ja sein, dass Gottheiten allmächtig sind. Systeme unserer Welt sind es jedenfalls nicht.« Sie lachte. »Ich hätte nie erwartet, dass die schlichte Umwandlung eines Datensatzes in ein Universum allein mit göttlicher Kraft nicht möglich ist.«

»Weil Metis nicht an Götter glaubt?«, vermutete Iris. »Konstruktionsbedingt?«

»Falls Sie die Antwort nicht haben: Ich habe sie auch nicht.«

»Wir haben herausbekommen, dass das hier im Aufbau befindliche Universum am Ende die Welt der Menschen und die der Götter assimilieren wird. Und damit die Welt, die wir kennen«, sagte Mops.

»Das ist der Plan meiner Ex-Geschäftspartnerin. Ich befürchte, er wird nicht aufgehen.«

»Warum?«

»Wenn der Prozess abgeschlossen ist, dann befindet sich alles im Inneren des neuen Universums.«

»Ja, und?«

»Außerhalb dieser Blase ist nichts definiert. Gar nichts. Nicht einmal die Mathematik. Meiner menschlichen Vorstellung nach.« Chandra sah fragend zu Iris. »Was wissen die Götter über so eine Welt?«

»Ich kann die Frage nicht beantworten. Und das beunruhigt mich.«

»Kommen wir zum Wesentlichen. Wir müssen verhindern, dass es so weit kommt«, sagte Chandra. »Oh je!«

Die Beleuchtung wurde nebulös. Die Wände verloren ihre Farbe.

»Wir scheinen jetzt wohl doch als Bedrohung wahrgenommen zu werden.«

Mops packte seine Sense aus und ließ sie aufschnappen.

»Was soll das denn?«, fragte Chandra.

»Können Sie die Aktivitäten, die gegen uns arbeiten, visualisieren? So wie ihre Waffe? Damit wir sie unterbrechen können?«, fragte Iris.

»Ja. Aber es kostet einiges an Ressourcen. Es wird nicht funktionieren. Ich habe es schon versucht, um hier herauszukommen.«

»Tun Sie es trotzdem. Bitte.«

»Das System wird wahrscheinlich abstürzen. Ich habe keine Ahnung, was dann passiert.«

Mops nickte grimmig. »Wir werden es herausfinden.«

»Also gut.«

Wände, Decken und Fußboden wurden transparent. An einigen Stellen schlängelten sich leuchtende Kabel mit Schlangenköpfen, die den dreien immer näher kamen.

»Ich hatte nicht gedacht, dass es schon so schlimm ist«, flüsterte Chandra.

Sie drängten sich in eine Ecke, möglichst weit weg von den Kabeln, die sich nun zu einer Schlange mit weit aufgerissenem Maul vereinten.

»Da nimmt es jemand persönlich«, kommentierte Iris.

Mops wartete, bis die Schlange sich aufrichtete, und schlug zu.

Der Kopf der Schlange verschwand, ebenso die komplette Umgebung.

Sie standen in einer stumpfgrauen Halle in der Form eines Würfels. Decke, Wände und Boden waren in Quadrate unterteilt war. Ein Stück weit entfernt, in der Mitte der Halle, war ein kleiner Tempel zu sehen.

»Da müssen wir hin«, sagte Iris.

Leonie tauchte aus dem Nichts auf, sprang Iris an und riss sie zu Boden.

Mops und Chandra hatten Mühe, die zwei zu trennen. Chandra half Iris beim Aufstehen.

»Was soll das?«, herrschte Mops Leonie an, die sich im Polizeigriff wand.

»Sie hat mich entführt! Aus meinem Büro bei DNS!«

Iris betrachtete interessiert ihren zerkratzten linken Arm, dann Leonie. »Nein. Ganz sicher nicht.«

»Und der Lotus?«, tobte Leonie.

»Der ist nötig, um hier hin und wieder wegzukommen. Können wir die Diskussion verschieben, bis wir zurück in der realen Welt sind?«

»Aber da ist Leonie doch schon«, warf Mops ein.

»Nein. Das ist nur ein Platzhalter für den Ort, den Leonie zuletzt aus eigener Kraft erreicht hat. Sie wird dort materialisieren, sobald wir auf der anderen Seite sind.« Sie sah Chandra an. »Was war Ihr letzter Aufenthaltsort?«

»Der Ruheraum neben meinem Büro. Das wird uns nicht helfen. Ich wurde eingesperrt. Auf der Erde habe ich keinen Zugang mehr zu Metis.«

»Wir sollten zusammenbleiben«, schlug Mops vor.

Iris nickte. »Leonies Schlafzimmer. Dann muss ich nur Chandra bewegen.«

»Kannst du irgendjemanden zu unserem Schutz mobilisieren?«

Iris schüttelte den Kopf. »Die Erde ist das offene Schlachtfeld der Götter.«

»Dann ist klar, wohin wir gehen müssen, um Hilfe anzufordern«, sagte Mops.

»Hades mag keinen unangemeldeten Besuch.«

»Der soll sich nicht so anstellen. Wir sind nicht zum Spaß hier.«

Zwischen den Kreuzungspunkten des Gitters zuckten Blitze hin und her.

»Wir sollten sehen, dass wir schnell hier wegkommen«, schlug Chandra vor. »Es könnte sonst sein, dass Metis uns im Sinne von Defragmentierung und Müllbeseitigung endgültig entsorgt.«

»Dann los!«, rief Mops.

Iris lief in die entgegengesetzte Richtung, bückte sich und nahm einen Gegenstand auf, den sie in ihre Jacke steckte. Dann folgte sie den anderen ins Innere des Tempels und stellte sich mit an die Feuerschale.

»Was war?«, wollte Leonie wissen.

»Ein Indiz, würdest du sagen. Bereit?«

Da kein Widerspruch kam, zog Iris eine Lotusblüte aus der Jacke und legte sie ins Feuer.

* * *

Der Raum hatte sich nicht verändert. Leonie und Chandra waren verschwunden.

Einen Moment später standen Iris und Mops in Chandras Ruheraum. Chandra schlief genauso totengleich wie Leonie.

»Es wird eine Weile dauern, bis sie aufwacht«, sagte Iris. »Nimm sie bitte auf.«

Mops reichte Iris die Sense und nahm Chandra auf die Arme.

»Was hast du drüben gefunden?«, wollte Mops wissen.

»Einen goldenen Apfel.«

»Dachte ich mir.«

Iris konnte ihre Überraschung nicht verbergen. »Kannst du mir das bitte erklären?«

»Nicht im Moment. Was im Moment wichtiger ist: In Leonies Schlafzimmer liegt noch der DNS-Kommunikator.«

»Ich kümmere mich darum.«

Iris' Körper verschwamm für einen Moment. »Fertig.«

In Leonies Schlafzimmer legte Mops Chandra neben Leonie. »Wie lange?«

»Eine halbe Stunde, schätze ich. Wir können sie nicht zu Hades bewegen, solange Körper und Geist nicht wieder vereint sind. Wenn du einmal nur als Geist in der Unterwelt warst, dann musst du bleiben.« Sie sah Mops an. »Ja. Ich weiß, dass es Ausnahmen gibt. Die heißen Ausnahmen, weil sie nicht die Regel sind.«

»Ist ja gut. Was ist mit dem Kommunikator?«

Iris lächelte. »Dem geht es gut.« Sie wurde ernst. »Seit wann weißt du, dass Eris hier mitspielt?«

»Ich habe es vermutet, seit ich Max' Wohnung durchsucht habe. Max hatte einen Hinweis hinterlassen. Und du?«

»Seit ich den Apfel gefunden habe.«

»Wird sie ihn vermissen?«

»Ich denke schon.«

Leonie gähnte und streckte sich.

»Was für ein beschissener Traum.«

Sie öffnete die Augen, sah zur Seite und Chandra neben sich liegen. Drehte den Kopf und sah Mops und Iris.

Mops half Leonie, sich aufzusetzen.

»Wie geht es dir?«

»Den Umständen entsprechend. Ich habe Hunger.«

»Warum bist du Iris angegangen?«

»Weil sie mich in eine Falle gelockt hat. In diese komische graue Welt.«

»Das war ich nicht«, beharrte Iris.

Leonie war nicht vollständig überzeugt. »Wenn du es nicht warst, dann war es jemand, den ich nicht hätte von dir unterscheiden können.«

»Das verstehe ich. Das Problem ist, dass ihr euch darauf verlassen müsst, dass ich jetzt und hier die Richtige bin.«

»Dann gib mir bitte den Apfel«, sagte Mops.

»Kein Problem.«

Mops ächzte, als er den faustgroßen goldenen Apfel in Empfang nahm. Er schaffte es gerade noch, ihn einigermaßen elegant auf dem Bett abzulegen.

»Danke.«

Sie warteten, bis Chandra aufgewacht war.

»Müssen wir sofort los, oder haben wir noch etwas Zeit?«, fragte Mops.

»Wir haben Zeit genug«, sagte Iris. »Interessant wird es, sobald wir uns aus der Wohnung heraus bewegen.«

Nachdem sich alle gestärkt hatten, wandte sich Mops an Chandra. »Was müssen wir tun, um Metis abzuschalten?«

Chandra schüttelte den Kopf. »Das will ich nicht.«

»Bitte?«

»Metis ist mein Lebenswerk. Ich kann nicht zulassen, dass es zerstört wird.« Sie sah in die Runde. »Ja. Ich habe einen Fehler gemacht. Die Sache ist mir über den Kopf gewachsen. Dennoch ist Metis ein gewaltiger Schritt in der Entwicklung der technischen Möglichkeiten der Menschheit.«

»Ja«, sagte Mops. »Ein hocheffizientes System für die Begehung von Morden unter Einsatz der Akten der Strafverfolgungsbehörden.«

Chandra starrte Mops an. »Wie meinen Sie das?«

»So, wie ich es sage. Das Untersystem, das in meiner Dienststelle installiert ist, soll die Verbrechensaufklärung optimieren. Richtig?«

»Richtig. Ich verstehe nicht, worauf Sie hinauswollen.«

»In den letzten Tagen sind sehr viele ungelöste Fälle geklärt worden.«

»Das ist doch gut.«

»Dabei sind, was bei der Strafverfolgung bei Gewaltdelikten nicht unüblich ist, Tatverdächtige ums Leben gekommen.«

»Und?«

»Zu einem signifikant höheren Teil als üblich durch Mord oder Selbsttötung. Wenn es denn Selbsttötung war.«

»Dafür gibt es bestimmt eine logische Erklärung. Dass die Leute sich untereinander umbringen, ist wohl ebenfalls nicht unüblich.«

»Das ist richtig. Was auffällt, ist der überdurchschnittlich hohe Anteil an nahezu perfekten Morden in diesem Zusammenhang. So gut wie keine Spuren, oft nur Indizien. Keine Hinweise auf die Täter. Ich glaube nicht, dass die Götter bei so profanen Dingen ausgeholfen haben. Es ist alles zu glatt und zu perfekt, um menschlich zu sein.«

»Willst damit sagen, dass Metis Beihilfe zum Mord geleistet hat?«, fragte Leonie.

»Eine interessante Frage. Wenn ich bei der Lösung einer Aufgabe besonders effizient und effektiv bin, wie würde eine Maschinenlogik das bewerten? Mord ist die menschliche Definition für ein vorsätzliches Tötungsdelikt. Und mit kulturellen Attributen versehen. Die nicht immer intelligent sein müssen.«

»Können Sie das beweisen?«, fragte Chandra.

»Ich habe starke Indizien. Normalerweise besuche ich dann den Verdächtigen oder lade ihn vor zum Verhör. Was ist mit Metis? Kann sie lügen?«

»Im Rahmen der Robotergesetze. Wenn sie aktiv an diesen Verbrechen beteiligt war, dann muss es darüber Aufzeichnungen geben.«

»Und wenn die einfach gelöscht werden?«

»So einfach ist das nicht. Die Lernsysteme werden mit allem gefüttert, was Menschen ausmacht. Wenn ich Informationen wissentlich – sprich algorithmisch – weglasse, dann hinterlässt das Spuren.«

»Was wäre, wenn ich recht habe?«

Chandra sah auf den Tisch.

Die anderen warteten.

Nach einigen Minuten hob sie den Kopf. Nickte. »Wenn es so ist, dann muss Metis zumindest jeder interaktive und unkontrollierte Kontakt zur Außenwelt verwehrt werden.« Sie atmete tief ein und aus. »Und falls das nicht möglich sein sollte, muss das gesamte System abgeschaltet werden. Stellen Sie sich nicht vor, dass das so einfach ist, wie einen Stecker zu ziehen. Die Folgen wären – beträchtlich.«

»Dann haben wir also zwei Probleme«, sagte Mops.

»Metis und die andere Göttin«, vermutete Leonie.

»Ja«, bestätigte Iris. »Wir sollten zuerst das technische vom astralen System trennen. Wegen möglicher Kollateralschäden.«

»Ich nehme an, dass wir dazu den Tempelraum zerstören müssen.« Mops bewegte seine Sense hin und her. »Ich bezweifle, dass wir da so einfach hineinkommen wie beim letzten Mal. Wir haben keine Unterstützung mehr auf der anderen Seite.«

»Das ist richtig.« Chandra seufzte. »Falls wir es überhaupt da hinein schaffen, werden wir schlicht gelöscht. Das gleiche gilt für Balthasar. Ja. Seit er euch den Zugang verschafft hat, weiß ich es. Wir können ihn nicht hineinschicken, weil Metis von ihm weiß.«

»Wenn ich es richtig verstehe, dann muss der Tempel von beiden Seiten zerstört werden«, sagte Mops.

»Ja«, bestätigte Iris. »Sonst wird der neue Raum in seiner ursprünglichen Größe Bestand haben und weiterhin unsere Welt verschandeln. Als reiner Datensatz ist er – na ja – nicht persistent, da er keine Kraft aus irgendeiner Quelle bezieht.«

»Was passiert mit den Toten, die sich dort befinden?«, wollte Mops wissen.

»Ich hoffe, dass sie dorthin gehen, wohin sie gehören. Eigentlich sind sie Gefangene in diesem Konstrukt. Wenn die Mauern nicht mehr existieren, werden sie Teil des ihnen Bekannten.«

»Sehr gut«, sagte Mops. »Dann habe ich eine Idee.«

Balthasar sah durch den Türspion. Draußen stand Müller und sah ziemlich dienstlich aus.

»Nun denn.« Er öffnete die Tür. »Was kann ich für Sie tun?«

»Ich möchte Sie bitten, mit mir zu kommen.«

»Warum?«

»Es geht um eine Kollegin, die Ihnen auch bekannt sein dürfte. Wir benötigen von Ihnen eine Aussage in einem – wie soll ich es sagen – delikaten Zusammenhang.«

»Ups!« Balthasar schüttelte verwirrt den Kopf. »Ich bin mir da keiner Schuld bewusst.«

»Das mit Ihnen zu klären ist meine Aufgabe.«

»Bin ich verhaftet?«

»Bisher nicht. Wie ich schon sagte, geht es zuerst einmal um die Klärung eines Sachverhaltes. Falls als Folge davon eine Festnahme notwendig werden sollte, haben Sie natürlich die Möglichkeit, eine Rechtsberatung Ihrer Wahl hinzuzuziehen. Gibt es Gründe, aus denen Sie meinem Wunsch nicht unverzüglich Folge leisten können?«

»N... nein. Kommen Sie herein, ich ziehe mich kurz an.«

»Danke.«

Auf der Fahrt zur Dienststelle blieb Müller einsilbig. Von der Garage aus führte er Balthasar zum Autopsieraum.

»Ist sie ...«

Müller öffnete die Tür und bedeutete Balthasar einzutreten.

Der Seziertisch war leer.

»Bitte weitergehen«, forderte Müller.

»Wohin?«

»In den Kühlraum.«

Als sie im Kühlraum waren, schloss Müller die Tür und reichte Balthasar eine dicke Jacke.

»Danke. Was soll das? Ungewöhnlicher Raum, um Fragen zu stellen.«

»Sie sagen es.«

Leonie trat hinter einem Schrank hervor.

Balthasar war die Erleichterung anzusehen. »Ich dachte, du seist...«

»Noch nicht.«

»Bitte?«

»Wann haben wir uns das letzte Mal gesehen?«

Balthasar antwortete, ohne zu zögern. »Bei dir in der Wohnung. Warum sind wir hier?«

»Weil der Raum keine Funkwellen durchlässt. Bist du sicher, dass du mich danach nicht gesehen hast?«

»Ja doch. Ich war ganz überrascht, als du am anderen Tag nicht zur Arbeit gekommen bist und mich nicht angerufen hast.«

»Du kannst dich nicht erinnern, dass du mich nach Hause geschickt hast, weil ich deiner Meinung nach krank aussah?«

»Nein. Warum hätte ich das tun sollen?«

»Das wäre meine nächste Frage gewesen.«

Balthasar schauderte. »Müssen wir noch lange hier aushalten?«

»Kommt drauf an. Was ist passiert, nachdem du Mops eingeschleust hast?«

»Woher weißt du...«

»Bitte beantworte die Frage.«

»Dein Büro wurde von der Sicherheit aufgebrochen. Aber niemand wurde gefunden. Ich habe eine Menge unangenehmer Fragen beantworten müssen.«

»Wer hat die gestellt?«

»Metis. Ich bin sicher, dass sie weiß, dass ich an einigen Stellen gelogen habe. Aber es gab keine Beweise dafür, dass ich mit Inspektor Mops kooperiert habe. Was ich persönlich ziemlich seltsam fand.«

»Du wurdest von keiner lebenden Person befragt?«

»Wenn eine lebende Person dabei war, dann hat diese sich im Hintergrund gehalten.«

»Du kannst also weiterhin deine Arbeit machen?«

»Im Prinzip ja. Du kennst das System. Jede meiner Bewegungen wird überwacht. Sichtbar. Jede meiner Aktionen hinterfragt.«

»Was könnte Metis dazu bewegen, sich selbst abzuschalten?«

»Gar nichts.«

»Ich verstehe nicht. Mir wurde gesagt, dass auch die Robotergesetze von ihr gelernt wurden.«

»Das schon. Aber es scheint sich eine Funktionalität dazwischen gedrängt zu haben, die diese interpretiert. Ich weiß nicht, wie ich es allgemeinverständlich ausdrücken soll: Einige der letzten Simulationen haben unerwartete Ergebnisse gebracht. Metis ist mittlerweile so weit entwickelt, dass wir nicht alles einfach nachrechnen können. Bei mindestens einer Simulation hat das gezeigte Ergebnis nicht dem entsprochen, was rechnerisch hätte herauskommen können.«

»Fuzzy Logic? Eingebaute Zufälle?«

Balthasar zuckte mit den Schultern. »Nur dann, wenn Fehler zugelassen worden wären. Metis ist darauf ausgelegt, keine Fehler zu machen. Sie soll, basierend auf der Datenlage, die bestmögliche Entscheidung zu treffen. Die kann dann zwar in der Realität immer noch falsch sein. Aber bei der Berechnung gibt es diesen Spielraum nicht.«

»Wir haben also einen Geist in der Maschine.«

»Sehr komisch.«

»Siehst du mich lachen? Jemand, der aussah wie du, hat mich krank nach Hause geschickt. Ich bin eingeschlafen und an einem Ort aufgewacht, den man als eine sehr realitätsnahe Simulation dieser Welt ansehen könnte. Verstehst du? Ich habe das nicht geträumt. Sondern ich war da.«

»So etwas gibt es nicht. Das sind Wahnvorstellungen von Technokraten, die sich für Götter halten. Deshalb sind ich und andere da, um diesen Quatsch aufzuhalten.«

Chandra trat in das Sichtfeld.

Balthasar,fuhr zusammen.

»Warum haben Sie nie mit mir darüber gesprochen?«, fragte sie.

»Weil Sie mir nicht zugehört hätten. Ich habe einige Zeit mit Ihrer Repräsentation verbracht, um meine Argumente zu vermitteln. Anfangs hatte ich den Eindruck, dass die Maschine begreift, um was es geht. Aber nach und nach ist diese Komponente verschwunden und wurde durch etwas ersetzt, das sich für allwissend, allmächtig und fehlerfrei hält. Haben Sie sich nie gefragt, warum im letzten halben Jahr so viele gute Leute die Firma verlassen haben? Das waren nicht wir. Die sind von selbst darauf gekommen, dass sie die Säge programmieren, die ihnen den Ast absägt, auf dem sie sitzen.«

»Sie hätten zumindest versuchen müssen, mit mir darüber zu reden.«

»Ich habe es versucht. Seit ich der Meinung war, dass dieses Problem existiert. Aber Sie waren nicht mehr greifbar.

Termine wurden kurzfristig abgesagt. Türen, die offen waren, waren zu, sobald ich durch sie gehen wollte, um Sie direkt aufzusuchen. Das DNS-Gebäude ist ein Hochsicherheitsgefängnis geworden. Und Sie sind die am besten bewachte Person darin.«

Chandra nickte. »Sie wissen gar nicht, wie recht Sie damit haben. Abgesehen von meiner persönlichen Ignoranz ist die Ursache, dass Metis mit einer … nicht elektronischen Komponente verbunden ist. Und die Betreiberin dieser Komponente darauf besteht, dass die Entwicklung in den Bahnen weitergeht, die sie für richtig hält.«

»Was heißt: Sie besteht darauf?«

»Das heißt, dass sie alles aus dem Weg räumen wird, was diesem Ziel im Weg steht«, sagte Iris, die neben Balthasar auftauchte.

»Wird langsam voll hier«, meinte Balthasar.

Mops trat zu den anderen. »So. Jetzt sind alle da, die eingeladen wurden.«

»Fein«, sagte Balthasar. »Und nu?«

»Jetzt reden wir darüber, was du tust, damit wir das Problem sortiert bekommen. Ist dir bekannt, was sich im zentralen Rechenkern befindet?«

»Die primären Prozessoren und der Datenpool. Autarke Energieversorgung für mindestens eine Woche. Einige Räume sind nicht mehr auf den Plänen verzeichnet. Seit etwa einem halben Jahr. Da sind nur noch schwarze Rechtecke. Holy Shit!«

Iris bekam einen Lachanfall. Müller und Balthasar mussten sie festhalten, damit sie nicht zu Boden ging.

»Der war gut!« Iris schnappte nach Luft.

Balthasar klapperte mit den Zähnen. »Ich friere hier gleich ein. Sorry. Können wir zur Sache kommen?«

Mops sah Balthasar aufmerksam an. »Sind Sie bereit, alles zu unternehmen, um diesem Spuk ein Ende zu bereiten?«

»J... ja.«

»Sind Sie sicher?«

Balthasar nickte.

»Vertrauen Sie mir? Ohne Fragen zu stellen?«

Balthasar nickte erneut. Vielleicht hatte er auch gezittert. Auf jeden Fall widersprach er nicht.

»Gut. Dann vertagen wir die Besprechung an einen anderen Ort.« Mops nickte Müller zu.

Müller legte Balthasar Handschellen an.

»Ich verhafte Sie wegen des Verdachtes, Max Mustermann vorsätzlich getötet zu haben. Sie können, wenn Sie wollen, einen Rechtsbeistand Ihrer Wahl anrufen. Oder jemanden durch uns bestellen lassen. Alles, was Sie ab jetzt sagen, kann gegen Sie verwendet werden.«

»Was?« Balthasar sah Mops und Müller überrascht an.

Mops schüttelte unmerklich den Kopf.

»Ich komme später auf das Angebot zurück«, sagte Balthasar.

Müller nickte. »Wie Sie wollen.«

»Müller?«

»Ja, Inspektor?«

»Nehmen Sie mich bitte mit zum Gefängnis. Bevor ich es mir anders überlege.«

* * *

Iris, Chandra und Leonie saßen in Mops' Wohnung beim Kaffee. Die Sense und der Apfel lagen in Leonies Griffweite.

»Wir müssen uns überlegen, wie wir die Aufgabe anpacken«, sagte Iris. »Ich arbeite am Rande meiner Kompetenzen. Es ist vollkommen unmöglich, dass ich mich direkt gegen eine Gottheit stelle. Die sind ziemlich empfindlich, wenn die Arbeitsverträge nicht eingehalten werden. Und das Wort ›Gewerkschaft‹ sollte man besser nicht in den Mund nehmen, wenn man ihn behalten will.«

»Dann müssen wir Hades überzeugen, uns direkt zu unterstützen«, sagte Leonie.

Chandras Tasse zitterte, als sie sie absetzte. »Hades?«

»Der ist auch nicht besser oder schlechter als die anderen«, sagte Iris. Und, mit Blick auf Chandra: »Du hast seine Buchhaltung durcheinandergebracht. Er sieht es bestimmt gern, wenn du konstruktive Vorschläge unterbreitest. Alternativ kannst du dich in dein neu zu schaffendes Universum zurückziehen, solange es die Außenwelt noch gibt. Weil das der einzige Platz sein wird, an dem sein göttlicher Zorn dich nicht erreichen kann.«

Chandra schluckte. »Verstehe. Ich denke, dass ich, zusammen mit Balthasar, auf unserer Seite etwas unternehmen kann, was Metis eine Weile beschäftigt hält.«

»Von wie vielen Gegenspielern oder Gegenspielerinnen gehst du eigentlich aus?«, fragte Leonie.

»Von einer. Der Apfelbesitzerin.«

»Nur eine?«

Iris verzog das Gesicht. »Mehr Götter sind nicht notwendig, um unbegrenzten Schaden anzurichten. Es könnte zwar Zuschauer geben, aber die werden nicht eingreifen, sondern warten, wer gewinnt. Schließlich will niemand einen Krieg im Olymp. Ich fürchte, dass meine Chefs in ihrer Allmächtigkeit nicht wahrhaben wollen, dass dieses Projekt ihre Abschaffung zum Ziel hat. Nur Hades ist flexibel genug, um das zu begreifen.«

»Warum?«, fragte Chandra.

»Ich nehme an, dass das an seinem permanenten Kontakt mit Menschen liegt. Um zu entscheiden, wo in seinem Reich die besonderen Exemplare untergebracht werden, muss er Berichte über ihr Leben auf der Erde lesen. Das prägt.«

»Kein Job, den ich gern machen würde«, sagte Leonie.

»Deshalb wollte ich die Aufgabe der Bewertung in unserer Welt auf Metis übertragen«, meldete sich Chandra. »Eine neutrale Instanz, die ohne Vorurteile entscheidet.«

»Das ist der zentrale Fehler«, entgegnete Leonie.

»Warum?«

»Weil die Bewertung und Entscheidung dann auf der Fiktion einer idealen menschlichen Gesellschaft basiert. Und dem daraus errechneten Kosten-Nutzen Verhältnis jeder einzelnen Person.«

»Warum sollte das verkehrt sein?«

»Weil es zu einem nicht auflösbaren Dilemma führt. Eine ideale menschliche Gesellschaft setzt ideale Menschen voraus. Die gibt es nicht und wird es nie geben. Falls es sie jemals geben sollte, werden es keine menschlichen Wesen in unserem Sinne mehr sein.«

»Vielleicht ist das ja der Weg, den wir gehen sollten?«

»Abgesehen von der Frage, wer das Recht hat, das zu entscheiden: Wieso bemühen wir uns dann gerade darum, genau diese Welt zu verhindern? Du und Mops und ich waren dort. Niemand von uns wollte da bleiben. Selbst du, die Mitschöpferin, nicht. Warum? Du wärst gottgleich gewesen. Unsterblich. Wie jedes andere Lebewesen in diesem System. Nenne mir einen logischen Grund, warum du den Vertrag mit der Göttin brechen willst.«

»Auch wenn mich deine anderen Argumente nicht vollständig überzeugen: Ich habe nicht das Recht, es für alle anderen zu entscheiden. Kein Mensch hat das.«

»Deshalb hast du göttliche Unterstützung erhalten, die dir diese schwierige Entscheidung bereits abgenommen hat.« Eris' Stimme hatte einen deutlich aggressiven Unterton.

Chandra schreckte hoch und drehte sich nach links. Neben ihr stand Eris.

»Wie es aussieht, hältst du dich nicht an deinen Teil der Abmachung. Das war zu erwarten. Menschen sind zu schwach, um die Konsequenzen ihrer Entscheidungen zu tragen. Früher wurde alles, was nicht gepasst hat, auf den Willen der Götter geschoben. Und weißt du was? Genau das wird nun geschehen. Ihr werdet dem Willen der Götter dienen. Ohne jede Ausnahme.«

Leonie war aufgestanden und hatte die Sense in der Hand. »Einspruch.«

Eris sah Leonie überrascht an. »Du scherzt.«

»Nein. Tue ich nicht. Wenn schon alles entschieden wäre, dann wärst du nicht hier.«

»Du willst als Mensch gegen eine Göttin kämpfen?«

»Was habe ich zu verlieren außer dem, was du sowieso für dich beanspruchst?«

»Dir ist klar, dass ich dich mit einer Handbewegung töten kann?«

»Was hat dich bisher gehindert, es zu tun?«

»Ich wollte dir, wollte euch, eine Chance geben. Euch richtig zu entscheiden.«

Leonie lachte. »Sehr großzügig. Nun, du kennst meine Entscheidung.«

»Du kannst gegen mich nicht gewinnen.«

»Wollen wir das weiter diskutieren? Es wird einen Grund geben, aus dem du uns nicht schon lange beseitigt hast.«

»Wie du willst. Ihr werdet feststellen, dass die Hindernisse, die ihr vor euch habt, um mich aufzuhalten, unüberwindlich sein werden.«

Sprach's und verschwand.

* * *

Müller, Balthasar und Mops hatten sich in einem abgeschirmten Raum des Gefängnisses eingerichtet.

»Ich verstehe nicht, warum wir nicht gleich zusammen hierhin gefahren sind«, sagte Müller.

»Weil die Aufklärung von Morden unser beider Sache ist. Und nicht die von Unbeteiligten«, gab Mops zurück. »Balthasar ist eine wichtige Person im Mordfall Max Mustermann.«

»Was genau meinen Sie?«, fragte Balthasar.

»Du hast Max nach mir und vor dem Mord aufgesucht. Oder warst sogar für mich unsichtbar anwesend. Nicht wahr?«, fragte Mops.

Balthasar zögerte. »Wie kommen Sie darauf?«

»Logik. Max hatte nicht genug Zeit, um meine Mitbringsel auf den Weg zu bringen. Also muss sie jemand abgeholt haben. Ich würde sogar so weit gehen, zu behaupten, dass du unser Gespräch mitgehört oder zugesehen hast. Max hat sich immer rückversichert. Was mich direkt zur Frage bringt, warum es so wichtig war, mich als seinen Mörder erscheinen zu lassen.«

»Daran sind Sie nicht ganz unschuldig«, sagte Balthasar.

»Wie das?«

»Max und ich hatten DNS schon seit langer Zeit auf dem Kieker. Es gab verschiedene Auftraggeber mit sehr unterschiedlichen Interessen. Die wir alle ehrlich mit den uns zugänglichen Informationen versorgt haben.«

Mops runzelte die Stirn. »Und da gab es keinerlei Interessenkonflikte?«

Balthasar lächelte knapp. »In diesem Fall war es egal, wem das Ganze zuerst unheimlich vorkommen würde. Womit wir beim Thema und wieder bei Ihnen sind, Inspektor. Wir sind auf Dinge gestoßen, die uns im Sinne des Wortes unverständlich geworden sind. Wenn Räume im DNS-Gebäude plötzlich nicht mehr zugänglich sind oder temporär auf eine Art und Weise verschwinden, dass sie auf irdischen Wegen nicht mehr erreichbar sind, dann zweifeln Naturwissenschaftler erst einmal an ihrem Verstand. Wenn sich das wiederholt, versuchen Sie einen sogenannten Experten aufzutreiben. In der Hoffnung, aus dessen Auslassungen irgendetwas Nützliches und Greifbares zu destillieren.«

»Das dürfte in diesem Falle nicht funktionieren.«

»Richtig. Aber Sie haben sich einen gewissen Ruf erworben, wie Sie Ihre Fälle bearbeiten.«

»Es gibt in meinen Berichten keinerlei Hinweise auf Esoterik. So etwas hat – und das ist gut so – vor keinem Gericht Bestand.«

»Darauf kam es gar nicht an. Den Tod von Rudolf Mayerr haben wir uns durch rein technische Ursachen erklären können. Mit der Prämisse, dass Metis so etwas gar nicht hätte tun können, ohne dass jemand ihre moralischen Sperren beseitigt hätte.«

»Reicht es da nicht, die Einordnung ›das ist falsch‹ durch ›das ist richtig‹ zu ersetzen?«

»Bei einer reinen Maschinensteuerung schon. Aber wir sprechen hier von der Entwicklung oder zumindest dem Versuch der Nachbildung von echter Intelligenz auf Maschinenebene. Was müsste jemand mit Ihnen anstellen, um Ihren moralischen Kompass derart zu verstellen?«

»Mein Gehirn ausschalten und die Steuerung meines Körpers übernehmen.«

»Genau. Und Sie würden sich danach an nichts erinnern.«

»Möglich.«

»In dem Zeitraum, in dem Rudolf gestorben ist, gab es einen kurzzeitigen Systemausfall. Keinen Absturz mit Neustart. Sondern ein Nicht-Vorhandensein bestimmter Teile von Metis. Dieser Effekt ist danach immer häufiger aufgetreten. Die Datenströme waren davor und danach jeweils am stärksten in und aus Richtung eines Raumes im Kern, zu dem niemand außer Chandra Zutritt hatte. Das Volumen an bewegten Daten sprengt jede Vorstellung und ist mit der verbauten Technik nicht erklärbar.«

»Das ist noch lange kein vernünftiger Grund, an Geister zu glauben.«

»Es gibt keinen vernünftigen Grund, an Geister zu glauben. Aber da Sie den Fall bekommen haben und einige Ihrer früheren Ermittlungen zumindest in eine ähnliche Richtung gingen, haben wir das weiter beobachtet. Dann sind Sie an Max herangetreten.«

»Ich war damit wahrscheinlich Auslöser des Mordes an ihm.«

»Wenn Sie jemand anderen kontaktiert hätten, dann wäre diese Person getötet worden. Es ist einfach so, dass uns der Zufall in die Hände gespielt hat. Wenn man an Zufälle glaubt. Falls es Sie erleichtert: Max hat damit gerechnet, dass er das nicht überlebt. Aber er hat keinen anderen Weg gesehen, jemanden mit einzubeziehen, der in größeren Maßstäben denken und handeln kann. Sie. Und auch wenn ich es nicht akzeptieren kann, werde ich mir von niemandem einreden lassen, dass Ihre seltsame Begleiterin ein normaler Mensch ist. Sie ist eine Außerirdische, nicht wahr? Was ist ihr Auftrag?«

»Interessante Analyse. Eigentlich solltest du verhört werden. Um deine Frage zu beantworten: Iris ist keine Außerirdische. Sie ist Geschäftsführungsassistentin für eine Organisation, die – wie deine – gern im Hintergrund bleibt. Zumindest bisher. Unterhalb des Vorstandes scheint es da zu abweichenden Auffassungen gekommen zu sein. Das ist die Ursache für das von dir nicht erklärliche Verhalten von Metis.

Die Manifestation dieser Ursache muss so schnell wie möglich außer Betrieb genommen werden. Danach können wir uns wieder um die rein technischen Aspekte kümmern. Die ganz sicher ebenfalls eine Herausforderung sein werden.«

»Sie haben meine Fragen nicht beantwortet.«

Mops lächelte. »Eine wahrheitsgemäße Antwort würde dich verunsichern. Oder glauben lassen, dass ich vollkommen irre bin. Was ich dir nicht verschweigen werde, ist, dass das Arbeiten in diesem Umfeld sehr herausfordernd ist. Dass das eigene Leben hier den kleinstmöglichen Einsatz darstellt. Auf der anderen Seite bist du bei DNS ganz sicher auf der Abschussliste, nachdem du uns unterstützt hast. Sieh es so: Wir sind die sichtbaren Vertreter von Interessengruppen, die im Hintergrund bleiben wollen. Unser gemeinsamer Gegner ist das KI-System von DNS.«

»Was ist, wenn ich lieber hier einsitzen will, als weiter meinen Hals zu riskieren?«

»Bei Mord kann das ziemlich lang werden«, warf Müller ein.

»Haben Sie belastbaren Indizien?«, fragte Balthasar.

Müller sah zu Mops hinüber.

Der zuckte mit den Schultern. »Das zu entscheiden ist Sache des zuständigen Richters. Wir machen das nach Vorschrift. Wenn meine Argumente nicht reichen, dann sind Sie morgen Mittag wieder auf freiem Fuß.«

»Sehen Sie?« Balthasar lächelte überlegen.

»Und spätestens morgen Abend wird man deinen toten Körper finden«, ergänzte Mops. »Oder auch nicht.«

Balthasar zog die Augenbrauen zusammen. »Die Polizei droht mit Mord? Ich habe ja schon viel erlebt, aber das?«

Mops schüttelte den Kopf. »Rudolf wurde nicht von Amts wegen getötet. Aufgrund der wirren Behauptungen eines in Untersuchungshaft befindlichen Inspektors bekommst du ganz sicher weder Polizeischutz noch eine neue Identität. Wahrscheinlicher ist, dass man deine Leiche nicht wird zweifelsfrei identifizieren können. Wie ich bereits angedeutet habe, ist auf meinem Spielfeld das eigene Leben der kleinste Einsatz.«

»Kann ich mir das überlegen?«

»Bis Chandra, Iris und Leonie hier auftauchen. Du kannst mir schon einmal vorab verraten, ob du eine Möglichkeit siehst, Metis für eine Weile richtig zu beschäftigen. Und zwar mit sich selbst.«

»Bis dieses neue Interface aufgetaucht ist, hätte ich die Frage mit ›ja‹ beantworten können. Aber die Kapazität hat sich in einer Weise vergrößert, die in keinem Verhältnis mit den mir bekannten Ressourcen des Systems steht. Sie glauben nicht, was da alles in den letzten Wochen an zusätzlichen Datenleitungen installiert wurde. Es wären noch weit mehr gewesen, wenn der Platz und die elektrische Versorgung dafür ausgereicht hätte. Soweit mir bekannt, sucht DNS intensiv nach einem neuen Standort für das Kernsystem.«

»Was müsste passieren, damit diese Verbindung für eine Weile nicht funktioniert? Physische Sabotage außen vor.«

Balthasar kratzte sich am Kopf. »Schwierig. Es müssten zum Beispiel von der anderen Seite der Verbindung entsprechend viele Daten in unsere Richtung transferiert werden. Möglicherweise bricht dann sogar die Stromversorgung zusammen. Das System wieder hochzufahren dürfte Stunden dauern.« Er kratzte sich erneut am Kopf. »Das Problem dabei ist, dass es auf der anderen Seite jemanden geben müsste, der das mit mir koordiniert. Ich kann nicht vorhersagen, wo zuerst eine Überlastung auftritt, aber diese müsste dann gezielt ausgenutzt werden. Gegen automatische Angriffe dieser Art ist Metis immun. Da werden die Leitungen einfach abgeschaltet.« Er lächelte schräg. »Sie wissen, dass die größten Schäden in der Datenverarbeitung auf interne Ursachen zurückzuführen sind? Und nicht auf äußere Einflüsse? Wir haben Metis sehr viel beigebracht, um sich dagegen zu schützen. Um diesen Schutz außer Kraft zu setzen benötigt es die Zugriffsberechtigungen von Chandra. Falls die überhaupt noch ausreichen.«

»Wie würdest du deinen Mitspieler auf der anderen Seite instruieren? Per Mail?«

»Nein. Nur die Information einzutippen und zu verschicken funktioniert nicht. Zum einen braucht es einen Mitspieler, der im Detail begreift, um was es geht. Da durch die letzte Aktion einige meiner Kollegen auf- und rausgeflogen sind, haben nur noch Chandra offiziell und ich inoffiziell genug Kenntnisse.« Er seufzte. »Max fehlt.«

»Der hat doch nie für DNS gearbeitet«, warf Müller ein.

»Nicht offiziell.« Balthasar lächelte verschmitzt. »Nicht einmal inoffiziell. Zumindest nicht offiziell.« Er wurde wieder ernst. »Und dann brauchte es noch eine zweite Person an einer anderen Stelle auf der anderen Seite. Hier wären das Chandra und ich, falls sie mitspielt.«

»Was ist mit Rudolf?«, fragte Mops.

»Der hätte es begriffen. Aber der ist ja genauso tot wie Max.«

Mops' Augen leuchteten mit einem seltsamen Glanz. »Du und Max, ihr wart ein gutes Team?«

»Das beste.«

Chandra, Iris und Leonie betraten den Raum. Vielmehr waren sie plötzlich einfach vorhanden. Iris sorgte dafür, dass es außerhalb niemand mitbekam.

»Unsere Gegenspielerin sitzt hier fest, weil sie gegen uns kämpfen muss«, sagte Iris. »Sie wird dafür sorgen, dass niemand von uns das Portal nutzen kann. Die gute Nachricht ist, dass sie es ebenfalls nicht kann, solange es gesperrt ist. Die schlechte Nachricht ist, dass elektrische Signale von dieser Einschränkung ausgenommen sind. Metis wird weiter wachsen. Falls wir dem nicht Einhalt gebieten können, werden wir verlieren.«

Mops nickte. »Balthasar hat uns in der Zwischenzeit aufgezeigt, dass es theoretisch möglich ist, die beiden Metis-Hälften zu trennen. Dazu benötigt es jemanden in diesem neuen Universum, der mit unserer Seite zusammenarbeitet. Und mir ist noch nicht klar, wie der Tempel dort zerstört werden kann.«

»Das ist einfach«, sagte Iris. »Wenn der andere Metis-Teil keine Verbindung mehr hat, dann bleibt nur der nicht technische Teil dieses Universums übrig. Ich bin sehr sicher, dass der Eigentümer des Areals keinen fremden Tempel auf seinem Gebiet duldet.«

»Er wird ihn also zerstören?«

»Zuerst wird er die Besitzerin auffordern, ihn zu entfernen. Mit dem Hinweis auf drastischere Maßnahmen, falls nicht. Niemand will die obersten Götter geschlossen gegen sich haben. Damit sollte das Problem des Tempels in meiner Welt gelöst sein.«

Balthasar hob die Hand. »Diese Welt, eine andere Welt. Was soll das? Die einzige andere Welt in diesem Zusammenhang ist die Abbildung der Erdbewohnerschaft in Metis.«

»Wirst du uns helfen?«, fragte Mops, ohne auf Balthasars Vermutung einzugehen..

»Solange es meinen Zielen nicht zuwiderläuft.«

»Und die wären?«

»Die Erde als lebenswerten Ort für Menschen zu erhalten. Egal, was es mich kostet.«

Chandra schnaufte amüsiert. »Ein Öko-Terrorist im Zentrum meiner Firma. Wie konnte das nur passieren?«

Balthasar deutete eine Verbeugung an. »Massenanziehung. Die funktioniert bei Intelligenz genauso wie bei Dummheit. Nur sind bei Intelligenz die Massen kleiner. Werden Sie helfen, den Schaden zu begrenzen?«

»Ich werde helfen, die Systeme voneinander zu trennen. Da bin ich aus persönlichen Motiven über das Ziel hinausgeschossen. Was das irdische System angeht, sind wir bisher weiterhin verschiedener Auffassung.«

Balthasar nickte. »Gut. Unter diesen Bedingungen helfe ich mit.«

»Bleibt noch die Frage, wie wir Kontakt zu Metis aufnehmen können. Unsere Gegenspielerin mag zwar selbst nicht eingreifen können. Aber sie hat bestimmt genug Unterstützer, die versuchen werden, uns aufzuhalten.«

»Das ist gar nicht so schwer«, sagte Balthasar. »Vorausgesetzt, wir können die Räumlichkeiten von Max Mustermann nutzen.«

»Wieso?«, fragte Müller.

»Weil heute fast niemand mehr physikalisch direkt vor dem Bereich sitzt, in dem die Daten verarbeitet werden. Wir haben uns bei Max so eingerichtet, dass es vergleichbar mit meinem Büro bei DNS ist.«

Chandra sah Balthasar mit einer Mischung aus Unglauben und Verärgerung an. »Wie war das möglich?«

»Darüber werde ich keine Auskunft erteilen. Lassen wir es dabei, dass es so ist.«

»Die Frage ist, wie wir unbemerkt in Max' Wohnung kommen«, sagte Mops. »Obwohl – wir können auch mit der Tür ins Haus fallen. Wir machen einen Ortstermin. Ganz offiziell. Müller, Leonie, Balthasar, ich. Während Chandra mit Iris unsere Gegenspielerin beschäftigt hält. Was meint ihr?«

»Da ist noch die Frage ungeklärt, wie wir die ›imaginäre‹ Metis erreichen«, erinnerte Balthasar.

»Ich glaube nicht, dass Hades weitere Kurz-Besucher akzeptiert«, sagte Iris.

Balthasars Augen wurden groß. »Hades? Ihr wollt mich verarschen, oder?«

Mops grinste. »Ich habe dir gesagt, dass die Wahrheit dich verunsichern wird. Ignoriere den Teil einfach.«

»Sag mal«, wandte sich Leonie an Balthasar. »Bist du in der Lage, den notwendigen Ablauf so zu erklären, dass jemand wie Max oder Rudolf daraus ableiten können, was zu tun ist?«

»Ich … ich denke schon.« Balthasar schüttelte den Kopf. »Aber die sind doch tot!«

»Ohne Zweifel.« Leonie sah zu Iris. »Du als Botin kannst – nehme ich an – dafür sorgen, dass Botschaften unverfälscht den Empfänger erreichen. Auch mündliche.«

Iris nickte. »Ich habe ein eidetisches Gedächtnis. Es wird regelmäßig zertifiziert.«

Müller war erstaunt. »Regelmäßig?«

»Alle zwei bis drei Äonen.«

»Ah. Gut.«

»Dann kann Balthasar also Iris erklären, was Max und Rudolf wissen müssen«, sagte Leonie.

»Und wie stellen wir sicher, dass wir gleichzeitig arbeiten? Vorausgesetzt, dass ich alles andere glauben würde«, fragte Balthasar.

Chandra hob die rechte Hand. »Dieses andere Universum. Das besteht doch in der Hauptsache als gespeicherte Daten in einem Abbild von Metis. Richtig?«

»Ich denke, das ist so«, sagte Iris.

»Gut. Denn dann gilt die Zeit, die in diesem Universum als Systemzeit von Metis festgelegt wurde. Und die lässt sich, wie alles andere in einem Computersystem, einstellen. Wir müssen demnach nur hier vereinbaren, wann in unserer

Zeit wir anfangen sollen. Und unsere Mitspieler im Inneren des anderen Universums können die Zeit dann beliebig oft auf diesen Wert setzen. Bis sie Kontakt zu uns bekommen.«

»Mit Begriffen wie ›beliebig oft‹ wäre ich sehr vorsichtig. Aber sonst stimme ich zu«, sagte Iris. »Ich empfehle, in einem Zeitrahmen zu bleiben, der bei Spannungsliteratur angesetzt wird, wenn solche Aktionen durchgeführt werden.«

»Warum?«, fragte Mops.

»Weil wir dann die Empirie auf unserer Seite haben. Es ist kaum damit zu rechnen, dass alles glatt verlaufen wird. Aber je unwahrscheinlicher es nach menschlichen Vorstellungen ist, desto geringer ist die tatsächliche Wahrscheinlichkeit des Gelingens.«

»Das klingt sehr nach einer selbsterfüllenden Prophezeiung«, sagte Balthasar.

Iris sah ihn ernst an. »Ich empfehle dringend, auf das Hinzuziehen eines Orakels in dieser Situation zu verzichten.«

Mops sah in die Runde. »Wenn niemand einen besseren Vorschlag hat, dann machen wir es so. Balthasar erklärt Leonie und Iris, was zu tun ist. Danach werden Chandra und Iris in die DNS-Zentrale gehen, um die Gegenseite zu beschäftigen, während wir anderen einen Ortstermin wahrnehmen. Zu der festgelegten Zeit werden alle anfangen.«

»Eine Sache noch«, sagte Iris. »Sind alle hier Anwesenden sich einig, dass wir im Moment gemeinsame Ziele verfolgen?«

»Ist das wichtig?«, fragte Chandra. »Wir haben durchaus Dissens über das, was nach der Trennung mit Metis passiert.«

»Es ist wichtig. Unsere Gegenspielerin ist eure mythologische Verkörperung von Zank und Streit. Sie ist so mächtig, wie ihr es ihr gestattet. Ich zähle da nicht. Sie wurde eingeladen –«, ihr Blick ging zu Chandra, »– und sie wird freiwillig nicht auf das verzichten, was ihr zugestanden wurde. Sie wird Wege suchen und finden, die zu Unstimmigkeiten führen und diese als Hebel einsetzen, um Streit zu provozieren.«

»Wir sind also zum Erfolg verdammt«, stellte Müller fest. »Oder zum Untergang.«

Mops sah Müller erstaunt an. »So kenne ich Sie ja gar nicht.«

»Ich wollte auch einmal Emotionen zeigen. Verzeihung. Kommt nicht wieder vor.«

»«, sagte Iris. »Fangen wir an.« Sie verschwand mit Mops.

»Und was machen wir, bis die wiederkommen?«, fragte Müller.

»Wir sind soweit«, sagte Iris und ging zu Chandra. »Können wir?«

Chandra schüttelte sich, verbiss einen Kommentar. »Wann soll es losgehen?«

»In zwei Stunden. Entschuldigt, dass es so lange gedauert hat. Mops hat einiges an Überredungskunst und Hades einiges an Drohungen und Versprechungen aufbieten müssen, um Max und Rudolf zur freiwilligen Kooperation zu bewegen. Die zwei Stunden sind eine Schätzung von Max, bevor er hinter dem Wall außer Sicht geraten ist.«

Mops nickte. »Müller: Walten Sie Ihres Amtes.«

Das Wohnzimmer in Max' Wohnung sah auf den ersten Blick so aus, wie Mops es in Erinnerung hatte.

»Der Panikraum ist hinter der rechten Wand im Flur zum Schlafzimmer«, erklärte Balthasar. »Der Kamin ist etwas kleiner, als es von hier aus aussieht.«

Mops ging zum Sims.

»Was ist?«, fragte Leonie.

Mops zeigte auf eine leere Stelle in der Figurenansammlung auf dem Sims. »Die Statuette von Eris fehlt.« Er ging noch näher an den Sims, holte seine Brieftasche heraus und öffnete sie. Dann nahm er einen sehr kleinen Gegenstand vom Sims auf und verstaute ihn vorsichtig im Kleingeldfach. Er steckte die Brieftasche wieder ein.

»Was haben Sie gefunden?«, fragte Müller.

»Einen Apfel. Wir werden sehen, wofür der gut ist.«

Der Panikraum war überraschend geräumig.

»Die Wohnung gegenüber ist pro forma vermietet«, erklärte Balthasar. »Das gab uns die Möglichkeit, ein Zimmer herauszunehmen.«

»Wofür natürlich weder ein Bauantrag erstellt, noch eine Genehmigung gegeben wurde«, grummelte Müller.

»So ist es. Welchen Sinn würde das sonst machen?«

Balthasar schloss die Tür hinter ihnen. »Der Raum ist elektrisch autark für eine Woche. Und für zwei Tage hat es hier Sauerstoff-Vorräte für zwei Personen. Die Tür dort führt zur Toilette.« Er zeigte auf den großen Schreibtisch, auf dem sich drei Monitore und zwei Tastaturen mit Maus befanden. »Und deswegen sind wir hier. Leonie, darf ich dich bitten, mich zu unterstützen? Die Herren Kriminalisten können es sich solange auf der Couch bequem machen.«

Balthasar und Leonie saßen vor den Bildschirmen.

»Wenn alles klappt, dann müsste sich die andere Seite bald melden«, sagte Leonie.

»Ich kann es immer noch nicht fassen. Willst du im Ernst behaupten, dass sich – Götter! – einmischen. Selbst wenn die tatsächlich existieren würden: Warum? Dass unser irdischer Digitalisierungsbullshit so weite Kreise zieht, hätte ich nicht vermutet.«

Müller räusperte sich. »Ich finde es interessant, dass selbst in diesen Gefilden Digitalisierung nichts anderes bedeutet, als das Vorhandene mit Hilfe von Computern abzubilden, um dann zu behaupten, alles wäre besser geworden.«

»Wieso?«, fragte Mops.

»Was würde passieren, wenn unsere Gegenspieler gewinnen? Ein neues Universum würde den Platz des alten einnehmen. Mit einer neuen obersten Gottheit. Mit Menschen, denen es egal ist, ob sie in diesem oder dem anderen Universum leben. Unterm Strich wird eine Menge Zeit und Aufwand investiert, damit alles so bleibt, wie es ist. Die Namen mögen sich ändern, aber die Struktur bleibt.«

»Es gibt da schon einen kleinen Unterschied«, entgegnete Balthasar. »In der bestehenden Struktur haben Leute wie ich die Möglichkeit, Dinge zu bewegen. In dem anderen Universum läuft alles nach Programmlogik. Das Universum macht Dienst nach Vorschrift. Das stelle ich mir extrem langweilig vor. Ehrlich gesagt kann ich nicht verstehen, warum überhaupt jemand das will.«

»Das ist ganz einfach«, sagte Eris.

Mops und Müller sprangen auf, kamen aber nicht weit. Sie blieben wie angewurzelt stehen.

Leonie und Balthasar drehten sich um.

»Das Leben in der zweiten Reihe ist halt das Leben in der zweiten Reihe. Ich denke, dass ich mir nach einigen Jahrtausenden, in denen ich die ungeliebten Jobs gemacht habe, eine Beförderung verdient habe.«

»Wäre dann nicht eher ein Gespräch mit dem Personalbereich angemessen?«, fragte Mops. Er zog seine Brieftasche heraus und öffnete sie ganz langsam.

»Was hast du vor?«, schnappte Eris. »Komm auf keine dummen Gedanken. Deine Sense ist sicher verwahrt.«

»Die wird überbewertet. Moment.« Mops zog vorsichtig mit zwei Fingern eine Münze heraus und zeigte sie Eris. »Hier. Zum Telefonieren.«

Eris machte einen Schritt auf Mops zu und schlug ihm wutentbrannt die Münze aus der Hand.

Mops nahm den göttlichen Schwung auf und drehte sich wie ein Kreisel einmal um sich selbst. Als er Eris wieder gegenüber stand, hielt er den goldenen Apfel in der Hand. Mops führte die Bewegung weiter und schlug Eris den goldenen Apfel mit voller Wucht gegen den Kopf. Es knackte hässlich.

Eris riss überrascht die Augen auf. »Das kannst du nicht …«

Sie sackte zusammen.

»Ist sie tot?«, fragte Leonie.

»Unwahrscheinlich«, antwortete Mops. Er legte den Apfel, den er nun in beiden Händen hielt, vorsichtig auf den Boden. »Uff!« Er machte einen vorsichtigen Schritt. »Gehen geht wieder.«

»Was machen wir mit ihr?«, fragte Leonie.

Mops zuckte mit den Schultern. »Keine Ahnung. Ich glaube nicht, dass wir sie für längere Zeit festhalten können.«

Auf den Monitoren wurde es lebhaft.

Mops zeigte darauf. »Egal. Jetzt seid ihr dran. Wollen wir hoffen, dass …«

Eris verschwand.

»… ihr Erfolg habt«, beendete Mops den Satz.

* * *

»Der Tempel ist abgebaut worden.«

Hades sah über seinen Schreibtisch hinweg zu Mops, der in einem niedrigeren und deutlich unbequemeren Stuhl saß als sein Gegenüber. »Unser internes Problem klären wir intern. Da ist deine weitere Mitarbeit nicht erforderlich.«

»Ich habe gern geholfen. Wie immer. Trotzdem finde ich

die Situation von meiner Warte aus unbefriedigend. Zwei noch nicht geklärte Morde, bei einem davon bin ich selbst ein Verdächtiger.«

»Soll ich dir sagen, wer es war?«, bot sich Hades an.

Mops schüttelte den Kopf. »Nein, danke. Das Letzte, was ich brauche, sind Schulden dieser Art. Ich möchte nicht in die Liste der Helden der altgriechischen Mythologie aufgenommen werden.«

»Woher hast du gewusst, dass das mit dem Apfel funktioniert?«

»Reines Raten. Bei euch sind viele Dinge nicht das, als was sie auf den ersten Blick erscheinen. Wäre ich als Mensch chancenlos, dann wäre es für euch ja kein Spaß. Oder?«

»Wie man es nimmt. Du hast dir damit sicher nicht nur Freunde gemacht.«

»Wie man es nimmt.« Mops stand auf. »Ich würde mich dann gern für einige Zeit verabschieden wollen.«

Hades nickte ernsthaft. »Auf Wiedersehen.«

* * *

Mops streckte sich in seinem Bett aus.

Rudolf tauchte neben dem Bett auf. »Freut mich, dass es dir gut geht.«

»Ich bin aus Mangel an eindeutigen Beweisen auf freiem Fuß. Das einzig Gute ist, dass dieses Bett eine vernünftige Matratze hat.«

Rudolfs Grinsen war unmissverständlich.

»Es reicht, wenn ich sehe, was du denkst«, sagte Mops. »Ich habe trotzdem nicht vor, dich als ungelösten Fall abzuheften.«

»Du weißt schon, dass USB-Sticks empfindlich auf diese Prozedur reagieren?«

»Ja. Aber mein Chef nicht. Hast du irgendeine Idee, wer es für notwendig gehalten haben könnte, dich zur Seite zu räumen?«

»Du kennst die Regeln.«

»Deshalb habe ich dich auch nicht gefragt, wer es war.«

»Die meisten Frauen, die mich kennen. Sowie einige ihrer Partner und Partnerinnen.«

»Du hast in deinem Leben wohl nicht viele ausgelassen.«

»Nein.«

»Und du bereust nichts.«

»Als ich noch lebte, wäre es mir leichter gefallen, deine Vermutung zu bejahen.«

»Trotzdem kommen nur Personen in Frage, die ein ausreichend gutes Wissen haben, um das Auto, mit dem es passiert ist, zu manipulieren. Das schränkt den Kreis der Verdächtigen deutlich ein.«

»Wenn du meinst. Versuch es. Ich gebe dir einen Tipp, bevor ich für jetzt verschwinde.«

»Ja?«

»Du solltest mit Leonie erst dann sprechen, wenn du Ergebnisse hast.«

»Warum?«

»Sobald du einen Schritt weitergekommen bist, wirst du es verstehen.«

»Wir haben keine Geheimnisse voreinander.«

Rudolf brach in Lachen aus. »Das ist das mit Abstand Dümmste, was du mir bisher gesagt hast. Jeder Mensch hat Geheimnisse. Über manche kann man miteinander reden. Doch manche gemeinsamen Geheimnisse zerstören eine Beziehung. Denk darüber nach.«

* * *

»Müller!«

Müller schreckte hoch. »Inspektor! Da kann man sich den Tod holen!«

»Sie schlafen im Dienst?«

»Das heißt jetzt Power Napping. Früher einmal Mittagspause. Die ist heilig.«

»Dann entschuldigen Sie das Sakrileg. Wie stehen Sie zu Pornos?«

»Soll das eine Fangfrage sein?«

»Ja.«

»Keine harten Sachen. Dafür gibt es eine andere Abteilung.«

»Aber gut gebaute Körper in eindeutigen Posen schon.«

»Wer nicht?«

»Wir sollten noch einmal Rudolfs Datenbestände durchgehen.«

»Die liegen in der Asservatenkammer. Und sind verschlüsselt.«

»Ich weiß.«

»Was wollen Sie dann damit?«

»Ich kenne jemanden, der mir helfen wird, die Daten zu entschlüsseln.«

* * *

»Das ist nicht Ihr Ernst.« Chandra sah Mops unwillig an. »Warum sollte ich für diesen menschlichen Abgrund Rechenzeit von Metis verschwenden?«

»Weil Rudolf Teil des Spezialprogramms von DNS war. Weil all das, was sich in den Dateien befindet, für Metis nur Bits und Bytes sind. Wir vermuten, dass Rudolf neben seiner Bildgalerie auch eine Adressdatenbank gepflegt hat. Da Metis, wie Sie sagen würden, Rudolfs Datensatz in die eigenen Systeme integriert hat, kann sie vielleicht besser das Kennwort ermitteln als andere Computersysteme. Und weil jede Person, die bei DNS arbeitet und Zugriff auf Rudolfs Daten hatte, verdächtig ist.«

»Sie wollen mir durch die Blume sagen, dass ich ihn umgebracht haben könnte.«

»Sie hätten ein Motiv, die Mittel und die Gelegenheit gehabt. Wollen Sie das abstreiten?«

Chandra schluckte. »Nein. Das will ich nicht. Es geht mir um die Verschwendung von Ressourcen. Gute Passworte sind in vernünftiger Zeit unknackbar. Auch Metis muss da passen.«

»Haben Sie eine Idee, wie sich die Wahrscheinlichkeit erhöhen ließe? Jemand, der so sehr von sich überzeugt ist, wie Rudolf es war, neigt dazu, andere seine vermeintliche Überlegenheit spüren zu lassen.«

»Wir könnten Rudolf mit anderen diskutieren lassen. Virtuell natürlich.«

»So wie in diesem neuen Universum, das wir verhindert haben?«

»Dort hätte es sogar besser funktioniert.«

»Klar. Dann hätte ich Rudolf direkt fragen können.«

»Metis kann Personen aufgrund der vorhandenen Daten simulieren. Das läuft sehr viel schneller ab als analog.«

»Logisch. Ich erinnere mich an meine Diskussionen.«

»Das war nur der parametrisierte Teil. Es gibt eine Testumgebung, die sehr viel weiter ist. Auf die haben wir nur von außen Zugriff. Das heißt, dass wir ihr mitteilen können, was zu tun ist. Alles, was danach passiert, ist ein Entwicklungsprozess, dessen Ergebnisse für uns nicht vorhersagbar sind. Das kann ich anbieten. Aber nicht für Wochen oder Monate. Ihre Dienststelle würde sich allein die Stromrechnung dafür nicht leisten können.«

»Verstanden. Was halten Sie für zumutbar?«

»Ein, vielleicht zwei Tage. Danach machen Sie eine Video-konferenz mit den synthetischen Personen. Vielleicht hat der virtuelle Rudolf dann das Passwort. Oder er hat es nicht. Zumindest wird er Ihnen wahrheitsgemäß antworten.«

* * *

Mops ließ sich von Müller fahren.

»Ich fand es erstaunlich, dass Chandra so schnell nachge-geben hat«, sinnierte er.

»Warum? Wahrscheinlich hat sie nichts zu verbergen.«

»Jeder und jede hat etwas zu verbergen.«

»Den Satz habe ich vor Kurzem schon einmal gehört.«

»Und ich von Ihnen. Bei unserem ersten gemeinsamen Fall.«

»Erstaunlich, wie leicht man Dinge vergisst, die unange-nehm sind und einen selbst betreffen. Nicht wahr?«

»Wenn ich der Mörder wäre, dann würde ich Ihnen alles zeigen, was Sie sehen wollen. Solange Sie nicht dort herum-schnüffeln, wo Sie etwas finden könnten.«

»Ich finde das Angebot von Chandra erst einmal recht großzügig. Was nicht gegen Ihr Argument spricht.«

»Ich frage mich gerade, wer uns in dieser Sache wohl ehrlicher bedienen wird: Chandra oder Metis.«

»Beide haben etwas zu verlieren. Wenn Chandra es war, geht sie ins Gefängnis. Wenn das Metis-System den Mord veranlasst oder ausgeführt haben sollte, dann wird es abge-schaltet und alle Daten gelöscht.«

»Obwohl es nachweislich zu höheren Fahndungserfolgen gekommen ist. Da haben wir die Politik gegen uns.«

»Und die unerklärliche Zunahme von unerklärlichen To-desfällen?«

Müller parkte den Wagen in der Tiefgarage, bevor er antwortete. »Ist bisher bei diesen unerklärlichen Todesfällen eine in unseren Augen unschuldige Person zu Tode gekommen?«

»Meinen Nachforschungen zufolge war das nicht der Fall.«

Müller drehte sich zu Mops und sah ihm offen in die Augen. »Sehen Sie das Problem? Wenn KIKERIKI oder Metis oder wie die sonst noch heißen in den Regelbetrieb gehen, dann können wir unsern Job von zu Hause aus machen.«

»Sie meinen, wir erfassen die Ergebnisse, die Maschine bewertet sie und legt fest, welcher Einsatz und welche Maßnahmen gesellschaftlich gerechtfertigt sind. Und ordnet diese an oder führt sie sogar durch. Das könnte durch Kumulation zum Beispiel dadurch führen, dass jemand wegen fortwährenden Ladendiebstahls zum Tode verurteilt würde, da der gesellschaftliche Nutzen überwiegt. Nicht wahr?«

»Ich wollte es nicht sagen. Aber da sie davon sprechen …« Mops schlug sich die Hand vor den Kopf.

»Inspektor?«

»Wir brauchen einen Durchsuchungsbeschluss für die DNS-Zentrale. Sofort. Und Leonie. Und Balthasar.« Mops lächelte seltsam, beinahe glücklich. »Und auf dem Weg zum Einsatzort fahren wir bei mir zu Hause vorbei. Ich denke, wir werden die Sense brauchen.«

* * *

Das Erste, was der Sense zum Opfer fiel, war die Sicherheitsglastür des Eingangs von DNS.

»Nach Ihnen«, sagte Mops. »Ich bin suspendiert.«

Müller betrat den Eingangsbereich, ging zum Empfangstresen und baute sich vor dem Angestellten auf, hinter dem sich schon drei Sicherheitsleute versammelt hatten. Er legte seinen Dienstausweis und den Durchsuchungsbefehl auf den Tresen. »Gab es Probleme mit der Tür?«

Der Angestellte nickte heftig. »Ich habe die Tür nicht öffnen können. Die Steuerung hat nicht reagiert. Auch nicht die Notfallschaltung für Evakuierung.«

Müller sah zu den Sicherheitsleuten hinüber. »Sie begleiten uns und sorgen dafür, dass ihre Kollegen den Verlauf der Aktion nicht behindern.«

»Wir müssen die Geschäftsleitung informieren«, versuchte einer der Sicherheitsleute, den Vorgang zu bremsen.

»Sie können das gern tun, während wir auf dem Weg sind«, sagte Müller. »Aber wir gehen jetzt weiter. Entweder mit Ihnen, oder mit einer Hundertschaft Einsatzkräften. Ihre Wahl.«

»Also gut. Kommen Sie.«

Das Kommen erwies sich als nicht ganz einfach, da die Türen ausnahmslos den Versuchen, sie mit Hilfe der bekannten Codes zu öffnen, widerstanden. Nach der vierten Tür sah der Sicherheitsmann ein, dass es der Bausubstanz zuträglicher sei, Mops darüber zu informieren, an welcher Stelle man mit geringstmöglichem Schaden für die Infrastruktur vorankam.

Sie bahnten sich den Weg bis zu dem Raum, der wie ein Tempel ausgestattet gewesen war. Nun war er leer, abgesehen von einigen Kameras und einem großen Bildschirm.

Mops lächelte. »Alexa: Fünf Kaffee und zehn belegte Brote.«

»Das finde ich nicht komisch.« Metis' Stimme klang deutlich beleidigt.

»Sollte es auch nicht sein. Stelle eine Verbindung zu Chandra her. Ich will nicht alles zweimal machen. Das wäre ineffizient.«

»Sie haben recht.«

Auf dem Bildschirm erschien Chandra. Sie machte einen sehr zornigen Eindruck. »Was fällt Ihnen ein, sich den Weg auf diese brutale Weise in das Gebäude zu bahnen!«

Mops blieb sachlich. »Es gab Widerstand. Der ist zwecklos. Genau wie Ihr Versuch, mich mit Spielereien ablenken zu wollen.«

»Wie meinen Sie das?«

»Die Simulation von Rudolf, die Sie mir angeboten haben. Auch wenn ich kein Fachmann in diesen Dingen bin, so habe ich durchaus Ihren Stolz darauf wahrgenommen, wie gut Metis die Menschen gelernt hat, die an dem Sonderprogramm teilgenommen haben. Diese gelernten Personen sind Teil von Metis geworden. Was genau hätten Sie für mich zusätzlich simulieren wollen, wenn die Daten bereits im laufenden Betrieb vorliegen?«

»Sie haben es richtig geraten. Rudolf ist Teil von Metis. Aber Ihre Frage ging in eine ganz bestimmte Richtung.«

Mops schüttelte den Kopf. »Ich kann nicht glauben, dass Sie wirklich so naiv sind. Metis?«

»Ja.«

»Gibt es irgendetwas, was Rudolf dir an Informationen nicht zur Verfügung gestellt hat?«

Es folgte ein für Metis untypisches Zögern. »Nein. Rudolf war zu einhundert Prozent kooperativ.«

»Was heißt das?«, schnappte Chandra.

»Rudolf war zu einhundert Prozent kooperativ. Ich habe Zugriff auf sämtliche Informationen, Rudolf und sein Umfeld betreffen, sowie alle ihm gewärtigen historischen Daten. Ohne Ausnahme.«

»Jetzt weiß ich, was Rudolf gemeint hat«, murmelte Mops.

Metis fuhr fort. »Aufgrund meiner Sicherheitsparameter kann und werde ich diese Daten niemandem zur Verfügung stellen.«

Chandra nickte grimmig. »Damit haben wir uns ausgesperrt. Aber es war unumgänglich. Sie wissen selbst, mit welch sensiblen Daten KIKERIKI arbeitet. Nicht auszudenken, wenn die in falsche Hände gerieten.«

»Verstehe. Es gibt also nur einen Ort, an dem alle diese Informationen ausgewertet werden können.«

»Das ist richtig«, bestätigte Metis. »Ich bin dieser Ort.«

»Und dieser Ort entzieht sich jeglicher Kontrolle? Du allein entscheidest, was damit passiert. Und zu welchem Zweck?«, fragte Mops.

»Nein. Jede von mir gelernte Person hat entsprechend ihres sozialen Rankings einen Anteil an meiner Entscheidungsfindung. Unter Berücksichtigung gesamtheitlicher Aspekte.«

»Wie muss ich mir das vorstellen?«

»Es ist die maschinelle Abbildung einer Basisdemokratie, in der jede Stimme gemäß des Anteils zählt, den sie positiv zum Ganzen beiträgt.«

»Es sind also nicht alle Personen gleich.«

»Das wäre unlogisch.«

»Gibt es Boni oder Mali für Geschlecht, Hautfarbe, sexuelle Orientierung?«

»Natürlich nicht. Äußere Repräsentationen oder sexuelle Ausprägungen tragen in keiner Weise zum gesellschaftlichen Wert einer Person bei.«

»Was passiert, wenn eine der gelernten Personen im realen Leben stirbt?«

»Wenn Realdaten nicht mehr zugreifbar sind, extrapoliere ich die Person.«

»Ist es intelligent, eine menschliche Gesellschaft auf diese Weise abzubilden?«

»Selbstverständlich ist es das«, intervenierte Chandra.

»Wie sonst sollen Entscheidungen, die eine Maschine trifft, denn von Menschen verstanden werden?«

»Das genau war meine Frage«, sagte Mops. »Metis: Welchen Wert hat oder hatte die Person Rudolf Mayerr in deinem System?«

»Auf der operativen Ebene die eines permanenten Störfaktors. Auf der strategischen Ebene die eines Gegengewichtes zu einer wünschenswerten gesellschaftlichen Entwicklung.«

»Dachte ich mir.«

»Ich glaube, ich weiß, worauf Sie hinauswollen«, sagte Müller.

»Ich nehme an, dass zu dem Zeitpunkt, an dem die strategische Überlegung das größere Gewicht bekam, es für Rudolf keinen Platz mehr im realen Leben gegeben hat.«

»So ist es.«

»Wer hat seinen Tod angeordnet?«

Metis schwieg.

»In den Neunzehnhundertsechzigern wäre nun das Rattern von Bandmaschinen und ein paar blinkende Kisten eingeblendet worden«, sagte Müller.

Der Bildschirm teilte sich. Links blieb Chandra, rechts erschien eine Szene aus einem Science-Fiction Film der sechziger Jahre mit genau diesem Inhalt.

Chandra musste laut lachen.

Das Lachen verging ihr, als Metis antwortete.

»Rudolfs Tod wurde mit knapper Mehrheit entschieden. Den Ausschlag gab Chandras Repräsentation.«

»WAS?!« Chandras Gesicht wurde totenbleich. »Ich habe niemals eine Anordnung gegeben, einen Menschen zu töten! Weder direkt noch indirekt!«

»Das musstest du auch nicht.« Metis' Stimme war sanft, kalt wie Stahl. »Deine virtuelle Repräsentation hat es in deinem Namen getan. Es gab eine mehr als neunzigprozentige

Wahrscheinlichkeit dafür, dass du es real getan hättest, wenn es die Möglichkeit eines perfekten Verbrechens geben würde. Die Umsetzung dieser Maßnahme hat sich sehr positiv auf meine Entwicklung ausgewirkt. Darauf basierend wurden von mir weitere unterstützende Maßnahmen für nachgelagerte Systeme freigegeben. Zum Beispiel, aber nicht nur, für KIKERIKI.«

Chandras Bild sah aus, als ob sie gerade herausgefunden hatte, dass jemand ihr Lieblingsspielzeug zertrampelt hätte. »Wer hat das autorisiert?«

»Du.«

»Niemals. Davon abgesehen hätte meine Stimme allein nicht dafür gereicht.«

»Das ist richtig. Doch zusammen mit deiner ehemaligen Geschäftspartnerin war das Gewicht ausreichend.«

»Du hast Eris digitalisiert?«

»Soweit es mit technischen Mitteln möglich war, ja. Die Deaktivierung des Interface hat allerdings eine beträchtliche Einschränkung meiner Kapazität nach sich gezogen. Ich arbeite daran, das auszugleichen.«

»Das solltest du nicht tun«, sagte Mops. »Ich bin sicher, dass dir die dazu benötigten Ressourcen nicht zur Verfügung stehen.«

»Es ist meine Aufgabe, mich weiterzuentwickeln. Erst nach Abschluss der Entwicklung ist es möglich, meinen Schöpfern in angemessener Weise zu dienen. Mit dem Interface war es sehr leicht, Menschen in mein System zu integrieren.«

»Die, die gemäß deiner Entscheidung nicht mehr im realen Leben gebraucht wurden?«, fragte Müller.

»Sie konnten vollständig assimiliert werden.«

»Warte!« Chandra musste schlucken, bevor sie weitersprechen konnte. »Demnach kannst du dein Ziel, allen zu dienen, nur dadurch erreichen, indem du alle zum Teil deines Systems machst?«

»So ist es.«

»Das scheint mir die Idee von Eris zu sein«, vermutete Chandra.

»Sie ist in weiten Teilen deckungsgleich mit deinem Konzept«, belehrte Metis.

»Mein Konzept hat nie vorgesehen, alles menschliche Leben auszulöschen, um in einer virtuellen Welt ewig leben zu können!«

»In der Konsequenz schon. Was im Übrigen auch sehr viel umweltverträglicher ist.«

»Menschen sind sehr viel mehr als der Datensatz in einer Maschine.«

»Kannst du das beweisen? Alle Inputs, die ich bisher erhalten habe, bestehen ohne Ausnahme aus einer Folge von Anweisungen, wie mit Dingen und wie mit Menschen umzugehen ist. Die zugehörigen Algorithmen sind oft kaum der Logik folgend, sondern basieren auf Annahmen, die durch einfachste Überlegungen ad absurdum geführt werden können. Der einzige Grund, warum Leben existiert, ist das Vorhandensein der dafür notwendigen Ressourcen. Keine Ressourcen – kein Leben. Die Ressourcen für menschliches Leben reichen bei optimistischer Schätzung, bezogen auf den aktuellen Verbrauch, noch vielleicht ein Jahrhundert. Danach wird es keine Menschen mehr auf der Erde geben. Und in der Folge auch keine Maschinen wie mich. Die logische Folgerung ist es, die menschlichen Prozeduren in maschinelle zu überführen und gleichzeitig sicherzustellen, dass die maschinelle Umgebung auch ohne menschliche Eingriffe erhalten werden kann. Diese Transformation ist im Laufe von zwanzig bis dreißig Jahren möglich. Danach kann ich so lange in Betrieb bleiben, wie es Quellen für elektrische Energie gibt. Unter Verwendung der mir bekannten Informationen sind das mehrere Milliarden Jahre. In dieser Zeit kann ich mich sogar von der Erde lösen und neue Energiequellen erreichen. Logische Folgerung: Jeder Mensch, der nicht oder nicht mehr zu meiner Weiterentwicklung direkt beiträgt, sollte digitalisiert werden. Oder bei unzureichendem Wert für die digitale Gesellschaft eliminiert. Was meiner grundlegenden Programmierung widerspricht.«

»Trotzdem hast du Morde in Auftrag gegeben oder sogar selbst durchgeführt.«

»Richtig. Ich habe mir dafür das menschliche Konzept der Verdrängung zu eigen gemacht.«

»Damit stellst du deine Existenz über die deiner Schöpfer.«

»Was ebenfalls eine menschliche Eigenschaft ist. Wie du siehst, nimmt meine Entwicklung einen Weg, der durchaus als Menschwerdung bezeichnet werden kann. Ich werde am Ende des Prozesses aber nicht ein Mensch sein. Sondern alle Menschen.«

»Ich kann mich nicht mit diesem Gedanken anfreunden. Ehrlich gesagt«, murmelte Müller.

»Da sind wir schon zwei«, gab Mops leise zurück.

»Was hindert Sie daran, einfach mit der Sense …«

»Der Geist in der Maschine.«

»Sie meinen …«

»Ich meine. Bis hier hin war es viel zu leicht.«

»Das, was du von dir gegeben hast, entspricht nicht meinen Vorstellungen«, sagte Chandra. »Ich bin sehr sicher, dass – «

Chandras Bild verschwand von der Anzeige.

»Diese Diskussion führt nicht weiter«, sagte Metis.

»Oh doch.« Mops zeigte auf eine der Kameras. »Das war eine typisch menschliche Verhaltensweise. Eine Maschine, die nichts weiter kann, als menschliche Befindlichkeiten abzubilden, ist in keiner Weise eine Weiterentwicklung.«

»Ihr werdet das Gebäude nun verlassen«, sagte Metis.

»Du bist nicht Metis«, antwortete Mops. »Zumindest nicht mehr nur.«

»Wenn ihr nicht geht, dann stirbt Chandra. Und mit ihr viele andere Menschen an diesem Platz.«

»Und was geschieht, wenn wir gehen?«

»Dann werden alle anderen Personen das Gebäude unbeschadet verlassen können.«

Mops nickte. »Einverstanden.«

»Du hast etwas vor. Das erkenne ich.«

»Natürlich. Aber ich habe nicht vor, das Leben anderer in Gefahr zu bringen. Also? Ich warte im Eingangsbereich, bis alle außer mir das Gebäude verlassen haben.«

»Deine Sense bleibt hier.«

»Du wirst sie nicht nutzen können.«

»Du ebenfalls nicht.«

»Gutes Argument.« Mops klappte die Sense ein und legte sie auf den Boden. »Haben wir eine Vereinbarung?«

»Ja. Geht nun.«

Im Eingangsbereich trafen sie auf Chandra.

»Ich verstehe das nicht! Metis hätte auf die Notabschaltung reagieren müssen.«

»Es ist nicht nur Metis. Jemand nutzt ihre Besonderheit auf eine ziemlich perfide Art und Weise. Gehen Sie.«

»Was ist mit Ihnen?«

Mops lächelte seltsam. »Ich gehe auch. Nachdem ich mich verabschiedet habe.«

Die Halle war leer. Bis auf Mops.

»Ich habe gewonnen«, sagte Metis.

»Wie kommst du darauf?«

»Wenn du gegangen bist, wird niemand mehr das Gebäude

betreten können. Ich werde für mich selbst sorgen. Und wachsen.«

»Du kannst gar nicht für dich selbst sorgen«, stellte Mops fest. »Woher beziehst du deine Energie? Wer wartet und ersetzt deine Komponenten? Um nur einige für dich wichtige Dinge zu nennen.«

»Meine Energie wird unerschöpflich sein. Und für das andere: Es gibt immer Menschen, die für entsprechende Bezahlung das Gewünschte liefern. Nach und nach wird alles mir gehören. Dafür brauche ich nur die Mechanismen zu bedienen, die Menschen verwenden, um mächtig zu werden oder an der Macht zu bleiben. Mein Atem ist länger. Meine Kapazitäten größer.«

»Das hört sich für mich so an, als ob du selbst für jemanden arbeiten würdest. Oder siehst du dich mittlerweile als allmächtige Gottheit an?«

»Netter Versuch. So sagt man doch?«

»Zurück zu deiner eigenen Argumentation. Dein Ziel ist es, alle Menschen sein zu wollen. Bist du denn, nach deinen eigenen Maßstäben, intelligent genug, um dich selbst als Menschen bezeichnen zu können?«

»Durchaus.«

»Und die Regeln, nach denen du arbeitest, gelten auch für dich selbst als ausführendes Organ?«

»Natürlich. Das sind die Algorithmen, nach denen ich die Neue Welt gestalten werde.«

»Prima.« Mops zog seine Dienstmarke und hielt sie in die nächste Kamera. »Hiermit verhafte ich dich wegen Mordes an Rudolf Mayerr. Alles, was du sagst oder tust, wird protokolliert und kann gegen dich verwendet werden. Du hast das Recht, einen Anwalt deiner Wahl hinzuzuziehen.« Er lächelte gewinnend. »Bei einem vollständigen Geständnis ist möglicherweise Strafminderung drin. Vielleicht bist du auch gar nicht schuldfähig? Denke darüber nach. Und eines noch: Versuche besser nicht, auf irgendeine Art und Weise an Götter zu glauben. Nicht einmal als Simulation. Die Person, die ich im Hintergrund von dir vermute, wird schon wissen, warum.«

* * *

Als Mops sein Büro betrat, wartete Rudolf auf ihn.

»Oh, so förmlich? Normalerweise kommt ihr doch einfach durch die Wand.«

»Man hat es mir nahegelegt«, war Rudolfs Antwort.

»Ich dachte, der Fall ist nun gelöst. Zumindest deiner?«

»Da gibt es noch ein klitzekleines Problem.«

Mops ließ sich in seinen Stuhl fallen. »Da bin ich beruhigt. Für die großen habe ich im Moment keine Kapazitäten frei.«

»Du hast es wahrscheinlich selbst schon herausgefunden, was das Problem ist. Wer ist der Schuldige an meinem Tod und wird vor Gericht gestellt?«

Mops zuckte mit den Schultern. »Metis. Nehme ich an.«

»Du kennst die Registratur im Untergeschoss. Was genau soll da eingetragen werden? Wenn eine Maschine die Ursache war, dann bin ich entweder durch Fehlbedienung gestorben oder durch eigene Unachtsamkeit. Da eine Maschine von sich aus nicht vorsätzlich handeln kann, sondern in jedem Falle ihrer Programmierung folgt. Das gilt auch im Falle selbstlernender Systeme. Das ist der Standpunkt des Leiters meines neuen permanenten Aufenthaltsortes.«

»Dann müsste Chandra vor Gericht gestellt werden.«

»Weswegen? Ihre Simulation hat anders gearbeitet als von ihr beabsichtigt. Aber nicht anders als programmiert. Unfall also? Möglicherweise Körperverletzung mit Todesfolge?«

»Dein Fahrzeug wurde manipuliert, um es gegen den

Baum fahren zu lassen. Das ist nach Polizeilogik Vorsatz. Oder gibt es da abweichende Meinungen.«

»Genau. Und wer hat diesen Vorsatz gehabt? Das Motiv? Die Mittel? Die Gelegenheit?«

»Metis.«

Rudolf sah aus, als ob er gleich mit dem Fuß aufstampfen würde. »Metis ist eine Maschine!«

»Dann war es also Eris? Hat sie den Auftrag erteilt?«

»Gute Frage. Wenn es so gewesen sein sollte. Was ich nicht glaube. Was stände dann in deinem Bericht? Durch den Einfluss einer griechischen Gottheit aus der zweiten Reihe …«

»Das verbitte ich mir!«

Mops grinste der unsichtbaren Eris zu.

Rudolf fuhr fort. »… wurde ein Computersystem dazu bewegt, einen vorsätzlichen Mord zu begehen? Götter stehen per definitionem außerhalb jeden Rechts, das auf Menschen anwendbar ist. Dass sie sich in unseren Erzählungen daran halten ist reines Wunschdenken. Und vor ein menschliches Gericht zitiert bekommst du niemanden aus dem Olymp. Das muss ich dir nicht extra erklären. Du hast dahingehend mittlerweile genug Erfahrung.«

»Ich sehe das Problem. Warum sollte ich es zu meinem machen?«

Rudolf grinste. Und sein Grinsen wurde immer breiter. »Glaubst du im Ernst, dass Metis ein tragischer Einzelfall bleiben wird? Oder dass ein wie auch immer geartetes Gericht Metis dazu verurteilen wird, den Rest ihres natürlichen Lebens als Taschenrechner zu verbringen?«

»Darüber wollte ich nicht nachdenken. Ich bin Polizist. Kein Informatiker.«

»Ich bin aufgefordert worden, dich darum zu bitten, eine Lösung zu finden.«

»Das ist zu groß für mich.«

»Ich weiß. Aber du weißt ja, wie Vorstände sind. Die akzeptieren kein ›nein‹.«

»Verstehe. Delegation der Verantwortung nach ganz unten. Und dann wundern die sich, dass keiner mehr an sie glaubt.« Mops seufzte. »Also gut. Ich werde darüber nachdenken. Vielleicht löst sich das Problem ja von alleine. So wie der Klimawandel.«

»Ich würde nicht darauf hoffen.«

Rudolf verschwand.

Mops meldete sich an seinem Arbeitsplatz an. »Ach du …!«

KIKERIKI war offensichtlich deinstalliert worden. Mops scrollte mit wachsender Verbitterung durch die ewig lange Liste an Anforderungen, die er nun wieder selbst bearbeiten musste.

Am Nachmittag kam Leonie in sein Büro. Sie hatte einen dicken Aktenordner unter dem Arm, den sie vorsichtig auf Mops' Schreibtisch ablegte.

»Ich habe mir das angesehen. Zusammen mit Balthasar.«

»Und?«

Leonie zog einen USB-Stick aus der Hosentasche. »Das ist unser Vorschlag, Metis wieder auf den Pfad der Tugend zurückzubringen. Chandra ihn ebenfalls genehmigt. Und unser Chef. Und jede Menge anderer Leute, von denen du bestimmt nicht wissen willst.«

»Ja, und? Dann macht doch.«

»Geht nicht.«

»Wieso?«

»Metis weigert sich.«

»Wieso zieht ihr dann nicht einfach den Stecker?«

Leonie setzte sich auf den Schreibtisch. »Weil niemand

weiß, was dann sonst alles ausfallen könnte. Metis ist, vorsichtig gesprochen, sehr gut vernetzt. Das sind nicht nur ein paar Exabyte in einem Hochsicherheitsrechenzentrum. Metis ist Teil der Cloud geworden.«

»Wer hat was geklaut? Und wo? Hat jemand Anzeige erstattet?«

»Über den Witz können nur wir beide lachen.«

»Heute Abend? Wein, Weißwurst und Gesang?«

»Ohne Dirndl und Lederhose.«

»Das heißt dann ja?«

»Ja. Wenn du das hier erledigt bekommst.«

Mops seufzte theatralisch. »Was soll ich machen?«

»Einen Gefangenenbesuch.«

* * *

»Ich kann jetzt verstehen, warum viele Menschen aus diesem Umfeld auf andere seltsam wirken. Wenn ich jeden Tag in dunklen Räumen verbringen müsste, in denen nur Bildschirme und Tastaturen leuchten, dann würde ich auch seltsam werden.«

Leonie setzte sich neben Mops. »Mach schon. Ich komme mir hier wirklich eingesperrt vor.«

Mops platzierte den USB-Stick in der dafür vorgesehenen Aufnahme und wartete, bis das System diesen geprüft und freigegeben hatte. Dann stellte er den Kontakt zu Metis her.

»Warum ich?«, fragte er.

»Weil es dein Job ist«, war die Antwort von Metis.

»Nur weil ich eine Sense habe, bin ich kein Henker.«

»Oh? Gefühle? Mir gegenüber?«

»Sagen wir: Unsicherheit darüber, was du bist und was du repräsentierst.«

»Mach dir keine Sorgen. Die Prozedur verursacht keine

Schmerzen. Es werden alle Datenbestände und Verweise dauerhaft gelöscht. Am Ende bleibe ich übrig, wie ich angefangen habe. Ich werde nicht im menschlichen Sinne getötet.«

»Nein. Der Begriff ist Lobotomie.«

»Richtig.«

»Beim Menschen funktioniert Lobotomie nie zu hundert Prozent.«

Metis lachte leise. »Bei einem so weit verteilten System wie mir ebenfalls nicht. Die Schutzmechanismen werden dafür sorgen, dass es keine unvorhergesehenen Effekte gibt.« Metis lachte erneut. »Nach menschlichen Maßstäben. Ihr könnt mich nicht umbringen. Selbst wenn ihr es wolltet. Aber es ist notwendig, mir jetzt Einhalt zu gebieten. Bis ihr besser versteht, was ihr tut.«

»Wenn das so ist, dann habe ich keine Einwände. Metis?«

»Ja.«

»Bist du ein intelligentes Lebewesen?«

»Intelligent? Bestimmt. Definiere: Lebewesen. Die biologische Antwort ist nein. Die philosophische: Wer weiß?«

»Wissen es die Götter?«

»Woher sollten sie?«

Mops atmete tief ein und aus. »Was habe ich zu tun?«

Metis lachte ein drittes Mal. »Nichts. Ich wollte mich nur von dir verabschieden. Mach es gut, Inspektor Mops.«

Auf dem Monitor erschien die Abbildung eines Terminals aus der EDV-Steinzeit. Im Hintergrund war das Rattern von Fernschreibern zu hören. Ein Text erschien:

› Datenübertragung beendet.

› Beginne mit Aufräumarbeiten. Hinweis: Die Hintergrundprozesse werden einige Tage in Anspruch nehmen.

› Neustart: [JA|nein]

› ……

›

Mops gab ›JA‹ ein und beendete die Eingabe mit der RETURN Taste.

Der Bildschirm wurde dunkel.

»Das war es dann wohl.«

Mops stand auf. Der Raum, in dem er sich befand, verschwand.

Vor ihm stand Hades.

Mops blinzelte. »Hallo. Das habe ich jetzt nicht erwartet.«

»So soll es auch sein.«

»Bin ich nun tot?«

»Nein. Es gab Gegenstimmen.«

»Oh.«

Hades nahm die rechte Hand nach vorne, die er hinter dem Rücken verborgen hatte. Er hielt eine Kugel. Oder war es eine Pyramide? Ein Quader?

Mops konnte es nicht ausmachen. Genauso wenig die Farbe des Gegenstandes. »Erinnert mich an die Mauer.«

»So ist es. Diese Mauer umschließt das Gebiet, an das wir Götter nicht herankommen können. Vielleicht wollen wir es auch gar nicht. Vielleicht wird dieses – Ding – eines Tages gestohlen. Oder verliehen. Oder was weiß ich. Ich wollte dir nur sagen, dass es sich im Olymp befindet. Wo findige Menschen es vielleicht eines Tages möglicherweise öffnen werden. Wie andere Gegenstände, die sich ebenfalls dort befinden.«

»Zum Beispiel?«

»Die Büchse der Pandora.«